Corina Bomann
Schwanentod

MIX
Papier aus verantwortungsvollen Quellen
FSC www.fsc.org
FSC® C083411

5 4 3 2 1

ISBN 978-3-649-61683-2

Hafenweg 30, 48155 Münster

Text: Corina Bomann
Umschlaggestaltung: Anna Schwarz, Sarah Vidal
Lektorat: Valerie Flakowski, Sara Mehring
Satz: Sabine Conrad, Bad Nauheim
Printed in Germany
www.coppenrath.de
Das @book erscheint unter der ISBN: 978-3-649-66869-5

Corina Bomann

Schwanen Tod

COPPENRATH

Prolog

Leise knarrten die Dielen unter Sandrines Schritten, als sie den Flur durchquerte. Im Tanzstudio war es kühl. Offenbar hatte die Frau, die hier sauber machte, vergessen, die Heizung anzustellen.

Fröstelnd rieb sich das Mädchen die Schultern. Kälte war Gift für die Muskeln einer Tänzerin. Schnell konnte man sich eine Zerrung einfangen. Das war das Letzte, was sie brauchte, denn schon bald würden die großen Proben am Theater beginnen. Aus diesem Grund hatte ihr die Ballettlehrerin erlaubt, im Studio zu üben, wann immer sie wollte. Madame Rosi war mächtig stolz gewesen, dass eine ihrer Elevinnen die Rolle der Odette in »Schwanensee« ergattert hatte. Es war ein harter Wettbewerb gewesen. Jede freie Minute hatte Sandrine trainiert. Aber letztlich hatte es sich ausgezahlt. Odette, die schöne Prinzessin, die vom Zauberer Rotbart in einen Schwan verwandelt und erst von diesem Bann erlöst wurde, als Prinz Siegfried ihr seine ewige Liebe schwor – Sandrine war überglücklich über ihren Sieg im Tanzwettbewerb und ging völlig in ihrer Rolle als verzauberte Odette auf.

Als Sandrine auf der Bühne stand, brauchte sie nicht so zu tun, als wäre sie ein Schwan. Sie war der Schwan. Der gute wie der böse. Die Juroren waren begeistert. Wo die anderen mit dem Satz »Wir melden uns« davongeschickt wurden, durfte sie bleiben und wurde gecastet.

Die Tür zur Umkleide knarrte leise beim Öffnen. Der verblassende Duft von Deospray strömte ihr entgegen. Jemand hatte sein Handtuch auf einer der Bänke liegen gelassen. Wahrscheinlich wieder Olga, ging es ihr durch den Sinn. Die hält sowieso nie Ordnung.

Sandrine legte ihre Tasche auf einem der Stühle ab, dann schälte sie sich aus ihren Kleidern. Schlagartig überzog eine Gänsehaut ihren Körper. Zähneklappernd schlüpfte sie in ihr schwarzes Trikot und die weißen Shorts, dann zog sie ihre Legwarmer über. Anschließend betrachtete sie sich im Spiegel.

Die Angst zuzunehmen, saß ihr ständig im Nacken, obwohl es dafür eigentlich keinen Anlass gab. Ihre Taille war gertenschlank, ebenso ihre Beine, kein überflüssiges Gramm saß auf ihren Hüften. Nicht viele Mädchen aus dieser Ballettschule konnten mit ihr mithalten.

Doch der Druck war hoch, nur die besten Mädchen bekamen ein Stipendium und durften auf eine internationale Karriere hoffen. Sandrine gehörte zu ihnen. Die Ballettschule in Bergen war nur eine Zwischenstation. Wenn ihre Eltern wieder zur Vernunft kamen und nach Frankreich zurückkehrten – es konnte nicht mehr lange dauern, denn dieser Teil Deutschlands war einfach zu öde –, würde sie nach Paris zurückgehen und dort in eine der besten Ballettschulen. So lange würde sie eben hier üben. Sich verbessern. Und beim großen Open Air »Schwanensee« tanzen. Die Ballettschulen würde es nicht kümmern, wo sie aufgetreten war, sondern nur, dass sie aufgetreten war. In einer Hauptrolle, bei der sie sich sogar gegen erwachsene Tänzerinnen durchgesetzt hatte.

Ein Geräusch riss Sandrine aus ihren Gedanken. Irgendwo ging eine Tür. Kam die Ballettlehrerin? Oder eine ihrer Mitschülerinnen?

Es war Samstagnachmittag, das reguläre Training begann aber erst um drei. Sandrine blickte auf ihre Uhr, bevor sie sie abnahm und zu ihren Sachen legte. 14:35 Uhr. Ein bisschen Zeit hatte sie noch, bevor sich die Räume füllten und es schwierig wurde, sich richtig zu konzentrieren.

Rasch strich sich Sandrine das Trikot glatt und holte ihre Spitzenschuhe hervor. Rasch überprüfte sie die Einlagen, dann schlüpfte sie hinein und schloss mit geübten Handbewegungen die Schleifen. Als sie diese Schuhe zum ersten Mal trug, hatte sie geglaubt, sich nie daran gewöhnen zu können. Regelrecht gehasst hatte sie sie!

Aber nun wollte sie sie gar nicht mehr von ihren Füßen wegdenken. Immer wenn Sandrine sie ablegte, kam sie sich nackt vor, ihrer Fähigkeiten beraubt. Natürlich konnte sie auch ohne Spitzenschuhe tanzen, aber jede Bewegung wirkte mit ihnen gleich eleganter.

Als sie fertig war, trat sie nach draußen.

Wer auch immer das Studio betreten hatte, musste sich irgendwo hingesetzt haben, denn Schritte vernahm Sandrine nicht mehr. Vielleicht hatte sich die Ballettlehrerin in ihr Büro begeben, weil sie glaubte, dass noch niemand da sei.

Sandrine war es recht so, dann konnte sie ungestört üben.

Und wenn Madame erschien, würde sie sich freuen, dass ihre Meisterschülerin schon eifrig bei der Sache war.

Sie stellte sich vor den Spiegel und begann mit ihren Aufwärm- und Dehnübungen. Diese waren äußerst wichtig, damit sie sich bei den Tanzfiguren nicht verletzte.

Wie immer rief sie sich dabei eine Melodie ins Gedächtnis, diesmal war es der Walzer aus »Schwanensee«. Sie schloss die Augen, während sie ihre Beine an der Ballettstange dehnte und sich dann vorbeugte. Sie sah sich schon vor jubelndem Publikum über die Bühne tanzen.

»Das machst du wirklich gut.«

Die Stimme ließ Sandrine in ihrer Bewegung erstarren. Sie war so versunken gewesen in die Melodie ihrer Gedanken, dass sie nicht bemerkt hatte, dass jemand hinter sie getreten war. Jetzt sah sie die Gestalt im Spiegel. Unter der Kapuze ihres viel zu weiten grauen Pullovers war ihr Gesicht nicht zu erkennen.

Sandrine stieß einen kurzen Schrei aus und wirbelte erschrocken herum.

»Wer sind Sie?«, fragte sie. Dann erstarrte sie, als sie etwas in der Hand der Gestalt aufblitzen sah.

Nein, das konnte nicht sein!

Sandrine stieß einen wimmernden Laut aus. Ihr Herz schlug ihr auf einmal bis zum Hals. Ihre Knie fühlten sich an, als hätte sie tagelang ununterbrochen geübt.

Wäre sie doch bloß nicht so früh von zu Hause aus aufgebrochen!

»Du hast Angst, nicht wahr?«, tönte es ihr höhnisch entgegen.

Verzweifelt suchte Sandrine nach einem Ausweg. Würde sie es bis zur Tür schaffen? Die Gestalt war schlank, trug Jeans und einen Kapuzenpullover – machte einen sportlichen Eindruck. Und war weiblich, wenn man nach der Stimme ging.

»Aber keine Sorge, ich werde dich nicht leiden lassen. Es wird ganz schnell gehen, das verspreche ich dir.«

Sandrine schnappte erschrocken nach Luft. Ihr Herz begann zu rasen. Warum wollte sie ihr etwas antun? Vielleicht wegen der »Schwanensee«-Aufführung? Sandrine hatte keinen Zweifel daran, dass sie versuchen würde, sie umzubringen.

Einen Moment noch stand sie wie erstarrt, dann stürmte sie zur Seite. Sie war körperlich fit, konnte nicht nur tanzen, sondern war auch eine gute Sprinterin. Im Sportunterricht war sie die Schnellste.

Als sie aus dem Ballettsaal stürzte, waren ihr die Schritte ganz nah.

Wenige Augenblicke später erreichte sie die Tür. Sie umfasste die Klinke, wollte den Türflügel aufreißen, doch ihre Finger glitten vom Metall ab. Verschlossen! Die verdammte Tür war verschlossen!

Sandrine wimmerte erneut auf, dann drehte sie sich herum. Ein verzweifelter Gedanke durchzuckte ihr Hirn: Ich muss zum Hintereingang.

In dem Augenblick schoss eine Hand auf sie zu. Etwas Weiches drückte sich auf ihr Gesicht. Sandrine versuchte, die Gestalt abzuwehren, aber sie war stärker als sie.

Ein beißender Geruch füllte die Lungen des Mädchens. Sie versuchte, sich zu wehren, doch da spürte sie plötzlich einen Stich am Hals. Schmerzhaft wurde eine Flüssigkeit in ihr

Gewebe gepresst. Eine Spritze, schoss es ihr durch den Kopf, dann erschlafften ihre Glieder und sie stürzte in die Dunkelheit.

Das Mädchen war schwerer, als man es einer Ballerina zugetraut hätte, die sich nur von Orangensaft und Äpfeln ernährte, um ihre Figur zu halten. Die Kleine mochte vielleicht zierlich aussehen, aber ihre Knochen wogen genug, um ins Schwitzen zu kommen.

Es war eine Sache, eine Tänzerin zu heben, wenn sie sich mitten in einem Sprung befand, doch eine vollkommen andere, wenn sie einem leblos in den Armen hing.

Die Gestalt hatte keine andere Wahl, als sie fallen zu lassen. Dumpf schlug der Körper auf dem Boden auf. Das Geräusch widerte sie an.

»Scheiße«, murmelte die Gestalt, während sie die Plastikkappe wieder auf die Kanüle steckte und beides dann in der Jackentasche verschwinden ließ.

Schon bald würden die anderen da sein. Durch das kleine Gespräch war wertvolle Zeit verloren gegangen, jetzt musste sie sich beeilen.

Aber sie hatte an alles gedacht. Ohnehin war es riskant, zu dieser Uhrzeit den Körper durch die Stadt zu karren. Sie würde ihn zwischenlagern, bis es dunkel war. Und dann würde sie dem Schwan die Flügel stutzen.

Sie beugte sich über die Bewusstlose, deren Atem nur noch flach ging. Es war schwierig gewesen, an das Narkosemittel zu kommen. Dafür hatte die Wirkung schneller eingesetzt als gedacht. Zehn Sekunden, hatte man ihr gesagt. Doch die Kleine hatte nur drei gebraucht, um das Bewusstsein zu verlieren, da war sie sicher.

Wenn das Mittel nicht kontinuierlich verabreicht wurde, bestand die Möglichkeit, dass sie nach zehn Minuten wieder erwachte. Aber nur, wenn sie mit Sauerstoff versorgt wurde. Sauerstoff war in diesem Fall nicht nötig.

Allerdings gab es ein Restrisiko. Manche Patienten erlitten keinen Atemstillstand. Manche kamen durch und wurden wieder wach. Auch dafür hatte sie Sorge getragen. Allerdings musste das Mädchen von hier weg. Egal, ob sie erstickte oder nachbehandelt werden musste, hier konnte sie es nicht tun.

Die Gestalt strich noch einmal über das Haar des Mädchens. Eigentlich war sie sehr hübsch. Eine richtige kleine Odette. Zu dumm nur, dass sie sich um den Part der Schwanenkönigin gerissen hatte. Dieser stand nur einer Einzigen zu.

Stimmen vor der Tür vertrieben die Gedanken. Die anderen waren da. Sie musste los. Die verschlossene Tür würde ihr noch etwas Zeit verschaffen, aber es war auch möglich, dass es die Ballettmeisterin war, die den Schlüssel besaß.

All ihre Kraft zusammennehmend, zerrte die Gestalt am Arm des Mädchens. Der Boden war leider nicht glatt, doch irgendwie schaffte sie es, die Bewusstlose zu der kleinen Tür zu bugsieren, die zum Keller führte. Sie öffnete sie rasch, stieß den Körper hinein und zog ihn weiter. An der Treppe angekommen, hielt sie keuchend inne. Im ersten Moment meinte sie, Schritte gehört zu haben. Doch bei näherem Hinhören erkannte sie, dass es nur die Stimmen der Ballettschülerinnen vor der Tür waren.

Sie atmete durch, dann blickte sie auf den leblosen Körper

vor sich. Nein, sie würde sich nicht noch einmal damit abschleppen. Mit wutverzerrter Miene versetzte die Gestalt dem Mädchen einen Tritt, sodass es das Gleichgewicht verlor und die Treppe hinunterstürzte. Dann folgte sie dem Körper auf Zehenspitzen in die Dunkelheit. Seltsamerweise kam ihr dabei das Musical »Phantom der Oper« in den Sinn.

Wie das Phantom wollte sie entscheiden, wer die Odette tanzte. Wenn nötig, mit Gewalt.

Sonntag

1

Zum ersten Mal blitzte Sonne durch das Herbstlaub, nachdem es in den vergangenen Tagen nur geregnet hatte.

Spatzen jagten an mir vorbei und über mir krächzten die Krähen. Der erdige Geruch des Herbstes stieg mir in die Nase, als ich das hohe Eisentor hinter mir ließ.

Auf dem Friedhof war kaum Betrieb. Irgendwo in der Ferne hörte ich, dass jemand Laub zusammenharkte, ansonsten war ich ganz allein.

Ich trat an das Grab meiner Eltern mit einem weißen Rosenstrauß in den Händen, den ich in einem kleinen Blumenladen gekauft hatte. Weiße Rosen waren die Lieblingsblumen meiner Mutter gewesen. Wenn mein Vater ihr eine Freude hatte machen wollen, hatte er ihr einen Strauß mitgebracht. Außer am Hochzeitstag, da hatte er ihr immer einen riesigen roten Strauß geschenkt.

Es gab einen Grund für meinen Besuch heute. Genau heute jährte sich der Unfall meiner Eltern zum siebten Mal. Die Bilder dessen, was damals geschehen war, verließen mich nie ganz, aber mittlerweile hatte ich sie besser in den Griff bekommen. Das mochte auch daran liegen, dass ein neues Leben für mich begonnen hatte.

Vor etwas mehr als zwei Monaten war ich ins Elitegymnasium Rotensand eingetreten und ins Internat auf Rügen gezogen. Der Einstand war alles andere als einfach gewesen, besonders wegen der Morde an einigen Mitschülerinnen. Unmittelbar nach meiner Ankunft im Internat hatte die Mordserie begonnen. Beinahe wäre ich selbst auf dem Friedhof gelandet, aber es war mir gelungen, den Mörder zu entlarven und dafür zu sorgen, dass er hinter Gitter kam.

Noch immer überlief mich eine Gänsehaut, wenn ich daran dachte. Wenn ich irgendwo einen toten Vogel liegen sah, wurde mir unwillkürlich übel. Aber wie hätte es mir auch gehen sollen, nachdem die Morde an meinen Mitschülerinnen erst wenige Wochen her waren?

Meine Zimmergenossin Susanne kam mir wieder in den Sinn. Ob sie ihrer Freundin Camilla, die eines der Opfer war, auf dem Friedhof ebenfalls einen Besuch abgestattet hatte? Sie hatte nichts davon gesagt, aber es lag nahe.

Ich schob den Gedanken an Susanne beiseite und blickte auf den Grabstein vor mir. Die Goldschrift war ein wenig angelaufen, auf dem Stein glitzerten Wassertropfen in der Sonne.

Die Namen meiner Eltern zu lesen, erfüllte mich immer mit tiefer Traurigkeit. Es war, als würde sich ein Elefant auf meine Brust setzen. Wären sie noch da, wäre ich nicht in den ganzen Schlamassel geraten. Ich würde jetzt wahrscheinlich in unserem alten Haus auf meinem Sofa liegen und lesen oder Musik hören, vielleicht hätten wir zum Abschluss der Herbstferien einen kleinen Ausflug gemacht. Aber so war es nun mal nicht.

Fest stand allerdings: Meine Eltern wären mächtig stolz auf mich gewesen. Eliteschülerin und Heldin des Internats. Als Letztere wollte ich nicht angesehen werden, aber in Rotensand hielten mich viele Schüler dafür.

Ich legte den Blumenstrauß auf den Grabhügel, um den sich die Friedhofsgärtnerei kümmerte. Das Geld dafür ging von einem Konto ab, auf dem das Geld, das meine Eltern mir vermacht hatten, lag. Es war kein Vermögen, würde aber, inklusive der Waisenrente, die ich bezog, reichen, um mir nach Volljährigkeit ein Studium zu ermöglichen.

Mittlerweile war ich mir sicher, dass es in Richtung Gerichtsmedizin oder Kriminaltechnik gehen würde. Seit ich dafür gesorgt hatte, dass der Krähenmann hinter Gitter gekommen war, konnte ich mir keinen besseren Beruf vorstellen als einen, der die Welt von Verbrechern befreite.

Plötzlich summte mein Handy. Ich war davon überzeugt, dass die Nachricht von Alex kam. Seit er nach Hause abgereist war, schrieb er mir ständig. Lächelnd zog ich das Telefon aus der Hosentasche. Viel zu lange hatten wir uns nicht mehr gesehen oder geküsst. Klar, die Ferien dauerten nur eine Woche, aber diese Woche war furchtbar lang gewesen ohne ihn.

Doch meine Freude wurde abrupt gebremst. Als das Displaylicht aufflammte, sah ich, dass die Nachricht nicht von Alex stammte. Sie kam von einer Trash-Mail-Adresse.

Erschrocken schnappte ich nach Luft, denn ich erinnerte mich noch sehr gut an diese Art der Kontaktaufnahme.

Mit zitternden Händen und klopfendem Herzen öffnete ich die Mail.

Ich hoffe, du hast unser kleines Spiel nicht vergessen. Wie versprochen melde ich mich nun, denn es gibt etwas für dich zu tun. Ich würde dir raten, so schnell wie möglich nach Hause zu fahren. Es gibt Neuigkeiten!
Der Ratgeber.

Für einen Moment war ich wie erstarrt. Dass der »Ratgeber«, wie er sich selbst nannte, sich wieder bei mir meldete, konnte nichts Gutes bedeuten. Bei der Mordserie des Krähenmanns hatte er auf eine undurchsichtige Art seine Finger im Spiel gehabt, aber seitdem hatte die ganze Zeit über Funkstille geherrscht. Der Ratgeber hatte mich in Ruhe gelassen. Was wollte er jetzt? Und woher wusste er, dass ich nicht im Wohnheim war, wo ich seit dem Tod meiner Eltern lebte – zumindest während der Schulferien.

Es gibt etwas für dich zu tun. Hieß das, dass wieder ein Mörder zugeschlagen hatte? In unserem Internat?

Mir wurde auf einmal speiübel. Das Wasser lief mir im Mund zusammen und ich begann zu schwanken.

Keine Ahnung, warum, aber mir schoss sofort Alex in den Sinn. War etwas mit ihm?

Ich konnte es mir nicht vorstellen, aber andererseits …

Panisch suchte ich Alex' Nummer auf der Kontaktliste, fand sie und wählte.

Die Sekunden zogen sich. Ein Klingeln nach dem anderen ertönte, ohne dass er ranging.

Schließlich meldete sich die Mailbox. In meinem Magen krampfte sich etwas zusammen und Schweiß brach mir aus. Gleichzeitig versuchte eine kleine Stimme, mich zu beruhigen. Es ist doch schon öfter vorgekommen, dass er nicht gleich rangegangen ist.

»Hi, Alex, hier ist Clara, bitte melde dich, wenn du meine Nachricht abhörst.«

Mein Versuch, nicht panisch zu klingen, schlug grandios fehl.

Während ich in den nächsten Minuten immer wieder mein Handy überprüfte, lief ich zur Bushaltestelle. Ich ärgerte mich, dass ich mich nicht mal von meinen Eltern verabschiedet hatte. Bis die Linie, die den S-Bahnhof ansteuerte, aufbrach, würden mir zehn Minuten bleiben. Da Sonntag war, fuhren die Busse leider nur stündlich, ich musste diesen Bus also unbedingt bekommen. Ich musste zurück.

An der Haltestelle angekommen, saß ich wie auf heißen Kohlen. Immer wieder checkte ich mein Handy, doch es tat sich nichts.

Also schrieb ich dem Ratgeber eine Antwort:

Was meinst du? Was soll passiert sein? Drück dich klarer aus. Alles andere wäre unfair.

Nicht dass der Ratgeber fair spielen würde. Aber ich fand den Zusatz passend.

Ich schickte die Nachricht ab, doch es dauerte nicht mal eine Minute, bis mir der *Mailer Daemon* antwortete. Verdammt, er setzte sein Spiel mit den Trash-Mails fort! Er richtete die

Adressen ein und löschte sie schnell wieder, wenn er die Unterhaltung nicht fortsetzen wollte. Und noch immer interessierte es ihn nicht, was ich zu fragen hatte. Was nützte denn ein Ratgeber, wenn er nicht bereit war zuzuhören?

Ich verstand ohnehin nicht, warum er sich so nannte. Er gab mir Spuren und verlangte, dass ich den Fall löste. Gleichzeitig schien es mir, als würde er gegen mich arbeiten. Als wollte er meine Arbeit gleich wieder zunichtemachen.

Bevor ich es noch einmal bei Alex versuchen konnte, erschien der Bus. Ich legte auf und stieg ein.

Der Geruch nach nassem Hund stach mir in die Nase. Glücklicherweise richtete ich meinen Blick auf den Boden, bevor ich dem großen braunen Fellknäuel neben einem der Sitze auf die Pfote treten konnte. Der Hund zuckte mit den Augenbrauen, hielt mich aber nicht für so gefährlich, dass er sich bewegen musste.

Kurz nachdem ich mich auf einen der Sitze hatte fallen lassen, fuhr der Bus an.

Erneut versuchte ich es bei Alex.

Auch diesmal ging die Mailbox ran. Verärgert legte ich auf. Verdammt, warum hatte ich die Mail bloß geöffnet? Und warum zum Teufel ließ mich dieser »Ratgeber« nicht in Ruhe? Was wollte er überhaupt von mir?

Wütend starrte ich aus dem Fenster, während der Bus viel zu langsam durch die Straßen Potsdams schaukelte. Eigentlich hatte ich mir einen ruhigen Sonntag gönnen wollen. Nach dem Besuch bei meinen Eltern wollte ich mir noch ein Eis genehmigen und dann entspannt nach Rotensand zurückfahren. Und jetzt das.

Wieder checkte ich mein Handy. Nichts. Ich atmete tief durch und versuchte, mich zu beruhigen. Ohne Erfolg. Mein Mund war auf einmal staubtrocken. Alex, melde dich, flehte ich im Stillen. Zeig mir, dass bei dir alles in Ordnung ist.

Doch es tat sich nichts.

Ich schaute aus dem Fenster und meine Gedanken überschlugen sich. Was hatte der Ratgeber bloß gemeint?

War Susanne etwas passiert? Oder einem anderen meiner Mitschüler? Oder gar einem Lehrer?

Wenn der Ratgeber wollte, dass ich ermittelte, hatte sicher nicht nur irgendwer einen Joint auf dem Schulhof geraucht.

Mitten in meine Grübelei hinein summte plötzlich mein Handy. Mein Puls, der sich ein wenig beruhigt hatte, schnellte sofort wieder nach oben. Hastig zog ich mein Telefon hervor und ging ran, ohne auf das Display zu achten.

»He, was ist denn los, dass du bei mir Sturm klingelst?«

Alex!

»Ist irgendwas passiert?«, fügte er besorgt hinzu.

Ich schloss die Augen und atmete tief durch. Mein Herzschlag normalisierte sich wieder. Er war am Leben!

»Nein, ich …«

»Hattest du so große Sehnsucht nach mir?«

Das auch, aber dafür hätte ich nicht Sturm geklingelt.

»Ich … ich meine …«, druckste ich herum. »Es ist so, ich habe eine Nachricht bekommen. Vom Ratgeber.«

Stille am anderen Ende. Alex presste jetzt wahrscheinlich die Lippen zusammen, wie immer, wenn etwas Unangenehmes ihn unvorbereitet traf.

»Und was wollte er?«, fragte er schließlich.

»Er meinte, es gibt wieder etwas für mich zu tun.«

»Oh Gott«, raunte Alex und seufzte tief. »Ist schon wieder so ein Irrer unterwegs? Oder ist dieser Krähenmann ausgebrochen?«

»Das frage ich dich. Hast du in den vergangenen Stunden irgendwas gehört?«

»Nein, woher?«, entgegnete er ratlos. »Ich bin noch zu Hause, fahre nachher erst wieder nach Rotensand. Aber ich kann gleich mal im Internet schauen, wenn du magst.«

»Ja, bitte«, entgegnete ich und spürte, wie sich mein Adrenalinspiegel ein wenig senkte. Das, was der Ratgeber mir geschrieben hatte, war dadurch nicht weniger beunruhigend, aber immerhin wusste ich Alex in Sicherheit.

»Okay, ich lege gleich los.« Alex machte eine Pause. »Du?«

»Ja?«

»Lass dich von diesem Drecksack nicht verrückt machen, ja? Ich pass schon auf mich auf. Und er tut gut dran, sich von dir und mir fernzuhalten, sonst kann er was erleben.«

Ich lächelte. Sonst stand ich ja nicht so auf diese Beschützermasche, die manche Jungs draufhatten, aber bei Alex konnte ich mir sicher sein, dass das nicht nur eine Masche war.

»Gut zu wissen.« Ich spürte, wie tief in meiner Kehle ein Schluchzen aufstieg. Außer Alex und vielleicht noch Susanne hatte ich doch niemanden mehr!

»He, ich freue mich darauf, dich wiederzusehen«, sprach er beruhigend weiter. Der Klang seiner Stimme war wie ein warmer Mantel, mit dem er mich umhüllte. In solchen Momenten konnte ich immer noch nicht glauben, dass ich mit ihm zusammen war.

»Ich freue mich auch.«

»War es denn schwer heute?«

Ich hatte ihm natürlich erzählt, dass ich zu meinen Eltern fahren würde. Auch wenn er beide Elternteile noch hatte, hatte ich bei ihm das Gefühl, dass er nachempfinden konnte, wie ich mich fühlte.

»Es ging«, entgegnete ich. »Leider ist dieser blöde Ratgeber reingeplatzt. Ich wäre gern noch ein bisschen länger dort geblieben.«

»Das kannst du nachholen. Und wenn du möchtest … komme ich beim nächsten Mal mit. Dann brauchst du dir wenigstens keine Sorgen zu machen, wenn dich dieser Idiot wieder anschreibt.«

»Wenn dieser Idiot mich anschreibt, ist es immer ein Grund zur Sorge«, erwiderte ich, aber ich wusste schon, was er damit meinte.

Am Potsdamer Hauptbahnhof angekommen, hatte ich das Glück, sofort in eine S-Bahn springen zu können, die mich zum Berliner Hauptbahnhof brachte.

Ich saß wie auf Kohlen. Dass Alex nichts passiert war, dass er in gewisser Weise auch gewarnt war, hatte schon mal was Beruhigendes, doch was war mit all den anderen? In Rotensand gab es haufenweise Schüler verschiedener Klassenstufen. Es musste niemand sein, den ich kannte …

»Nächster Halt: Berlin Hauptbahnhof«, plärrte die Zugdurchsage. Ich schnappte meine Tasche und ging zur Tür.

2

Während der Zugfahrt versuchte ich, ein paar Informationen auf mein Handy zu bekommen. Der Empfang war schlecht, Brandenburg strotzte ebenso wie Mecklenburg vor Funklöchern. Und das Ferienticket hatte es mir nicht erlaubt, in einem ICE zu fahren, der über ein eigenes WLAN verfügte.

Als es mir beim Halt im Schweriner Hauptbahnhof doch gelang, die Seite einer großen Zeitung zu öffnen, entdeckte ich nichts, was für den Ratgeber interessant gewesen wäre.

War es möglich, dass man die Tat noch nicht entdeckt hatte? Vielleicht lag irgendwo ein Toter herum, und der Ratgeber wollte, dass ich ihn fand. Das traute ich ihm durchaus zu.

Frustriert schloss ich den Browser und ließ mein Handy, das seit der Trash-Mail stumm geblieben war, in der Tasche verschwinden.

Nach der Verhaftung des Krähenmanns, der eigentlich Marc Feldten hieß, hatte ich mich oft gefragt, woher der Ratgeber ihn kannte. Und warum er mich ins »Spiel« geschickt hatte. Hatte unser Schulpsychologe etwas damit zu tun, der Marc Feldtens Akte verwahrt hatte?

Nein, das wäre zu offensichtlich. Doch das hieß nicht, dass nicht jemand diese Akten zu Hilfe genommen hatte. Eliteinternat hin oder her, was Schlüssel anging, war Rotensand ein wenig nachlässig, das hatte ich selbst mitbekommen.

Auf jeden Fall wurde ich das Gefühl nicht los, dass der Ratgeber etwas mit den Morden zu tun hatte. Auch wenn Marc behauptet hatte, allein gewesen zu sein.

Alex hatte eine abenteuerliche Theorie. Er glaubte, dass die Ansage des Ratgebers wörtlich zu nehmen sei. Er spielte ein Spiel – und sorgte dafür, dass die Figuren aufs Brett kamen. Ähnlich wie beim Schach. Er stellte die schwarze Seite ebenso wie die weiße Seite auf und beobachtete ihre Züge. Ich fand diese Vorstellung gruselig.

Jetzt, wo ich mit dem Regionalexpress durch das herbstliche Mecklenburg gondelte, vorbei an gelb und rot gefärbten Bäumen und kahlen Feldern, musste ich zugeben, dass es genauso sein konnte.

Schließlich erreichten wir Stralsund. Hier musste ich noch einmal umsteigen. Einen Zug nach Sassnitz bekam ich nicht, aber einen nach Bergen. Von dort würde ich mich mit dem Taxi nach Rotensand fahren lassen. So viel Geld hatte ich noch.

Der Zug ratterte über den Rügendamm und ich versank für einen Moment in dem wunderschönen Anblick des Himmels über dem Wasser. Meinen Eltern hätte es gefallen.

Es tat mir leid, dass ich mich von der Nachricht des Ratgebers von ihrem Grab hatte wegtreiben lassen. Aber sie hätten es wahrscheinlich verstanden.

Als wir endlich in Bergen ankamen, hatte sich der Himmel rot gefärbt.

Da ich wusste, dass es in der Innenstadt einen Taxistand gab, beschloss ich, mich auf den Weg zu machen.

Ich hatte den Bahnhof gerade zwei Straßenzüge hinter mir gelassen, als mir ein Hupkonzert entgegentönte. Irgendwas schien die Straße zu blockieren. Der Stau hatte zwar keine Großstadtausmaße, aber die Fahrer waren offenbar ziemlich verärgert. Einige von ihnen wendeten hektisch und rasten dann mit röhrenden Motoren die Straße hinunter.

Offenbar hatte ich die Ursache dafür gefunden, dass kein Taxi am Bahnhof stand. Sie kamen einfach nicht durch!

Ich folgte dem Gehweg zu der Autoschlange. Ich konnte die Autofahrer verstehen, die hier ausflippten. Wahrscheinlich wollten sie wieder nach Hause oder zum Kaffeetrinken zu Tante Helga.

Ich ging an Fahrzeugen vorbei, deren Fahrer sich nervös Zigaretten ansteckten oder sich mit ihren Beifahrern unterhielten. Einer kompensierte seinen Ärger offenbar mit lauter Musik.

Aus einem der Wagen wurde mir hinterhergepfiffen – und das, obwohl ich nichts anderes trug als schwarze Docs, schwarze Jeans und eine schwarze Wolljacke. Sogar mein blondes Haar war unter einem schwarzen Beanie verborgen. Nichts, was einen Mann dazu reizen sollte, mir nachzupfeifen. Aber er tat es, und ich strafte ihn dafür, indem ich ihn ignorierte.

Nebenbei hielt ich Ausschau nach einem Taxi, konnte aber keines entdecken. Stattdessen setzten die Wagen wieder zu einem Hupkonzert an – als ob das etwas nutzen würde.

Schließlich ragte ein Gebäude mit hohen Fenstern über der Straße auf. STADTBAD stand in großen Lettern über dem

Eingang. Irgendwann musste es ein Architekt für eine gute Idee gehalten haben, die Fassade des Gebäudes mit gelben Kacheln zu fliesen. Jetzt sah es einfach nur hässlich aus.

Aber die Farbe der Kacheln wurde mir im nächsten Augenblick egal, denn ich erkannte, dass das Schwimmbad der Grund für den Verkehrsstau war. Eine Menschenmenge sammelte sich vor dem Eingang. Blaulichter blitzten.

Ich schritt schneller aus und stand wenig später zwischen den Leuten. Offenbar waren sie genauso wie ich auf dem Weg durch die Stadt gewesen. Was gab es hier zu sehen? Drehte man vielleicht irgendeinen Film? Standen alle nur hier, um einen Blick auf einen berühmten Schauspieler zu erhaschen?

»Was ist denn da los?«, fragte ich einen Mann, der sensationslüstern den Hals reckte.

»Weiß ich auch nicht genau«, antwortete er. »Ich glaube, da ist wer in der Schwimmhalle ertrunken.«

Ertrunken? Das Wort traf mich wie ein Fausthieb. Ertrunken. Jemand war ertrunken.

Mir wurde auf einmal heiß und kalt zugleich. Die goldene Herbstsonne blendete mich und stach in meine Wange, während mein Herz zu rasen begann. Er hatte gemeint, dass ich so schnell wie möglich nach Hause kommen sollte, weil es dort etwas für mich zu tun gab.

War es möglich, dass der Ratgeber das gemeint hatte? Aber seine Nachricht war erst einen halben Tag her!

Sofort fragte ich mich, wer der Tote in der Schwimmhalle war. Ein Schwimmer, der einen Herzinfarkt erlitten hatte? Vielleicht einer meiner Lehrer? Der Direktor etwa?

Ich musste näher rankommen!

Vorsichtig schob ich mich durch die Schaulustigen – nicht ohne mir schäbig vorzukommen. Ich gehörte eigentlich nicht zu den Menschen, die sich am Unglück anderer ergötzten. Es ging mir reinweg darum zu erfahren, ob der Tote jemand aus dem Internat war.

Nach einer Weile stieß ich allerdings an meine Grenze. Die Polizei hatte den Eingangsbereich der Schwimmhalle mit Flatterband abgesperrt. Kein Durchkommen.

Ich musste einen anderen Weg finden.

Mein Blick schweifte über die Einsatzfahrzeuge. Etwas abseits stand ein Notarztwagen. Irgendwie unbeteiligt. Waren sie nicht mehr gebraucht worden?

Ich löste mich von der Menge und strebte der Seitenstraße zu, an die die Schwimmhalle grenzte. Dort stand niemand. Auch kein Auto. Die Leute, die hier hätten einbiegen können, hatten den Stau wohl schon gesehen und waren wieder umgekehrt.

Ich drückte mich in einen der Hauseingänge, von dem aus ich einen guten Blick auf die Schwimmhalle hatte. Was war dort drinnen passiert?

Plötzlich näherte sich mir ein schweres Fahrzeug von links. Ich hielt es zunächst für den Transporter einer Klempnerfirma, doch dann erkannte ich die Aufschrift »Institut für Rechtsmedizin Greifswald«.

Ich drückte mich noch weiter in den Hauseingang.

Das Fahrzeug rumpelte an mir vorbei und hielt hinter dem Notarzt. Zwei Männer in Schutzkleidung stiegen aus. Routiniert zogen sie sich weiße Zellstoffhauben über die Köpfe, nickten sich zu und umrundeten das Fahrzeug. Hinten machten sie halt, öffneten die Tür und zogen eine fahrbare Bahre hervor, die mit einem schwarzen Sack ummantelt war.

Ein Leichensack. Ein kalter Schauer ließ mich zusammenzucken.

Das Blut rauschte in meinen Ohren und mein Magen krampfte sich zusammen. Ich konnte den Puls in meinem Hals spüren.

Denk an was Schönes, murmelte ich vor mich hin. Ich spürte, wie mich langsam die Kraft verließ. Denk an Alex. Denk daran, dass er in Ordnung ist. Dass er lebt.

Doch auf einmal wollte ich nur noch weg. Wie in Trance stürzte ich die Straße herunter. Schon wieder hatte mich der Tod eingeholt.

Ich lief zurück zum Bahnhof mit der festen Absicht, mich diesmal nicht einzumischen. Wozu gab es schließlich die Polizei? Wenn im Schwimmbad ein Mord verübt worden war, würde Kommissar Dräger ermitteln, den ich schon von den grauenhaften Ereignissen um den Krähenmann kannte. Ich hatte mit dem Scheiß hier nichts zu tun.

Am Bahnhof angekommen, sah ich, wie gerade ein Taxi auf einen der Stellplätze fuhr. Das war ein Zeichen. Offenbar hatte ich die richtige Entscheidung getroffen.

Ich riss den Arm hoch und rannte los. Dieses Taxi wollte ich mir auf keinen Fall wegschnappen lassen und gerade war ein Zug im Bahnhof eingefahren.

Der Fahrer sah mich ein wenig verwundert an, doch dann öffnete er mir bereitwillig die Tür.

»Wohin geht's denn, junges Fräulein?«, fragte er.

»Nach Rotensand. Ins Internat.«

Er runzelte die Stirn und musterte mich von oben bis unten. Ja klar, ich sah nicht so aus, als würde ich dort hingehören. Hätte ich nicht das Begabtenstipendium bekommen, wäre ich sicher auch nicht dort gelandet.

Er wartete, bis ich eingestiegen war, dann drückte er aufs Gaspedal und bog wenig später auf die Landstraße ein, die glücklicherweise nicht am Schwimmbad vorbei, dafür aber nach Rotensand führte.

3

Die Sehnsucht kam immer dann, wenn die Dunkelheit heraufzog. Jetzt ein bisschen früher als sonst, denn der Oktober sog alles Licht in sich auf. Sie wusste, was das bedeutete.

Vier Monate lang würde sich ihr Gemüt verdunkeln und ihr Herz einen ganz besonderen Schmerz fühlen. Einen Schmerz, dem sie sich dennoch allzu gern hingab, auch wenn er sie beinahe zerriss.

An diesem Nachmittag hatte sie lange auf ihrem Sofa gesessen und vor sich hin gestarrt. Wieder und wieder hatte sie an das gedacht, was sie getan hatte. An den Händen, die sie vor sich auf den Schoß gelegt hatte, klebte noch immer Blut. Das war sehr leichtsinnig, aber dieses Risiko ging sie ein. Sie wollte das Blut spüren. Es war wie in der Geschichte von dieser verrückten Gräfin, die geglaubt hatte, dass Jungfrauenblut ihr die Jugend zurückgeben würde.

Sie hätte nicht gedacht, dass es so eine eindringliche Erfahrung sein würde, einen Menschen zu töten.

Sie hatte lange überlegt, wie sie den toten Schwan inszenieren sollte. Dann war sie darauf gekommen, ihm das Wertvollste zu nehmen, das er hatte. Ob man sie mittlerweile gefunden hatte?

Sie wagte nicht, den Fernseher oder das Radio einzuschalten. Einfach deshalb, weil sie fürchtete, dass man ihre wunderschöne Arbeit als grauenvoll bezeichnen würde, als Werk eines Verrückten. Aber verrückt war sie ganz und gar nicht – sie wollte nur dafür sorgen, dass ihr niemand wegnahm, was ihr gehörte.

Das Klingeln des Telefons holte sie aus ihren Gedanken. War *er* das?

Es gab kaum Leute, die sie anrufen wollten. Sie war noch nie die Beliebteste gewesen. Aber er hielt zu ihr. Er ließ sie nicht im Stich.

Ihre Hände zitterten in freudiger Erregung, als sie ranging.

»Ja?«, fragte sie. Ihre Stimme klang heller als sonst, das kam von ganz allein, wenn sie erwartete, mit ihm zu sprechen.

»Hallo, Odile«, meldete er sich.

Für einen Moment vergaß sie alles um sich herum. Eine Welle des Glücks breitete sich in ihrem Innern aus. Odile. Das war der Name, den er ihr bei ihrem ersten Gespräch gegeben hatte. Seitdem war er ihr treuer Freund geworden, ihr Rotbart, der Zauberer, der alles dafür tat, dass sie ihren Siegfried bekam. Und der die Schwanenprinzessin um jeden Preis vernichten wollte.

Das hatte sie für ihn erledigt. Er würde stolz auf sie sein.

Manchmal dachte sie, dass sie in ihn selbst verliebt sei. Er war so nett zu ihr, der netteste Mensch seit vielen Jahren. Nach dem Unfall hatte niemand mehr etwas mit ihr zu tun haben wollen.

»Du hast für ziemlich viel Wirbel gesorgt, kleine Odile«, fuhr Rotbart fort. »Sie haben Odette gefunden.«

»Ich habe alles getan, dass man mich nicht sieht.«

»Das mag sein. Und dennoch war es nicht gerade eine gute Idee, dass du sie in die Schwimmhalle geworfen hast. Ein See wäre wesentlich besser gewesen – oder gleich das Meer.« Er klang ärgerlich.

»Es war zu weit«, entgegnete sie eingeschüchtert. Sie hatte ihn nicht erzürnen wollen. »Man hätte sich gewundert, wenn ich zu lange weggeblieben wäre.«

»Nun gut, sei es drum. Früher oder später hätte man sie gefunden. Verhalte dich fürs Erste ruhig und unauffällig. Ich werde dafür sorgen, dass man dich nicht behelligt.«

Davon war sie überzeugt.

»Ich … es …«, stammelte sie, doch da ertönte ein Tuten, das ihr sagte, dass Rotbart aufgelegt hatte. Enttäuscht steckte sie das Handy zurück in die Ladestation. Zehn vor fünf. Sie musste los.

4

Wie auf heißen Kohlen saß ich vor meinem Zimmerfenster und blickte auf den Westflügel. Die tief stehende Sonne spiegelte sich in den Scheiben, während vom Wald her die Dunkelheit langsam heraufzog. Um diese Jahreszeit wirkte das Gebäude, in dem Gegenstände aus dem alten Kinderheim aufbewahrt wurden, noch gruseliger.

Ich hoffte nur, dass Alex bald auftauchte – bei meiner Ankunft war er noch nicht da gewesen. Und ich freute mich auch schon auf Susannes Rückkehr, die mit ihren Eltern für eine Woche nach Griechenland gereist war. In den Wochen nach dem Vorfall hatten wir beide uns noch mehr zusammengerauft.

Sie war froh gewesen, dass der Mörder von Camilla niemandem mehr etwas tun konnte. Es war mir und Melanie glücklicherweise erspart geblieben, Marc Feldten noch einmal zu Gesicht zu bekommen.

Und wenn es nach mir ging, würde es mir auch erspart bleiben herauszufinden, wer da im Bergener Stadtbad ertrunken war.

Das Summen meines Handys zeigte den Eingang einer neuen E-Mail an. Wer das wohl war?

Seufzend griff ich nach dem Gerät. Eine Trash-Mail, war ja klar. Und, was hatte der Ratgeber nun wieder? Ach ja, richtig, er wollte wissen, ob ich getan hatte, was er wollte.

Na, hast du die Neuigkeit inzwischen erhalten?

Ich hatte keine Lust zu antworten. Ehrlich, nachdem ich Todesängste wegen Alex ausgestanden hatte, wollte ich am liebsten das Handy an die Wand werfen. Doch offenbar erwartete er eine Antwort.

Du meinst den Toten in der Schwimmhalle? Tut mir leid, ich passe.

Den letzten Satz tippte ich ganz impulsiv ein. Ich hatte keine Lust, schon wieder die Schnüfflerin zu spielen und letztendlich in den Lauf einer Pistole zu blicken.

Die Antwort folgte auf dem Fuße.

Verstehe ich das richtig, du willst aus dem Spiel ausscheiden?

Meine Güte, warum gab er mir nicht einfach seine Handynummer, damit ich ihm WhatsApp-Nachrichten schicken konnte? Diese Ein-Satz-Mails nervten.

Ja, das will ich. Das ist Sache der Polizei, nicht meine.

Wütend schickte ich die Mail ab. Und jetzt?

Ich war sicher, dass er mich nicht in Ruhe lassen würde. Aber einen Versuch war's wert.

Die Minuten vergingen.

Das kann ich leider nicht akzeptieren. Aus diesem Spiel scheidet man nicht einfach so aus. Wenn du nicht mitspielen willst, wird deinem Freund etwas passieren. Vielleicht fühlst du dich dann motiviert.

Ich schnappte erschrocken nach Luft. Er drohte mir also, Alex etwas anzutun? Dieser Typ war doch vollkommen irre!

Am liebsten hätte ich ihm eine gepfefferte Antwort geschickt, doch ich hielt mich zurück. Vielleicht war es besser, nichts zu antworten.

Doch der Ratgeber war in Fahrt. Offenbar hatte ich ihn anständig verärgert.

Na, spielst du weiter mit?, fragte er, bevor ich überhaupt Zeit gehabt hätte, ihm zu antworten. Einen Moment lang kam mir sogar der Gedanke, Dräger anzurufen.

Ich denke darüber nach, antwortete ich ihm schließlich. Das war kein Ja und kein Nein.

Beinahe erwartete ich, dass mein guter alter Freund, der *Mailer Daemon*, antworten würde, doch es kam nichts. Die Mail war durchgegangen.

Jetzt fühlte ich mich erst recht, als würde ich auf glühenden Kohlen sitzen.

Die ganze Zeit über starrte ich aufs Display, denn ich wusste, dass dem Ratgeber diese Antwort nicht gefallen würde.

Aber seine Reaktion blieb aus. Und ich hatte auch keine Lust nachzuprüfen, ob er die Mailadresse schon wieder gelöscht hatte.

Als es an der Tür klopfte, zuckte ich zusammen.

»Clara?«, fragte eine vertraute Stimme. Ich sah auf. Da stand er! Sofort machte mein Herz einen Satz und trieb mich von meinem Bett.

»Alex!« Ich fiel ihm um den Hals und küsste ihn. Er schlang seine Arme um mich, und durch seine Wärme spürte ich erst, dass ich die ganze Zeit über gefroren hatte. Vor lauter Spannung und Nachdenken hatte ich vergessen, die Heizung aufzudrehen.

»Na, das ist ja eine Begrüßung«, sagte Alex, während er etwas hinter seinem Rücken verbarg. Er küsste mich und auf einmal durchzuckte mich ein Gedanke. Wie wäre es, Sex mit ihm zu haben? Hier. Einfach so.

Im Heim hatten viele Mädchen ihr erstes Mal schon mit dreizehn oder vierzehn erlebt. Ich hatte bisher noch nie daran gedacht. Klar wusste ich, dass ich früher oder später Sex haben würde. Doch damals hatte mir der richtige Junge gefehlt. Und ich musste auf das Eliteinternat hinarbeiten. Doch jetzt war ich hier. Das Stipendium war sicher. Ich machte mich gut. Und nun war da Alex. Wir waren jetzt seit fast zwei Monaten zusammen, und plötzlich wollte ich nicht mehr lange warten – ihm näher sein als je zuvor.

»Hier, schau mal, was ich vorhin gefunden habe.« Alex' Miene wurde ernst, als er mir einen Ausdruck reichte. Er stammte von der Online-Ausgabe einer großen Zeitung.

Ich seufzte tief, als ich den Ausdruck an mich nahm.

»Grauenhafter Mord in Bergener Stadtbad«, titelte das Blatt. Das Foto darunter zeigte, wie der Leichnam von den Mitarbeitern der Rechtsmedizin aus dem Gebäude getragen wurde.

Offenbar war es dem Fotografen auch nicht gelungen, näher ranzukommen. Dafür hatte er das Bild aus einem anderen Winkel aufgenommen, als ich es gesehen hatte, und so konnte man einen Blick auf die Schaulustigen werfen. Zum Glück hatte ich mich da schon von der Menge entfernt.

Nicht, dass es den Ratgeber davon abhalten würde herauszufinden, ob ich mitspielte. Aber immerhin würde es ihn nicht in der Zeitung anspringen.

Mein Blick wanderte vom Bild auf den Text. Natürlich war er wie immer reißerisch, aber diese Zeitung nahm wenigstens kein Blatt vor den Mund. Was für andere Leser vielleicht abschreckend war, beinhaltete für mich wertvolle Informationen.

Bei der Toten handelte es sich um eine junge Französin, Sandrine Ravier. Ihre Eltern waren Künstler und lebten in der Nähe von Bergen. Sandrine war von einer Reinigungskraft in der Schwimmhalle gefunden worden. Ab Oktober wurde diese erst am Nachmittag geöffnet, auch sonntags.

Die Reinigungskraft hatte das Mädchen im Wasser treibend aufgefunden – umgeben von einem Kranz aus Federn. Der Mörder hatte ihre Füße abgetrennt, bevor er sie ins Wasser geworfen hatte.

Federn.

Das Wort schlug mir wie eine Faust in den Magen. Mir wurde schlecht, kalter Schweiß trat auf meine Stirn, und ich schmeckte Galle, als würde ich mich gleich übergeben.

Die Federn trafen mich beinahe noch härter als der Umstand, dass der Mörder dem Opfer die Füße abgetrennt hatte. Der Krähenmann hatte auch Federn verwendet. Na ja, nicht richtig, er hatte den Opfern Krähenflügel angenäht. Aber dass wieder Federn im Spiel waren, behagte mir ganz und gar nicht.

Federn – Ratgeber – Tod.

»Denkst du dasselbe wie ich?«, fragte Alex neben mir. Die ganze Zeit über hatte er mich angesehen. Jetzt trafen sich unsere Blicke.

»Woher soll ich wissen, was du denkst?«, fragte ich zurück, aber ich konnte es mir tatsächlich vorstellen.

Es war schon beinahe gruselig, dass ich oftmals tatsächlich wusste, was er dachte.

»Na, die Sache mit den Federn. Der Reporter hat es extra erwähnt.«

»Das ist ja auch erwähnenswert«, entgegnete ich und suchte dann auf dem Ausdruck nach einem bestimmten Satz.

Wenig später fand ich ihn und las ihn laut vor.

»Haben wir es nach den Vorfällen um den Krähenmann mit einem neuerlichen Serientäter zu tun?«

»Die Reporter sind nicht dumm«, sagte Alex.

»Ja, und sie haben den gleichen Gedanken wie wir. Ein neuer Serienkiller. Einer, von dem der Ratgeber weiß. Natürlich kennen sie den Ratgeber nicht …« Alex überlegte einen Moment lang. »Vielleicht sollten die Medien davon erfahren. Dass es einen Mann im Hintergrund gibt. Oder zumindest Dräger. Hast du ihm vom Ratgeber erzählt?«

Ich schüttelte den Kopf. »Das habe ich für keine gute Idee

gehalten. Und wenn du mich fragst, halte ich es auch jetzt nicht für eine gute Idee.«

Ich konnte mir vielleicht mit einer Antwort Zeit lassen, aber wenn ich wirklich damit zur Polizei ging, dass ich geheime Nachrichten erhielt, würde der Typ sicher austicken …

»Sieht jedenfalls so aus, als müsstest du dich wieder dahinterklemmen«, stellte Alex fest und legte mir den Arm kumpelhaft um die Schulter.

Ich wünschte mir in diesem Augenblick, dass er den Ausdruck nicht mitgebracht hätte. Klar, er hatte mir einen Gefallen tun wollen. Aber hätte er nichts gefunden, hätten wir vielleicht eng umschlungen in diesem Bett gelegen. Ich hätte meinen ersten Sex erlebt. Jetzt war mir alles vergangen. Ich dachte an den Mord und das Mädchen, das von Federn umgeben in der Schwimmhalle gelegen hatte. Der Mörder hatte ihm die Füße abgeschnitten. Das war beinahe noch kranker als das, was Marc Feldten angestellt hatte.

»Ja, nur irgendwie habe ich keine Lust auf den ganzen Stress.« Ich atmete tief durch. Die Drohung des Ratgebers stand mir wieder vor Augen.

Wenn du nicht mitspielen willst, wird deinem Freund etwas passieren. Vielleicht fühlst du dich dann motiviert.

Diese Worte beunruhigten mich zutiefst. Vielleicht war er nur ein Spinner, aber vielleicht würde Alex wirklich etwas passieren, wenn ich nichts unternahm. In meinem Bauch zog sich etwas schmerzhaft zusammen. Wenn ich ihm doch nur von dieser Nachricht erzählen könnte …

»Wahrscheinlich hast du recht«, sagte ich dann.

»Womit?«

»Dass er derjenige ist, der die Figuren auf das Brett stellt.«

»Sag ich doch!«, entgegnete er. »Schön, dass du es endlich einsiehst.«

Er küsste mich auf die Schläfe. Die Berührung durchzuckte mich wie ein Feuerstrahl. Vielleicht sollten wir die Gunst der Stunde doch nutzen. Vielleicht würde es mich von dem grausamen Mord ablenken.

Nein, nicht wirklich. Dennoch umschlang ich Alex' Nacken, zog ihn zu mir und küsste ihn.

Ich hatte keine Ahnung, wie man küssen sollte, um dem anderen zu zeigen, dass man Lust darauf hatte, mit ihm zu schlafen. Ich küsste ihn einfach nur tief und mit Zunge und presste mich an ihn, denn ich wollte seine Wärme überall auf meinem Körper spüren. In meinem Bauch kribbelte es, und da war auch ein feuchtes, angenehmes Gefühl zwischen meinen Schenkeln. Ein Gefühl, das mir sagte, dass es richtig war, jetzt nicht weiter an den Ratgeber zu denken, sondern an Alex.

So oft, wie ich in den vergangenen Wochen an Sex gedacht hatte, fragte ich mich auch, ob Alex es schon einmal getan hatte. Ich hatte ihn bisher nicht nach früheren Freundinnen gefragt. Das hatte sich einfach nicht ergeben. Und jetzt, wo sich seine Hand langsam unter mein Shirt schob, war es mir auch egal. Es zählte nur das Heute. Und offenbar hatte Alex verstanden, was ich ihm mit meiner Art zu küssen sagen wollte. Während wir uns weiter küssten, wanderte seine Hand nach oben und berührte meinen BH. Ich war für einen Moment wie erstarrt, allerdings in positivem Sinne. Mein Herz raste, und ich fragte mich, was ich nun tun sollte. Sicher erwartete er eine Reaktion. Und genau genommen hatte ich mich schon immer gefragt, wie sich seine Haut anfühlte. Nicht die der Hände oder sein Gesicht, sondern die Haut an seinem Rücken. Und an seinem Bauch. Vorsichtig tastete ich mich zu seinem Shirt vor. Als meine Fingerspitzen daruntenglitten, war ich überrascht, wie weich seine Haut war. Ich zog ihm vorsichtig das Shirt hoch, was er als Einladung ansah, meinen Hals zu küssen. Ich hörte ihn leicht aufstöhnen, als er die Hand unter den BH schob und meine linke Brust umfasste. Seine Berührungen jagten Feuerschauer über meine Haut, und ich konnte es kaum erwarten, meinen Körper gegen seinen zu pressen.

Plötzlich flog die Tür auf. Wir schreckten zurück. Alex wälzte sich ein Stück herum. Dabei sah ich sein Sixpack – meine Güte!

Doch dann sah ich auch Susanne.

»Hi, ich …« Sie stockte, als sie uns auf dem Bett liegen sah. Ihr Mund blieb offen stehen.

Okay, ja, ich wusste, wie das aussah. Glücklicherweise hatten wir noch nicht damit begonnen, uns auszuziehen. Und jetzt, da wir wie von Eiswasser übergossen auseinanderschreckten, schoss es mir auch in den Sinn, dass es eine denkbar blöde Idee gewesen wäre, ohne Kondom miteinander zu schlafen.

»Hi, Susanne!«, rief ich mit glühendem Kopf. Wahrscheinlich war er so rot wie eine Tomate.

Susanne klappte den Mund wieder zu. Ihr Blick wanderte zu Alex' Sixpack, das wenig später wieder unter dem Shirt verschwand.

»Ich hoffe, ich störe nicht«, sagte sie in leicht ätzendem

Tonfall und wuchtete ihre Reisetasche aufs Bett. Die Matratze quietschte protestierend.

»Nein, nein, wir …«, stammelte ich und zog mein Shirt herunter. »Ich meine, es ist auch dein Zimmer und …«

Ich sah zu Alex, der genauso rot war wie ich. Er erhob sich vom Bett, steckte sein Shirt in die Hose, als müsse er seine Haut vor Susanne schützen, dann fuhr er sich verlegen durch die Haare.

Eigentlich war es doch kein Problem, beim Knutschen erwischt zu werden, auf dem Schulhof küssten wir uns ja auch … na ja, nicht gerade dann, wenn Melanie in der Nähe war, aber eben auf dem Hof. Wenn wir allein waren. Jedenfalls relativ allein.

Von Susanne wusste ich auch, dass sie nicht auf Alex stand. Und doch … Es war wahnsinnig peinlich, von ihr in unserem Zimmer beim Knutschen erwischt zu werden.

»Ich gehe wohl jetzt lieber …« Alex warf mir einen bedauernden Blick zu. Ich bedauerte auch – dass Susanne aufgekreuzt war. Aber jetzt, wo sich der Liebeswahn, von dem ich ergriffen worden war, zurückzog, sah ich ein, dass es richtig war. Beim nächsten Mal würde ich vorbereitet sein. Beim nächsten Mal hatten wir einen richtigen Ort und Kondome dabei.

»Nacht, Susanne«, sagte Alex zu meiner Zimmergenossin, dann huschte er schnell aus dem Raum. Ich dachte wieder an sein Sixpack und fühlte tiefes Bedauern. Aber jetzt musste ich erst mal die Sache mit meiner Zimmergenossin in Ordnung bringen.

Susanne antwortete ihm nicht. Sie starrte mich nur an. Ziemlich böse sogar.

»Hi, Susanne«, sagte ich dann. »Du bist ja schon hier.« Solche bösen Blicke kannte ich. In verstärkter Form waren sie mir auch schon im Heim begegnet, wenn ich irgendwas getan hatte, was einen anderen Heiminsassen angepisst hatte.

»Sorry, dass wir … Ich meine, Alex hat mir nur was vorbeigebracht, und da ist es halt passiert.«

»Soso«, brummte Susanne nun. »Und was wäre passiert, wenn ich ein wenig später gekommen wäre? Wärt ihr dann voll *in action* gewesen, oder was?«

»Nein, wir … wir haben nur geknutscht«, erwiderte ich ertappt. Möglicherweise hätte sie uns *in action* gesehen. Möglicherweise wären wir bereits fertig gewesen. Möglicherweise wäre Alex dann auch schon weg gewesen. »Du weißt doch, dass wir zusammen sind.«

»Ja, das weiß ich«, murrte sie und begann, ihre Sachen aus der Tasche zu zerren. Ihre Mutter hatte sie offenbar akkurat gebügelt hineingelegt, doch mit ihrer Aktion machte Susanne die schöne Ordnung gleich wieder zunichte und knitterte ein paar Falten in den Stoff.

»Aber warum musstet ihr gerade heute hier … rumknutschen?«

Klar, sie glaubte mir kein Wort. Sie wusste, dass wir es tun wollten.

»Ihr hättet das doch die ganze Woche über machen können.« Sie stockte. »Oder habt ihr …«

»Nein, Alex war zu Hause, weißt du doch! Ich war hier und habe mich gelangweilt. Und heute habe ich meine Eltern besucht.«

Das schien sie wieder ein wenig zu besänftigen.

»Oh, das wusste ich nicht«, sagte sie und holte die restlichen Sachen etwas sanfter aus ihrer Tasche. »War es schlimm?«

Ich hatte mit Susanne nur einmal über meine Eltern gesprochen. Ich hatte ihr erzählt, dass sie bei einem Unfall ums Leben gekommen waren. Die genauen Details hatte ich ihr verschwiegen. Sie wusste nicht mal, wie lange genau sie tot waren.

»Na ja, es ging so. Leider konnte ich nicht so lange bleiben, wie ich gern gewollt hätte …«

Susanne nickte und fragte glücklicherweise nicht nach.

»Wie war es denn bei dir zu Hause?«

»Ach, nur das Übliche. Meine Mutter nervt und mein Vater würde am liebsten jetzt schon einen Platz an der Uni für mich reservieren lassen. Wir waren bei meinen Großeltern, die mich ständig damit gelöchert haben, warum ich denn noch keinen Freund habe. Das Übliche eben. Ich bin froh, dass ich wieder hier bin. Hier treffe ich höchstens dich knutschend mit Alex.«

»Worüber du dich tierisch erschrocken hast, wie es scheint.«

»Ja, klar, damit rechnet man nicht. Aber so eine Runde Familie ist nerviger.«

Ich fragte mich, ob es mich auch angenervt hätte, in den Ferien nach Hause zu meinen Eltern zu fahren. Als meine Eltern starben, war ich noch nicht in der Pubertät gewesen, die Erwartungen an mich waren andere. Hätte meine Mutter darauf gedrängt, dass ich einen Freund haben sollte? Ich konnte es mir nicht vorstellen.

Aber wenn doch, hätte ich ihnen Alex vorstellen können – oder wäre ich letztlich nicht hier gelandet?

Ich schüttelte das Was-wäre-wenn-Spiel ab und griff nach meinem Handy. Was sollte ich dem Ratgeber antworten? Ich hatte keine Lust zu ermitteln, aber noch weniger wollte ich, dass Alex etwas geschah. Wenn ich nur wüsste, wer dieser Typ war! Woher er wusste, dass ich mit Alex zusammen war. Er trieb sich ganz sicher auf dem Schulhof herum und sah mich mit ihm zusammen.

Und was, wenn es gar kein Typ war?

»Hallo?«, riss mich Susannes Stimme aus meinen Gedanken. Im nächsten Moment wedelte eine Hand vor meinem Gesicht hin und her.

Erschrocken blickte ich Susanne an.

»Träumst du schon wieder von ihm? Muss Liebe schön sein!«

»Entschuldige, ich habe nicht zugehört«, entgegnete ich und schob mein Handy in die Tasche.

»Nee, das hast du wirklich nicht. Ich habe gefragt, ob du mit in die Mensa kommst.«

»Ist die denn überhaupt schon auf?«

»Ja, am Sonntagabend schon. Die wissen ja, dass die ganzen Heimkehrer wieder hier ankommen, also gibt es auch was zu essen.«

Ich hatte eigentlich keinen Hunger, schloss mich Susanne dann aber doch an.

Im Flur trafen wir auf ein paar Mädchen, die lange Hälse an der Anschlagtafel machten. Kerstin aus meinem Deutschkurs, Tina und Lisa. Mir fiel ein, dass ich mich auch unbedingt wieder mit Ramona treffen sollte.

Sie hatte sehr unter Melanies Attacken gelitten, mir aber

auch einen entscheidenden Hinweis gegeben, wer der Mörder sein könnte.

»Hey, was gibt's denn da zu sehen?«, fragte Susanne und reckte ebenfalls den Hals.

»Gibt's neue Stundenpläne?«

»Ja, sie haben wieder mal alles umgestellt.«

Das klang so, als würde das hier öfter passieren. Musste ich mir merken. Susanne und ich zogen beinahe gleichzeitig unsere Handys aus der Tasche. Sie ging in eine andere Klasse als ich, also musste ich wohl oder übel selbst den Plan aufschreiben.

»Habt ihr schon gehört, wir haben einen neuen Lehrer!«, verkündete Lisa, während ich versuchte, meine Klasse zu finden. Da bis auf die unterste alle möglichen Klassenstufen hier untergebracht waren, war das nicht so einfach.

»Ein neuer Lehrer?«, fragte Susanne verwundert, als sei das das Letzte, womit sie an dieser Schule gerechnet hätte. »Und für wen kommt der?«

»Für niemanden. Es ist einfach ein neuer Lehrer. Sportlehrer genau genommen. Er soll sich den Sportunterricht mit Herrn Wagner teilen.«

Sportlehrer. Von allen Arten Lehrer war mir diese die am wenigsten sympathische.

Doch Lisa und auch Tina und Kerstin wirkten schwer begeistert.

»Er soll noch ziemlich jung sein, nicht mal dreißig. Und er sieht einfach super aus!«

Oh Gott, auch das noch. Ein gut aussehender Sportlehrer, bei dem sämtliche Mädchen zu Amöben mutierten und sich gegenseitig zu übertrumpfen versuchten, nur damit Mr Perfect sie mal lobte. Ich konnte mir gut vorstellen, dass die Sportstunden dann noch unerträglicher wurden. Auch Susanne wirkte nicht sonderlich beeindruckt von der Aussicht, von einem anderen Sportlehrer um den Platz gescheucht zu werden.

»Und wie heißt dieser Lehrer?«, fragte ich, denn ich wollte nicht so wirken, als würde mich das nicht interessieren.

»Enrico Reinert«, antwortete Tina, und so, wie sie den Namen aussprach, klang es fast schon ein bisschen pornografisch.

Da, endlich hatte ich meine Stufe gefunden!

Deutsch, Biologie, Chemie – Sport! Verdammt, wer war denn so sadistisch, den Sportunterricht auf den Montag zu legen?

Das, was hinter dem Kürzel für den Sportunterricht stand, beunruhigte mich aber noch viel mehr. »Oh nein!«, platzte es aus mir heraus.

»Was ist?«, fragte Kerstin aus meiner Klasse.

»Wir haben morgen Sport mit dem Neuen.«

»Ja, ist das nicht aufregend?«, flötete sie. »Ich bin nur froh, dass wir zum Sport anziehen können, was wir möchten.«

Ich sah sie entgeistert an. »Und was willst du anziehen? Du weißt, dass es draußen ziemlich kalt werden kann.«

Offenbar hatte ich recht, was die Verwandlung zu Amöben anging. Bei Kerstin hatte sie schon eingesetzt. Und wenn es bei ihr schon so weit war, was war erst mit den anderen, die weniger zurückhaltend drauf waren? Sie bildeten sich doch wohl nicht wirklich ein, dass ein Sportlehrer auf sie scharf sein könnte!

»Klar weiß ich das, aber gegen ein paar sexy Leggings kann doch niemand was sagen, oder?«

Ich bemerkte, dass Susanne mit den Augen rollte. Immerhin hatte sie mit diesem Reinert erst am Mittwoch Unterricht.

»Okay, ich glaube, wir sollten zur Mensa«, bemerkte ich mit einem Blick auf die Uhr. Susanne nickte schnell und rief: »Macht's gut, Leute!«

Ob die anderen sie gehört hatten, wusste ich nicht, denn noch immer redeten sie über Leggings und darüber, wie heiß der neue Sportlehrer war.

5

In der Mensa war überraschenderweise ziemlich viel los. Neben den üblichen Verdächtigen hatten sich auch Schüler eingefunden, die sonst am Wochenende eigentlich satt und zufrieden von zu Hause kamen.

Mit zwei Tellern Pommes zogen Susanne und ich uns an einen der hintersten Tische zurück, von dem aus man die gesamte Mensa überblicken konnte.

Die Angestellten hatten den Speisesaal herbstlich dekoriert, überall hingen Blättergirlanden. Auf den Tischen grinsten einen Kürbisköpfe inmitten von Gestecken aus Kornähren an.

Soweit ich es erkennen konnte, wirkte niemand traurig oder bestürzt. Die Tote aus dem Schwimmbad schien hier niemanden anzugehen. Aber das hieß noch gar nichts. Wahrscheinlich wussten es die meisten noch nicht. Das war auch damals der Fall gewesen, als wir erst von Kommissar Dräger in der Aula erfahren hatten, was mit Camilla passiert war.

»Und, wie war deine Woche so?«, fragte ich und schob mir eine Pommes in den Mund. »Abgesehen davon, dass deine Eltern anstrengend waren.«

Susannes Miene wurde ernst. »Ich habe Camilla besucht.«

»Das war sicher hart.«

Susanne nickte. »Ja, das war es. Ich bin es nicht gewöhnt, irgendwen auf dem Friedhof zu besuchen. Inzwischen haben die Eltern das Grab richtig angelegt mit einem weißen Marmorengel und so. Eigentlich habe ich so was früher immer für Kitsch gehalten.«

»Das ist an einem Ort wie einem Friedhof unwichtig«, entgegnete ich, und mir verging der Hunger, als ich daran dachte, dass jetzt irgendwo in Bergen ein verzweifeltes Ehepaar saß, das sich mit der Beerdigung seiner Tochter befassen musste. Und mit der Frage, wie jemand imstande sein konnte, so etwas Grausames zu tun.

Beinahe hätte ich Susanne davon erzählt, doch ich sah ein, dass das jetzt unpassend war.

»Auf einem Friedhof ist Kitsch schon fast Pflicht«, sagte ich stattdessen. »Vielleicht lasse ich meinen Eltern irgendwann auch einen Engel aufs Grab setzen. Damals war ich noch zu klein, um irgendwas zu entscheiden, das haben meine Vormünder getan.«

Susanne nickte. »Ja, eigentlich war der Engel ganz hübsch. Ich … ich habe ihr weiße Rosen mitgebracht, die mochte sie immer besonders gern.« Sie presste die Lippen zusammen und wirkte, als wollte sie gleich anfangen zu weinen. Ich legte meine Hand auf ihre. »Weißt du, was schlimm ist?«, fragte sie und sah mich unverwandt an.

»Was?«

»Dass keine der anderen da war.«

»Wen meinst du? Melanie?«

»Die auch. Aber ich meine die restliche Schule. Die, die sie gekannt haben. Keiner von ihnen war da.«

»Na ja …«, begann ich, doch es wäre wohl zu grausam gewesen zu behaupten, dass die meisten Leute eine ihnen nicht sehr nahestehende Person nach deren Tod schnell vergaßen. Oder zumindest beiseiteschoben. »Aber du warst da. Das hat sie sicher mitbekommen und freut sich darüber.«

»Ach, glaubst du wirklich an diesen ganzen Himmelsscheiß?«, fuhr sie mich an und zog die Hand weg.

Dieser Ausbruch überraschte mich ein wenig, und ich bereute, davon angefangen zu haben. Ja, ich glaubte, dass die Seelen meiner Eltern irgendwo waren. Wenn nicht in einem Himmel, wie ihn sich die Kirche vorstellte, dann aber doch an einem Ort, an dem ihre Energie schlummerte und vielleicht darauf wartete, wieder auf die Erde zu kommen.

Ja, das klang fast wie Buddhismus, aber das war nun mal meine Überzeugung. Und es konnte mir niemand erzählen, dass er nicht an etwas Ähnliches glaubte, sich vielleicht sogar daran klammerte, wenn er einen geliebten Menschen verlor.

»Nein, an diesen Himmelsscheiß glaube ich nicht«, entgegnete ich sanft, denn ich spürte, dass Susanne auf einmal wieder einem Pulverfass glich, das man besser behutsam anfasste. »Ich glaube nur, dass nicht alles von Camilla verloren ist. Vielleicht gibt es ja wirklich einen Ort, von dem aus sie uns beobachten kann. Wenn man an so was nicht glauben würde, wäre doch das ganze Leben sinnlos, oder?«

Susanne sah mich lange an, dann senkte sie den Kopf. »Entschuldige. Ich wollte dich nicht anschnauzen.«

»Ist schon gut.« Ich blickte wieder auf meinen Teller. Appetit hatte ich zwar immer noch nicht, doch wenn man kaute, musste man nicht reden. Also schob ich weiter Pommes in mich hinein und versank in Gedanken, bis Susanne rief: »He, schau mal, da ist er.«

»Wer?«, fragte ich und dachte einen Moment lang, dass sie Alex meinte. Doch dann erkannte ich, dass sie den Mann in dem blau-weißen Trainingsanzug meinte, der gerade einen Salat zu einem der Tische trug. Ein wenig erinnerte er mich an Sporty-Schlumpf. Das kam wohl von dem Blauton des Anzugs, der der Hautfarbe meiner Kindheitshelden genau glich.

»Ist das der Neue?« Ich hatte keine Ahnung, was Kerstin und die anderen an ihm fanden. Sicher, er sah nicht schlecht aus, aber er war mindestens dreißig. Steinalt im Vergleich zu uns! Und warum zum Teufel trug er an einem Sonntagabend Sportsachen? Warum machten das irgendwie alle Sportlehrer? Und wieso hatte ich ausgerechnet morgen schon Sport bei ihm?

»Ich habe keine Ahnung, was die alle an ihm finden«, bemerkte Susanne ungerührt, nachdem sie ihn eine Weile gemustert hatte. »Er ist Sportlehrer, klar, dass er Muskeln hat. Und keinen Klamottengeschmack. Warum sonst würde er im Trainingsanzug rumlaufen?«

»Nun, um allen zu zeigen, dass er der Sportlehrer ist? Und natürlich, um sich von den Schülerinnen anhimmeln zu lassen?«

Ich zog die Augenbrauen hoch und grinste sie an. Es tat gut, hin und wieder jemanden zu haben, der die Dinge genauso sah wie man selbst. Susanne rollte die Augen und lächelte zurück.

In dieser Nacht lag ich lange wach und starrte an die Zimmerdecke. Der Mord an Sandrine Ravier spukte mir durch den Kopf, genauso wie Susannes Trauer, aber mehr noch die Frage, wer der Ratgeber war.

Während ich nachdachte, wurde das Essen in meinem Bauch immer schwerer. Vielleicht hätte ich doch nicht die fettigen Pommes essen sollen?

Aber sicher lag mein Unwohlsein nicht an dem fettigen Essen, sondern an dem, was geschehen war. Und an der Drohung. Ich würde dem Ratgeber schreiben. Klar, ich gab dadurch zu, dass ich erpressbar war, aber ich wollte nicht, dass Alex etwas geschah. Und gleichzeitig hatte ich die Möglichkeit herauszufinden, wer dieser Ratgeber war.

Ich nahm mein Handy vom Nachttisch und verkroch mich unter der Bettdecke. Susannes Atem ging zwar gleichmäßig und zwischendurch schnarchte sie sogar ein wenig, aber ich hielt es doch für besser, sie nicht dem Licht des Handydisplays auszusetzen.

Ich rief die Droh-Mail auf und begann dann, eine Antwort zu tippen:

> Okay, vergiss es, ich spiele weiter mit. Aber du solltest besser die Finger von Alex lassen, sonst hat sich die Sache erledigt.

Ich drückte auf Absenden und wartete. Wenn er auf eine Antwort von mir hoffte, musste er doch seine Adresse aktiv gelassen haben, oder?

Es dauerte nur wenige Augenblicke, bis ich eine Antwort

erhielt. *Mailer Daemon* war der Absender. Aha, offenbar war er nicht an einer Antwort interessiert. Oder hatte er mein langes Schweigen bereits als Antwort ausgelegt?

Sorge um Alex überfiel mich, doch dann war der Schlaf stärker und zerrte mich mit sich in die Dunkelheit.

Montag

6

Ich hätte nie gedacht, dass ich erleichtert sein würde, all die bekannten Gesichter des Internats Rotensand wiederzusehen. Mit meinem Kaffeebecher saß ich in der Mensa, blickte aus dem Fenster und war froh über jeden, der daran vorbeiging.

Sandrine Ravier war keine Schülerin von Rotensand gewesen, das hatte ich gestern Abend noch mal genau anhand der Klassenlisten gecheckt. Demzufolge musste ich davon ausgehen, dass meine Mitschüler, wenn überhaupt, in der Zeitung von dem Mord gelesen hatten.

Fragte sich jetzt nur, was der Ratgeber mit ihr zu tun hatte. Oder kannte jemand im Internat das Mädchen? Welche Verbindung gab es?

Ich musste es herausfinden.

Allerdings beunruhigte es mich ziemlich, dass sich der Ratgeber noch immer nicht gemeldet hatte. Kurz nach dem Aufstehen hatte ich versucht, noch einmal eine Antwort an die Trash-Mail-Adresse zu schicken, doch das war genauso vergeblich gewesen wie in der Nacht zuvor. Was würde er tun?

Hatte er tatsächlich vor, Alex zu schaden? Vielleicht hätte ich ihm doch von der Drohung erzählen sollen …

Ich starrte noch eine Weile aus dem Fenster und überlegte, ohne zu einem Ergebnis zu kommen. Inzwischen war mein Kaffee kalt, und es wurde für mich Zeit, zum Unterricht zu gehen.

Ich stellte meine Tasche auf den Stuhl … und schaute mich um. Auch hier war überall Herbstdeko. Ging das auf das Konto der jüngsten Klassenstufe? Die »Kleinen« hatten, wie es Tradition war, die Herbstferien im Internat verbracht, um Freundschaften zu schließen und noch mehr zusammenzuwachsen.

Mein Blick wanderte über die leeren Plätze von Christina und Camilla, die bewusst freigehalten wurden – als Andenken an sie. Dann sah ich Melanie.

Beinahe hätte ich sie nicht wiedererkannt. Anstelle der auffälligen Klimperohrringe trug sie jetzt schlichte, glitzernde Stecker, ihr Haar hatte sie zu einem Dutt zusammengebunden, und anstelle ihrer hippen Klamotten trug sie einen braunen Rollkragenpullover.

Als sie meinen Blick spürte, sah sie auf.

Seit sie aus dem Krankenhaus entlassen worden war, hatte sich unser Verhältnis ziemlich gebessert. Davon, beste Freundinnen zu sein, waren wir jedoch noch sehr weit entfernt. Aber es reichte mir schon, dass sie mich offenbar akzeptierte und einigermaßen höflich mit mir redete. Sie hatte sich sogar bei mir bedankt und sich dafür entschuldigt, dass sie mir das Leben schwer gemacht hatte. Wenn das kein Anfang war …

»Hey, hast du auch schon den neuen Sportlehrer gesehen?«,

riss mich jemand aus meinen Gedanken. Ramona stand mit einem breiten Grinsen neben mir. Während der Ferien hatte sie sich ziemlich verändert. Ihre Haare waren kürzer, ihr Blick selbstbewusster.

»Nicht du auch noch!«, stöhnte ich, während ich meinen Hefter aus der Tasche zog.

»Wieso? Der ist doch echt süß!«

»Der ist steinalt!«, hielt ich dagegen. »Ich habe ihn gestern in der Mensa gesehen und könnte schwören, dass er schon graue Schläfen hat.«

»Aber er hat einen tollen Körper.«

Ich hätte nicht gedacht, dass Ramona mir je so einen Satz um die Ohren hauen würde. Es war ja toll, dass sie aufblühte, aber dieser Sportlehrer war nun der Letzte, der bei mir in einem Traum von einem sexy Body auftauchen würde.

»Wieso, habt ihr ihn schon mal ohne diesen scheußlichen Trainingsanzug gesehen?«, fragte ich, denn ich wollte Ramona nicht den Spaß an ihrem Schwarm verderben.

»Ja, gestern Vormittag. Kerstin und ich waren schon hier, da haben wir gesehen, wie er sich in der Turnhalle aufgewärmt hat. Zwischendurch hat er sein Shirt gewechselt.« Sie zwinkerte mir mit verklärtem Blick zu. Wahrscheinlich sah sie Sporty-Schlumpf gerade wieder vor sich, wie er sich reckte und streckte.

Bevor Ramona mir weitere Details über unseren neuen Sportlehrer mitteilen konnte, rettete mich glücklicherweise die Klingel, mit deren erstem Läuten unsere Deutschlehrerin und meine Hausmentorin Frau Heiden durch die Tür kam.

»Meine Herrschaften, ich freue mich, Sie alle wiederzusehen!«, begann sie und zog eine Mappe aus der Tasche. »Dann wollen wir mal keine Zeit verlieren!«

Hinter mir ertönte ein Stöhnen.

»Na, na. Lassen Sie mich doch erst mal ausreden. Ich habe sehr gute Neuigkeiten für Sie!«

Ich war gespannt.

»Unsere Schule hat die Chance, Fördermittel für eine eigene Zeitung zu bekommen!«

Stille. Außer Frau Heiden schien das niemand spannend zu finden. Aber das schmälerte ihren Enthusiasmus nicht.

»Aus diesem Grund können sich alle Interessierten an unserer Schülerzeitung beteiligen, die wir frisch aus der Taufe heben werden.«

Eine Schülerzeitung! Von Begeisterung war weiterhin nichts zu spüren.

Mir saß noch immer die AG-Wahl im Nacken. Es war nur eine Frage der Zeit, bis ich mich endgültig entscheiden musste.

Wenn ich mich bei der Schülerzeitung engagierte, würde ich vielleicht zwei Fliegen mit einer Klappe schlagen. Erstens konnte ich meine Lehrer zufriedenstellen und mein soziales Engagement beweisen. Zweitens konnte ich Recherche betreiben, was den Mord an Sandrine Ravier anging. Natürlich nicht offiziell, eine Crime-Kolumne wollte die Schülerzeitung bestimmt nicht. Aber vielleicht konnte ich mir die Schwimmhalle näher ansehen. Es musste ja einen Grund geben, warum die Leiche gerade dort aufgetaucht war. Und warum ihr jemand die Füße abgeschnitten hatte.

»Also, Herrschaften«, beendete Frau Heiden ihre Ausführungen über die Schülerzeitung, denen ich über meine Gedanken nur mit halbem Ohr gelauscht hatte. »Wer von Ihnen kann sich vorstellen, bei dem Blatt mitzumachen?«

Ich ließ meinen Blick durch den Raum schweifen. Alle zögerten. Offenbar wartete jeder darauf, dass einer den Anfang machte. Ehrlich gesagt, ich auch. Wer wollte schon als Erster die Hand hochreißen und dann als Streber gelten?

Ach, was soll's! Sollten mich die anderen doch für eine Streberin halten. Waren wir das in diesem Internat nicht alle mit unseren tollen Notendurchschnitten und Lerngruppen?

Ich hob den Arm.

Frau Heiden nickte mir zu.

Das hatte einen erstaunlichen Effekt. Auf einmal schossen noch andere Arme in die Höhe. Ich blickte zur Seite. Ramona meldete sich. Und Melanie auch. Na, das konnte ja heiter werden!

»Prima!« Frau Heiden klatschte in die Hände. »Es freut mich sehr, dass diese Idee bei Ihnen auf so rege Zustimmung trifft!«

Als ich zur Seite blickte, sah mich Melanie wieder an. Ich lächelte und nickte ihr zu. Sie erwiderte das Lächeln und wandte sich dann ihrem Hefter zu.

7

»Clara, ich freue mich sehr, dass Sie sich beteiligen wollen«, sagte Frau Heiden, während ich mich in die Liste eintrug. Ich hatte bewusst gewartet, bis die anderen alle fertig und draußen waren. »Offenbar haben Sie sich jetzt schon etwas eingelebt.«

Ich nickte. »Ja, und jetzt habe ich endlich etwas gefunden, bei dem ich sehr gern mitmachen möchte.«

Frau Heiden nickte, sichtlich zufrieden. »Ja, ich habe mich schon gefragt, womit wir Ihr Interesse wecken können. Sport scheint ja nicht so Ihre Sache zu sein.«

»Nein, ich treibe Sport lieber mit meinem Kopf«, entgegnete ich und legte den Kugelschreiber zurück.

»Gut, dann freue ich mich, Sie dabeizuhaben. Ihre bisherigen Arbeiten im Deutschunterricht sind vielversprechend. Wir können aus Ihnen vielleicht eine gute Journalistin machen.«

Das war nicht gerade das, was ich mir wünschte, aber ich war sicher, dass mir das mehr Spaß machen würde, als mit Mitschülern irgendwelche Segeltörns zu unternehmen.

Ich verabschiedete mich von Frau Heiden und ging dann zu meinem Spind, in dem meine Turntasche auf mich wartete.

Nach dieser Pause sollte sie anbrechen, die gefürchtete Sportstunde. Alex' Klasse hatte vor uns Sport gehabt. Ich hoffte sehr, dass ich ihn beim Rausgehen sah, dann konnte ich ihm schnell von der Nachricht des Ratgebers erzählen.

Im Vorraum zur Sporthalle war es ungewöhnlich voll. Zunächst dachte ich, dass dies der normale Pausenauflauf sei, doch dann bemerkte ich, dass sich ein paar Schüler um etwas am Boden drängten.

Die Jungs trugen noch immer ihre Sportsachen, der Lehrer war weit und breit nicht zu sehen. Was war da los? Ich schob den Gurt meiner Sporttasche auf der Schulter zurecht und versuchte dann, mich zwischen die Umstehenden zu drängen.

»He, lasst Clara durch!«, rief jemand, und ein ungutes Gefühl bohrte sich in meinen Magen.

Ich erschrak fast zu Tode.

»Du meine Güte, Alex!«, schrie ich auf und stieß einen von seinen Klassenkameraden beiseite. Dann kniete ich mich neben Alex.

Die roten Flecke auf seinem weißen Shirt leuchteten furchterregend. Blut hatte er auch im Gesicht. Seine Nase wirkte geschwollen und seine Unterlippe war aufgeplatzt.

Er hatte die Augen offen, wirkte aber merkwürdig abwesend. Erst als ich ihn vorsichtig an der Wange berührte, sah er mich an.

»Ist eben beim Abbauen passiert«, klärte mich einer der Jungs auf. »Wir wollten gerade den Bock ins Lager schieben, da sind plötzlich die Medizinbälle ins Rollen gekommen. Die

Ablage muss sich irgendwie gelöst haben. Jedenfalls hing sie auf einmal ganz schräg und die Bälle haben Alex direkt getroffen.«

Mir schossen Tränen in die Augen. Bevor ich etwas zu Alex sagen konnte, der immer noch benommen wirkte, erschien die Krankenschwester.

»Platz da!«, rief sie und schob sich mit einem Koffer durch die Menge. Ich wich ebenfalls zurück, ließ meinen Blick aber nicht von Alex. Tränen rannen mir übers Gesicht. Ich hörte ein helles Schluchzen, und erkannte erst im nächsten Augenblick, dass es von mir kam. Irgendwelche Hände legten sich mir tröstend auf die Schultern.

Die Krankenschwester holte eine Taschenlampe hervor und leuchtete in Alex' Augen, dann untersuchte sie ihn kurz und wischte ihm das Blut vom Gesicht. Leise redete sie auf ihn ein. So leise, dass ich nichts verstand. Aber auch das Flüstern hörte sich nicht gut an.

»Holt die Trage!«, wies die Schwester schließlich zwei Klassenkameraden von Alex an. Ihr Ausruf ließ mich zusammenzucken. War bei dem Aufprall der Medizinbälle vielleicht noch etwas anderes zu Bruch gegangen?

Die Angst, dass Alex vielleicht eine schwerere Verletzung davontragen würde, ließ mir das Blut in den Adern gefrieren. Irgendwo hatte ich mal gelesen, dass jemand sich das Genick angebrochen hatte, weil ihm ein Medizinball ins Gesicht geflogen war.

Plötzlich hielt ich es nicht mehr aus. Ich schüttelte die tröstenden Hände ab und wandte mich an die Schwester.

»Ist er schwer verletzt?«

Als Alex mich hörte, sah er mich an. Seine Lippen bewegten sich kurz, doch dann verzog er das Gesicht, denn die Platzwunde an seiner Lippe begann offenbar wieder stärker zu schmerzen.

Erst jetzt bemerkte ich, dass Herr Reinert ebenfalls neben die Schwester getreten war. Er wirkte sichtlich aufgelöst. Gleich nach seiner ersten Stunde gab es einen verletzten Schüler. Okay, für die Sache mit den rollenden Medizinbällen konnte er wohl nichts – oder doch?

Da ich mich mit meinen vom Heulen ganz dumpfen Ohren auf das konzentrieren wollte, was die Schwester sagte, schob ich meine Mutmaßungen erst einmal beiseite.

»Schlimmstenfalls hat er eine Gehirnerschütterung erlitten, aber da ihn ein Medizinball am Kopf getroffen hat, ist es besser, wir holen einen Arzt. Der kann sich die Sache genauer ansehen.«

Gehirnerschütterung. Am Kopf getroffen. Arzt.

Die Worte peitschten auf mich ein. Herr Reinert fragte noch etwas und erklärte dann, dass er keine Ahnung habe, wie das hatte passieren können. Er hätte gestern Abend das Lager noch einmal gecheckt.

Aha. Und nachdem er es gecheckt hatte, fielen Alex die Bälle beim Fortschaffen des Bocks ins Gesicht. Was für ein Zufall!

Schließlich tauchten die Jungs mit der Trage auf. Mit Herrn Reinerts Hilfe wurde Alex vorsichtig daraufgehoben.

»Entschuldigen Sie, darf ich mitkommen?«, fragte ich schluchzend die Krankenschwester. »Er ist mein …«

»Ja, ist gut, Mädchen, komm einfach mit. Ich stelle dir eine Entschuldigung aus.« Offenbar sah ich so bemitleidenswert aus, dass nicht mal der neue Sportlehrer etwas dagegen hatte, dass ich Alex begleitete.

Die Schwester redete noch mal kurz mit Herrn Reinert, dann gab sie den Jungs das Zeichen, die Trage anzuheben und Alex ins Krankenzimmer zu schaffen.

Während er hinter der Tür verschwand, setzte ich mich auf den Wartestuhl daneben. Ich war sicher, dass das Abrutschen der Medizinbälle kein Unfall gewesen war. Da steckte der Ratgeber dahinter.

Ich starrte an die Wand vor mir.

Was, wenn das Auftauchen des neuen Sportlehrers hier ebenso wenig ein Zufall war? Dass Alex gerade in seiner Stunde angegangen worden war, konnte nur zwei Dinge heißen – entweder hat der Ratgeber ihn als Gehilfen in die Schule eingeschleust oder der Ratgeber hatte es genau andersherum auf ihn abgesehen. Beides klang nicht gerade logisch, aber nachdem ich den Krähenmann kennengelernt hatte, wusste ich, wozu kranke Hirne in der Lage waren.

Es dauerte etwa zwanzig Minuten, dann tauchte der Notarzt auf, mit Blaulicht und Sirene. Na toll.

Was, wenn sie Alex mitnehmen mussten? Dass die Sanitäter, die den Arzt begleiteten, die Rettungstrage aus dem Krankenwagen holten, beunruhigte mich noch mehr.

Wenig später tauchten sie im Gang vor dem Krankenzimmer auf.

»Sind Sie verletzt?«, fragte mich der stämmige Mann in der roten Jacke, der einen schweren Koffer in der Hand trug.

»Nein, da drin«, entgegnete ich, worauf der Arzt anklopfte und dann eintrat, ohne eine Reaktion abzuwarten. Die Sanitäter ließen die Rettungstrage vor der Tür stehen und gingen ebenfalls ins Krankenzimmer.

Mich überlief es eiskalt. Der Medizingeruch, der der Rettungswagencrew anhaftete, erinnerte mich wieder an meine Zeit im Krankenhaus nach dem Unfall meiner Eltern. Sie waren bei einem Ausflug verunglückt, nur ich hatte überlebt. Ich hatte zunächst gar nicht glauben wollen, dass sie tot waren. Erst als ich eine Weile im Kinderheim war, hatte ich es realisiert. Seitdem hatte ich nicht mehr in einem Krankenhaus sein müssen, aber der Geruch war in meinem Gedächtnis haften geblieben und würde für mich immer untrennbar verbunden sein mit Tod.

Plötzlich summte mein Handy in der Tasche. Mir wurde auf einmal ganz schlecht. Meine Finger zitterten so sehr, dass ich den Apparat beinahe fallen ließ. Mein Herz raste, und meine Muskeln spannten sich an, als wollte ich die Schule gleich fluchtartig verlassen. Vielleicht sollte ich einfach abhauen vor diesem Mist, ging es mir kurz durch den Kopf.

Dann öffnete ich die Nachricht, die, wie sollte es auch anders sein, von einem neuen Trash-Mail-Account kam.

Und, hast du die Botschaft verstanden?

Die Nachricht verschwamm vor meinen Augen. Also doch. Der Ratgeber steckte hinter Alex' Unfall.

Grenzenlose Wut überkam mich. Am liebsten hätte ich das Handy an die Wand geschleudert. Gleichzeitig wirbelten tausend Gedanken durch meinen Kopf.

Vielleicht sollte ich Dräger benachrichtigen. Alex brauchte

Polizeischutz. Und wichtiger noch, sie mussten diesen Ratgeber finden! Offenbar lief er tatsächlich auf dem Schulgelände herum. Wie sonst hätte er an die Sportgeräte kommen und dafür sorgen sollen, dass Alex von Medizinbällen verschüttet wurde!

Du dreckiger Mistkerl, das wirst du bereuen!, tippte ich als Antwort in mein Handy und spürte, wie der Zorn noch stärker durch meine Adern pulste. Meine Schläfen schmerzten und meine Augen brannten.

Immerhin hatte ich dem Ratgeber doch geschrieben, dass ich ermitteln würde! Was konnte ich denn dafür, dass er seine bescheuerte Trash-Mail-Adresse wieder gelöscht hatte, bevor ich ihm hatte antworten können?

Das Rot, das mein Sichtfeld einrahmte, zog sich jedoch glücklicherweise schnell wieder zurück. Ich kam langsam wieder zur Vernunft. Ganz ruhig, murmelte ich vor mich hin. Mach jetzt keinen Fehler. Papa hat immer gesagt, dass man in jeder Situation versuchen soll, mit Bedacht zu handeln. Immerhin war er Staatsanwalt gewesen. Er hatte auch mit Mordfällen zu tun gehabt und mit solchen Mistkerlen wie dem, der Alex verletzt hatte.

Ich musste alles tun, um Alex aus der Schusslinie zu bekommen.

Okay, der Ratgeber sollte sein Spiel haben. Aber jetzt würde ich die Regeln bestimmen. Auf meiner Agenda stand nun ganz oben herauszufinden, wer sich hinter den bescheuerten Trash-Mails versteckte.

Ich löschte also meinen verbalen Wutanfall und tippte stattdessen:

Okay, ich bin dabei. Solange du Alex aus dem Spiel lässt.

Die Mail verschwand im Äther und ich wartete. Hinter mir wurden Stimmen laut. Die Tür wurde geöffnet und ich sprang sofort auf.

Die Sanitäter kamen, um die Rettungstrage zu holen.

Erstarrt sah ich ihnen nach, wie sie sie durch die Tür zu der Liege schoben, auf der Alex lag.

In dem Augenblick tauchte Rektor Sontheim im Gang auf. Sein Haar wirkte zerzaust, seine Krawatte saß schief. In seinen Augen lag ein wilder Ausdruck.

Als er mich sah, erstarrte er kurz.

»Clara! Sie …«

»Ich bin nur mitgekommen«, entgegnete ich, aber das schien ihn nicht zu beruhigen. Offenbar glaubte er noch immer, dass dort, wo ich auftauchte, schlimme Dinge geschahen. Und damit hatte er anscheinend recht.

Sontheim blickte mich kurz an und verschwand dann ebenfalls im Krankenzimmer.

»Was fehlt dem Jungen?«, fragte er. Es waren die ersten Worte, die ich verstand.

»Er hat eine Platzwunde und eine leichte Gehirnerschütterung«, erklärte der Arzt, ebenfalls in einer Lautstärke, die ich verstehen konnte. »Zur Sicherheit werden wir seinen Nacken röntgen. Er zeigt zwar keine Auffälligkeiten, aber ich möchte den Zustand der Wirbel abklären, um auszuschließen, dass es einen Haarriss gibt. Deshalb werden wir ihn mitnehmen.«

Ich machte mir schwere Vorwürfe. Was, wenn wirklich ein Wirbel angebrochen war …?

Im nächsten Moment summte mein Handy. Die Antwort kam von derselben Adresse. Er hatte also damit gerechnet, dass ich gleich antworten würde.

Zitternd öffnete ich die Nachricht.

Einverstanden. Damit wir uns aber verstehen, du wirst weder der Polizei noch deinem Freund etwas von unserer Abmachung erzählen, klar? Tust du das, ist er tot.

Geschockt starrte ich auf das Display. Tränen schossen mir in die Augen. Hilflosigkeit erfasste mich. Und meine Angst wurde noch größer. Was, wenn er sich nicht an die Abmachung hielt? Wenn er Alex etwas viel Schlimmeres antat?

Ich blickte zum Notarzt und zu Sontheim, die sich noch kurz unterhielten. Die Sanitäter rüsteten sich zum Aufbruch. Wenig später schoben sie Alex an mir vorbei.

Jetzt hatte er ein Pflaster an der Lippe, das wohl die Platzwunde zusammenhalten sollte. Seine Nase begann anzuschwellen und blau zu werden.

Als sich unsere Blicke trafen, versuchte er zu lächeln. Das gelang ihm jedoch nicht und ich konnte auch nicht lächeln. Stattdessen presste ich die Hand vor den Mund, um zu verhindern, dass ich schon wieder losheulte.

Da war er auch schon an mir vorbei und wurde den Gang entlang zur Tür gekarrt. Ich hätte ihm hinterherlaufen können, aber meine Beine fühlten sich mit einem Mal zentnerschwer an. Kurz nachdem er zur Tür hinaus war, hörte ich, wie die Türen des Rettungswagens zuschlugen. Wenig später waren der Arzt und der Rektor neben mir.

»Clara, ist mit Ihnen alles in Ordnung?«, fragte Sontheim besorgt.

»Ja, alles okay, ich bin nur ein wenig geschockt.«

»Soll ich Ihnen ein Beruhigungsmittel geben?«, schaltete sich der Arzt ein.

Ich schüttelte den Kopf. »Es geht schon.«

Der Arzt betrachtete mich skeptisch, und für einen Moment fragte ich mich, was für einen Anblick ich wohl bot. Wahrscheinlich einen furchtbaren, völlig verheulten. Dann nickte er und sagte: »Sollte Ihnen in den nächsten Stunden schwindelig werden, melden Sie sich bei der Schwester. Möglicherweise haben Sie einen Schock erlitten. Am besten, Sie trinken viel und ruhen sich aus, wenn es möglich ist.«

Ich nickte und sah den beiden Männern nach, als sie zur Tür gingen.

Sie ahnten nichts von dem, was hier vorging. Und Alex' Leben hing davon ab, dass ich schwieg.

8

Eigentlich hätte ich mich für den Rest des Tages in meinem Zimmer verkriechen können, aber der Zorn auf den Ratgeber trieb mich um und brachte mich dazu, wieder im Klassenraum zu erscheinen. Die Sportstunde hatte ich verpasst, aber jetzt stand Mathe an.

So verheult, wie ich aussah, wäre es nicht nötig gewesen, den Entschuldigungszettel der Schwester vorzuzeigen. Ich tat es trotzdem.

»In Ordnung, setzen Sie sich«, sagte Herr Brauer und wandte sich wieder der Tafel zu.

Die Blicke meiner Mitschüler begleiteten mich zu meinem Platz. Mir war es egal. Angegafft worden war ich schon öfter, auch nachdem meine Eltern gestorben waren und ich wieder in der Schule aufgetaucht war. Sie hatten alle gewusst, was passiert war – und jetzt war sicher auch den Letzten klar, dass ich mit Alex zusammen war.

Während ich meinen Hefter und mein Mathebuch aus der Tasche zog, blickte ich zu Melanie. Ich wusste, dass sie heimlich auf Alex stand – ob sie sich auch Sorgen um ihn machte?

Mir fiel es schwer, mich zu konzentrieren. Immer wieder war ich versucht, auf mein Handy zu starren. Eine Nachricht des Ratgebers erwartete ich eigentlich nicht mehr. Auf dem Weg hierher hatte ich ihm geantwortet, dass weitere Drohungen unnötig seien. Das würde ihn sicher nicht davon abhalten, mir weiter zu schreiben, aber wahrscheinlich musste er zwischendurch ja auch mal seiner Arbeit nachgehen.

Jetzt erwartete ich eher, dass Alex sich aus dem Krankenhaus meldete. Soweit ich es mitbekommen hatte, wurden ihm seine persönlichen Sachen mit in den Krankenwagen gegeben, damit auch sein Handy. Wenn es ihm gut ging, würde er mir sicher schreiben.

Doch das Display blieb schwarz.

Das galt auch für die nächsten Stunden, von denen ich kaum etwas bewusst mitbekam. Mechanisch schrieb ich mit und wunderte mich danach darüber, was ich zu Papier gebracht hatte.

Endlich war der Unterricht vorbei, und da es am ersten Tag nach den Ferien keine Hausaufgaben gab, konnte ich mich gleich an die Recherche machen.

Allerdings stand mir noch die Mensa bevor. Eigentlich hätte ich das Mittagessen auch ausfallen lassen können, doch mein Magen knurrte trotz allem ganz schrecklich und mein Blutzucker war im Keller.

Das bedeutete allerdings wieder Blicke und vielleicht auch Fragen.

So oder so – mein Hunger war stärker!

In der Mensa angekommen, schien sich meine Hoffnung, in Ruhe gelassen zu werden, zunächst zu erfüllen. Ich ließ mir

Leipziger Allerlei und Falschen Hasen auf den Teller schaufeln und verzog mich damit in meine Frühstücksecke.

Doch während ich mich über den Teller beugte, tauchte ein Paar Jeans an meinem Tisch auf. Ich blickte nach oben. Und war überrascht.

Eigentlich hatte ich damit gerechnet, dass eine meiner Mitschülerinnen an meinem Tisch aufkreuzen würde. Vielleicht sogar Melanie. Doch ich blickte in das Gesicht eines Jungen. Fieberhaft durchkramte ich mein Gedächtnis nach seinem Namen. Alex hatte mir diesen Jungen mit den blonden Locken und dem beidseitigen Sidecut irgendwann mal als seinen Kumpel vorgestellt. Aber wie es so war: aus den Augen, aus dem Sinn. In den Wochen vor den Ferien hatte ich nur mit der Schule zu tun gehabt – und mit Alex. Für die Beschäftigung mit Rotensand-Gymnasiasten, die nicht in meine Klasse gingen oder mit mir unter einem Dach wohnten, war da nicht viel Zeit geblieben.

Ich hatte es!

Robbie. Robert Neumann.

Genauso hieß der Blonde.

»Hi«, sagte er ein wenig verlegen, während sich seine Hände um den Gurt seines Rucksacks krallten.

»Hi«, erwiderte ich und zog fragend die Augenbrauen hoch. Was wollte er? Nach Alex fragen? Einen anderen Grund konnte es wohl nicht dafür geben, dass ein Junge, den ich kaum kannte, an meinem Tisch auftauchte.

Ich versuchte, mich zu erinnern, ob er im Vorraum der Turnhalle gewesen war. Sicher. Er sah jedenfalls nicht so aus, als hätte er eine Sportbefreiung.

»Ich … ich wollte nur mal fragen …«

»Wie es Alex geht?«, vervollständigte ich seine Frage.

»Ja«, entgegnete Robbie. »Du bist doch mit ihm zum Krankenzimmer gegangen.«

Ich nickte. »Der Arzt meinte, dass er eine Gehirnerschütterung hätte, und sie haben ihn ins Krankenhaus mitgenommen, weil sie ihn noch mal röntgen müssen.«

»Und das heißt?« Robbies Wangen glühten rot, als er mich ansah. Er wirkte tierisch besorgt.

»Ich weiß leider auch nicht mehr, aber ich vermute, dass sie ihn wohl heute noch zur Beobachtung im Krankenhaus behalten werden.«

Robbie nickte und blickte kurz auf seine Schuhspitzen, bevor er mich wieder ansah.

»Und du? Wie geht es dir?«

Ich seufzte. Eigentlich war es ja nicht mein Ding, irgendwem was vorzujammern – jedenfalls tat ich das sehr selten und meistens sülzte ich mich selbst mit meinem Selbstmitleid zu.

»Tja, wie es einem geht, wenn man seinen Freund blutend auf dem Boden liegend gesehen hat. Beschissen. Aber spätestens, wenn er wieder da ist, geht es mir wieder gut.«

Wieder nickte Robbie. Und sah mich dann lange an.

Ist noch was?, wollte ich schon fragen, doch dann sagte er leise: »Es … es tut mir leid.«

»Was denn?«, fragte ich verwundert. »Du hast ihn doch nicht mit einem Medizinball beworfen, oder?«

»Nein, natürlich nicht, ich … ich meine es insgesamt … Es tut mir leid, dass das passiert ist. Keiner von uns konnte was dafür.«

Ich nickte und schaffte es sogar, so was wie ein Lächeln auf meine Lippen zu zaubern.

»Danke. Ich bin sicher, dass es nicht so schlimm wird. Und Unfälle passieren manchmal, damit rechnet niemand.«

Es war schon komisch, dass ich, deren Freund im Krankenhaus lag, andere trösten musste. Aber Robbie war jetzt zufrieden, wie es schien.

»Okay, dann … mach es gut. Und wenn du was brauchst, sag Bescheid, ja?«

Dieses Angebot überraschte mich. Vorher hatte ich noch nie etwas mit Alex' Freunden zu tun gehabt. Aber manchmal war es doch gut, Verbündete zu haben. Vielleicht konnte ich Robbie ja sogar indirekt darum bitten, auf Alex zu achten, wenn ich nicht in der Nähe war …

»Ja, mach ich, vielen Dank!«

Ich lächelte ihn noch einmal an, dann zog er ab. Mein Essen war mittlerweile kalt. Aber mein Magen knurrte furchtbar, also verspeiste ich Hase und Allerlei, allerdings nicht ohne ein Auge auf die anderen zu haben. Irgendwie hatte ich das Gefühl, dass mich Tausende Blicke trafen. Ein paar Mädchen zwei Tische weiter vorn blickten neugierig zu mir rüber, senkten aber schnell die Köpfe, als ich zu ihnen hinsah.

Ätzend!

Als ich fertig war, beeilte ich mich, zur Geschirrabgabe zu gehen. Weit kam ich allerdings nicht.

»Hey, Clara, hast du was von Alex gehört?«, kam es von einem der Tische. Als ich mich umdrehte, saß da Melanie im Kreis ihrer Freundinnen. Sie hatte die Arme vor sich auf dem Tisch verschränkt und blickte mich an. Die anderen musterten mich ein wenig abschätzig. Na ja, ihnen hatte ich ja auch nicht den Arsch gerettet. Melanie hingegen hatte allen Grund, nett zu mir zu sein – schließlich war es noch gar nicht so lange her, dass die Polizei sie nur durch meine Hilfe schwer verletzt aus den Fängen des Krähenmannes befreien konnte, der sie schon zu seinem nächsten Mordopfer auserkoren hatte.

»Er ist im Krankenhaus. Hat eine Gehirnerschütterung und soll geröntgt werden. Mehr weiß ich noch nicht.«

Melanie nickte. Die anderen Mädchen sahen sie erwartungsvoll an.

»Einige hier glauben, dass irgendwer die Ablage für die Bälle manipuliert hat«, sagte sie dann. Das hätte ich ehrlich gesagt nicht erwartet. »Hatte er mit irgendwem Zoff?«

»Nicht dass ich wüsste.«

»Eigentlich müsste man doch meinen, dass du es am besten weißt«, schaltete sich Melanies Tischnachbarin ein. »Erzählt er dir etwa nicht alles?«

Ihr Gegenüber kicherte. Aha, ich war offenbar doch Thema bei ihnen gewesen. Wie schön.

»Nein, er erzählt mir nicht alles. Eure Freunde etwa?«, gab ich gereizt zurück.

»Sie meinen es nicht so«, lenkte Melanie ein und erntete dafür merkwürdige Blicke seitens ihrer Freundinnen. »Ich dachte nur, ich erzähle dir von dem, was ich gehört habe.«

Unsere Blicke trafen sich. Ja, sie hatte sich seit dem Vorfall im Schulgarten wirklich verändert. Und die neue Melanie gefiel mir immer besser.

Allerdings gefiel es mir überhaupt nicht, was ich da hörte.

»Das ist sehr nett von dir, hat denn schon jemand eine Vermutung? Ich meine, die Bälle hätten doch jeden treffen können.«

»Stimmt, aber alle wussten ja, dass Alex zusammen mit Philipp, Robbie und Michael die Geräte aufbauen sollte. Möglicherweise hat da irgendwer was gedreht.«

»Und in Kauf genommen, dass jemand anders verletzt wird? Das hätte doch auch genauso gut den neuen Sportlehrer treffen können, oder?«

»So kann man das auch sehen ... Trotzdem solltest du Alex mal fragen, ob er nicht irgendwelchen Zoff hat.«

Melanie und ich schauten uns noch einen Moment lang an, dann nickte ich.

»Okay, mach ich. Danke.«

Damit zog ich ab.

Während mein Tablett auf dem Förderband dem Reinigungsschlund entgegenfuhr, ratterten die kleinen Rädchen in meinem Kopf.

Klar, dass auch anderen der Verdacht gekommen war, jemand könnte an der Ballablage herumgefummelt haben. In einer Schule wie Rotensand sollten die Regale doch stabil genug sein, um nicht unter den Medizinbällen zusammenzubrechen. Aber woher hätte derjenige wissen sollen, dass Alex als Erster in den Lagerraum gehen würde? Genauso gut hätte es auch diesen Herrn Reinert treffen können! Wenn er die Bälle abbekommen hätte, hätte ich wahrscheinlich mit Alex zu Mittag gegessen, wir hätten uns über die Nachricht des Ratgebers unterhalten, und ich hätte ihn gebeten, vorsichtig zu sein.

Robbies merkwürdiges Herumdrucksen kam mir wieder in den Sinn. Und wenn nun der Ratgeber seine Hand nicht im

Spiel gehabt hatte? Wenn er nur einen Zufall ausgenutzt hatte, um mir zu drohen?

Der Gedanke machte es aber auch nicht besser. Irgendwer hatte irgendwas im Sportlagerraum angestellt. Ob nun bewusst gegen Alex gerichtet oder gegen jemand anderen. Wenn der Ratgeber sich diesen Unfall nun zunutze machte, um mir zu drohen, war es genauso schlimm, als hätte er selbst an dem Regal Hand angelegt …

Mein Kopf schwirrte. Ich brauchte Ruhe und Zeit, mir etwas zu überlegen. Und vielleicht sollte ich mir das Regal mal anschauen. Der Ratgeber hatte nur gefordert, dass ich Alex und der Polizei nichts erzählen sollte. Das Nachforschen hatte er mir nicht verboten.

An der Mensatür begegnete mir dann Susanne. Diese fasste mich am Arm und zog mich zur Seite.

»Ich habe gehört, dass Alex einen Unfall hatte. Ist es schlimm?«

Okay, dritte Runde. Ich hatte Susanne eigentlich erst unter vier Augen davon erzählen wollen.

»Er hat mehrere Medizinbälle an den Kopf bekommen. Alles war voller Blut, seine Lippe ist aufgeplatzt und er hat eine Gehirnerschütterung. Der Notarzt hat ihn mitgenommen und will ihn röntgen lassen. Ich warte auf eine Nachricht von ihm, aber bisher ist da noch nichts gekommen.«

»Sie haben erzählt, dass du völlig fertig warst.«

»Warst? Das bin ich noch! Ich versuche nur, es mir nicht so anmerken zu lassen.« Susanne umarmte mich. Ich hatte es ja sonst nicht so mit Umarmungen und Küsschen, aber es tat gut, von ihr gedrückt zu werden.

»Und, was willst du unternehmen?«, fragte sie, als sie mich wieder losließ.

»Wie, unternehmen?«

»Na, man munkelt, dass da irgendwer an dem Regal rumgefummelt hat.«

»Ach, davon hast du auch schon gehört?«

»So was macht sofort die Runde. Michael und Philipp meinten, dass da irgendwas faul gewesen sein soll.«

Michael und Philipp. Und was war mit Robbie? Hatte er vielleicht … Nein, das konnte ich mir nicht vorstellen. Jedenfalls nicht, um Alex zu schaden. Aber vielleicht hatte ein Mädchen, das er kannte, etwas zu sehr von dem neuen Sportlehrer geschwärmt …

Aber wie hätte er während des Unterrichts im Lager etwas anstellen sollen? Mit bloßen Händen konnte man keine eingedübelte Ballablage manipulieren. Außerdem hätte die Gefahr bestanden, dass ihn selbst die Bälle trafen …

»Ich werde der Sache auf den Grund gehen. Aber erst einmal muss ich mit Alex sprechen. Er …« Ich hatte wieder vor mir, wie er die Lippen bewegt und dann schmerzvoll das Gesicht verzogen hatte. »Er wollte irgendwas sagen, konnte aber nicht, weil die Wunde an der Lippe so tief war.«

Es überlief mich eiskalt, wenn ich mir vorstellte, wie die schweren Bälle ihn getroffen hatten. Panik stieg erneut in mir auf. Doch ich kämpfte sie nieder. Ich brauchte jetzt einen klaren Kopf. »Du, hör mal, ich erzähle dir alles nachher genau. Jetzt muss ich erst einmal was erledigen.«

Susanne nickte. »Sei vorsichtig!«, gab sie mir mit auf den Weg.

»Klar, keine Bange!« Ich winkte und wandte mich ab.

In meinem Magen zwickte es noch immer und die Unruhe breitete sich nun in meiner gesamten Brust aus.

Was wurde hier gespielt? Oder war alles nur ein dummer Zufall?

9

Nachdem ich meine Taschen auf mein Zimmer gebracht hatte, ging ich noch einmal zur Turnhalle. Jetzt waren die Gänge leer, die Sport-AG begann erst in zwei Stunden. Ich hatte also Zeit, mir alles in Ruhe anzusehen.

Da ich hinter der Tür des Sportlehrerzimmers Stimmen hörte, bemühte ich mich, möglichst leise zu sein. Glücklicherweise wurde die Turnhalle nie abgeschlossen, also schlüpfte ich ungehindert durch die Tür.

Der Geruch von Bohnerwachs, Gummi, Leder, Staub und Schweiß strömte mir entgegen. Jedes kleine Geräusch wurde in der Halle um ein Vielfaches verstärkt, weshalb ich sehr vorsichtig sein musste, damit mich die Lehrer nicht bemerkten.

Einen Moment lang blieb ich bei den Bänken stehen und schaute in die Runde. Die Geräte waren abgebaut. Nur ein paar Matten lagen noch herum. Wahrscheinlich wurden sie für die AG gebraucht. Ich ließ die Halle mit den großen Fenstern auf mich wirken und verdrängte den Gedanken an den hier trainierenden Herrn Reinert, der von Schülerinnen am Fenster angehimmelt wurde.

Zwei Möglichkeiten gab es, wenn man mal einen stinknormalen Unfall ausklammerte.

1. Der Ratgeber hatte gezielt seine Hand im Spiel gehabt, um Alex zu schaden.
2. Jemand hatte etwas gegen den neuen Sportlehrer und wollte ihm auf diese Weise eins auswischen.

Als mögliche Tatverdächtige kamen infrage:

1. Der Ratgeber.
2. Ein Junge, dessen Freundin diesen Reinert anhimmelte.
3. Jemand, der ein Problem mit Alex hatte.
4. Der alte Sportlehrer, der sich durch den neuen Kollegen bedroht fühlte.

Letztere Möglichkeit klang ein wenig absurd, aber vorgekommen war so was sicher schon mal. Immerhin wussten wir ja nicht, was in den Köpfen der Lehrer vorging.

Mein Gefühl sagte mir, dass der Ratgeber eindeutig seine Hände im Spiel hatte.

Nachdem ich mir noch ein wenig die Hallenfenster angesehen hatte, ging ich rüber zur Lagertür. Obwohl ich versuchte, leise zu sein, quietschten die Sohlen meiner Turnschuhe auf dem Parkett. An der Tür angekommen, legte ich die Hand vorsichtig auf die Klinke. Hatte man nach dem Vorfall abgeschlossen?

Das Schloss schnappte auf. Ein eisiger Hauch schlug mir entgegen, zusammen mit dem Geruch nach Zement, Holz und Gummi.

Das Lager, in dem die Sportgeräte aufbewahrt wurden, hatte die Größe einer Zweizimmerwohnung und war mit allen Gerätschaften vollgestellt, auf denen sich die Schüler während des Sportunterrichts abquälen mussten. Der große Stufenbarren wirkte auf mich am bedrohlichsten, denn während meiner Heimzeit war ich mal von einem dieser Geräte gestürzt, nachdem es meine lieben Klassenkameraden versäumt hatten, Sicherheitsstellung zu leisten. Ich hatte Glück und mir nur ein paar Prellungen geholt, aber meine Scheu vor diesem Gerät war ins Unendliche gewachsen. Noch heute hatte ich Respekt davor und war froh, dass wir uns hier bei den Leistungskontrollen aussuchen konnten, woran wir turnten.

Hinter dem Stufenbarren standen Böcke in verschiedenen Größen, dazu ein Schwebebalken und ein normaler Barren.

Und dann sah ich sie: die kaputte Ballablage. Die Bälle waren mittlerweile alle auf dem Boden aufgereiht worden, wahrscheinlich hatte unsere Klassenstufe hier aufräumen müssen. Die Ablage hatte man so gelassen, wie sie war. Wollte Rektor Sontheim die Sache untersuchen lassen? Hing eine Untersuchung davon ab, welcher Befund sich bei Alex rausstellte?

Ich trat näher an das Regal heran. Wahrscheinlich hatte man dem Hausmeister Bescheid gegeben, doch der hatte vorhin noch bei den Büschen zu tun gehabt.

Viel Ahnung von Tischlerarbeiten hatte ich nicht. Aber ich hatte im Heim schon mal selbst ein Regal an der Wand befestigt. Dazu hatten wir ähnliche Dübel benutzt, wie sie auch hier verwendet worden waren, nur kleinere. Der Dübel, der die Regalschraube geborgen hatte, war riesig dagegen. Und es sah tatsächlich so aus, als sei er aus der Wand gebrochen worden – oder als ob zumindest jemand versucht hatte, ihn auf diese Weise zu lösen, bis das Gewicht der Medizinbälle sein Übriges getan hatte.

Ich betrachtete den herausgebrochenen Dübel noch einen Moment lang, dann hörte ich, wie draußen die Tür der Turnhalle ging und quietschende Schritte näher kamen. Erschrocken blickte ich mich nach einem Versteck um. Doch es gab keines, in dem ich mich wirklich hätte verbergen können. Also blieb mir eigentlich nur die Flucht nach vorn.

Aber der Störenfried war schneller. Im nächsten Augenblick wurde die Tür geöffnet. Doch anstelle von Herrn Reinert oder seinem Kollegen trat der Hausmeister ein. Verwundert runzelte er die Stirn, als er mich sah.

»Na, Mädchen, was suchst du denn hier?«, fragte er.

»Die Bälle haben meinen Freund getroffen«, entgegnete ich, denn es wäre doch ein bisschen unglaubwürdig gewesen, wenn ich behauptet hätte, hier irgendwas vergessen zu haben.

Der Hausmeister nickte und stellte seinen Werkzeugkasten auf dem Boden ab.

»Üble Sache. Die ganze Schule spricht schon davon. Sogar bei mir ist es angekommen.«

Kein Wunder. Niemand in Rotensand nahm den Hausmeister wirklich wahr. Er kümmerte sich um den Garten und Reparaturen, wann immer irgendwas erledigt werden musste, war er da. Die Schüler übersahen ihn gern und plapperten munter drauflos. Wahrscheinlich war ich eine der wenigen, die hin und wieder mit ihm sprach.

Wenn er von Alex' Unfall gehört hatte, dann sicher von einem der vielen, für die er einfach Luft war.

»Ja, es war sehr übel«, entgegnete ich. »Ich hoffe, dass er bald wieder aus dem Krankenhaus kommt. Sie haben ihn mitgenommen.«

»Das wird er. Ist ja ein kräftiger Bursche, den haut so was nicht um.«

Doch, das hatte ihn umgehauen, aber ich wusste schon, was er meinte.

Der Hausmeister sah mich einen Moment lang an, dann richtete er sein Augenmerk auf die kaputte Ablage. »Diese Gören. Kriegen alles kaputt.«

»Sie haben doch Ahnung von Handwerksarbeit«, begann ich, denn plötzlich hatte ich eine Idee. »Meinen Sie, dass der Dübel bewusst gelockert worden sein könnte?«

Der Hausmeister betrachtete das Loch in der Wand. »Nun ja, möglich wäre es. Da müsste aber jemand genau wissen, was er macht. Und auch Kraft haben.«

Wer, außer dem Hausmeister, wusste, wie man einen Dübel so aus der Wand riss, dass die Bälle nicht sofort, sondern erst dann fielen, wenn eine bestimmte Person durch die Tür trat?

»Dann lasse ich Sie besser mal machen und nerve Sie nicht.«

»Du nervst mich viel weniger als die meisten, Mädchen«, entgegnete der Hausmeister und machte sich an die Arbeit.

Ich verließ die Turnhalle und war froh, auf dem Flur niemanden zu sehen.

Doch auf Höhe des Lehrerzimmers sprang plötzlich die Tür auf und Herr Reinert kam heraus. Sein Kopf war puterrot. Hatte er sich mit seinem Kollegen gestritten? Oder hatte er ganz einfach nur einen stressigen Tag hinter sich?

»Ah, Carla, gut, dass ich Sie treffe«, sagte er.

Ich zog die Stirn kraus. »Mein Name ist Clara«, verbesserte ich ihn. Okay, ich hatte in seiner Stunde gefehlt, aber hatte er denn nicht in die Klassenliste geschaut?

Innerlich wappnete ich mich schon gegen die Frage, was ich hier zu suchen hatte. Vielleicht könnte ich ja vorschützen, etwas vergessen zu haben.

»Entschuldigung, Clara«, erwiderte er und schob die Hände in die Taschen seines Trainingsanzuges. »Sie haben in meiner Stunde gefehlt, und ich weiß nicht, ob Sie schon von Ihren Mitschülern gehört haben, dass wir in den kommenden Stunden Erste-Hilfe-Maßnahmen durchgehen werden.«

Erste Hilfe? Im Sportunterricht? Das wunderte mich ziemlich. War das wegen Alex?

»Nein, das wusste ich nicht, vielen Dank«, entgegnete ich. »Muss ich da irgendwas Besonderes mitbringen?«

»Nein … nein, das ist nicht nötig«, entgegnete Reinert ein wenig verlegen. »Es ist nur … Es tut mir sehr leid, was mit Alex passiert ist.«

Ich nickte und fragte mich, warum er gerade mir das sagte. Weil ich so fertig war wegen Alex? Weil er glaubte, dass ich in irgendeiner Weise getröstet werden wollte? Oder weil er ein schlechtes Gewissen hatte?

»Sie können nichts dafür, dass die Bälle heruntergefallen sind«, entgegnete ich, denn wahrscheinlich erwartete er so was. »Es hätte jeden treffen können, vielleicht auch Sie selbst.«

»Ja, das stimmt. Aber trotzdem … es tut mir leid.«

»Danke. Gibt es sonst noch irgendwas?«, fragte ich, denn dafür, dass ich gefehlt hatte, hatte ich ja meinen Entschuldigungszettel der Schwester abgegeben.

»Nein, erst mal nicht. Dann bis nächsten Montag zur Sportstunde.«

»Bis Montag«, entgegnete ich und eilte den Gang entlang.

10

Während der Abend langsam über Rotensand heraufdämmerte, saß ich vor einem der Bibliothekscomputer. Hier hatte ich endlich Ruhe vor den Fragen, denn die Bibliothekarin achtete genau darauf, dass beim Arbeiten alle still waren. Und die meisten, die hier saßen, hatten ohnehin anderes im Kopf als Alex' Unfall.

Ich hingegen musste mich regelrecht zwingen, nicht daran zu denken. Und immer wieder verlor ich den Kampf. So wie jetzt. Wieder fragte ich mich, ob der Ratgeber die Schraube aus der Wand gelöst hatte. Wieder checkte ich mein Handy. Nichts. Seit Alex aus dem Krankenzimmer geschoben wurde, nichts.

Ich wählte daraufhin seine Nummer, doch nur seine Mailbox ging ran.

War seine Verletzung doch schlimmer als gedacht? Das fragte ich mich schon seit Stunden, und auch jetzt zog mir der Gedanke, dass er vielleicht doch operiert worden war oder sich noch etwas ganz anderes ereignet hatte, den Magen zusammen.

Ich drängte den Gedanken an Alex beiseite und richtete meinen Blick wieder auf den Bildschirm.

Was den Mord und den Fundort anging, überboten sich die Online-Magazine gegenseitig in Details. Doch die wirklich interessanten Hintergrundinformationen waren spärlich. Es gab keine Auskünfte über die Eltern, es wurde nicht mal erwähnt, auf welche Schule das Mädchen gegangen war. Ich nahm an, dass sie auf ein Gymnasium in Bergen gegangen war, vielleicht sogar auf das Ernst-Moritz-Arndt-Gymnasium.

Ich rief die Seite der Schule auf, suchte aber vergeblich nach einem Bild von Sandrine. Nicht einmal ihr Name wurde genannt. Jedenfalls nicht im öffentlich zugänglichen Bereich. Sicher gab es Klassen- und Mailing-Listen, aber die waren wie bei uns passwortgeschützt. Da meine Fähigkeiten als Hacker vollkommen unterentwickelt waren, musste ich schließlich entnervt aufgeben.

Wieder rief ich die Seite auf, die Alex mir schon am Sonntag ausgedruckt hatte. Die Informationen waren etwas mehr geworden.

So erfuhr man nun, dass Sandrine Ravier eine der Elevinnen von Madame Rosis Tanzschule gewesen war. Die Leiterin zeigte sich bestürzt.

»Der Verlust trifft uns hart«, wurde sie zitiert. »Wir können noch immer nicht die Grausamkeit verstehen, die sie aus unserer Mitte gerissen hat. Mit ihr verlieren wir eine unserer besten Schülerinnen.«

Ich lehnte mich zurück. Der Artikel brannte förmlich vor meinen Augen.

Eine Ballerina, der man die Füße abgeschnitten hatte.

Mir drehte sich plötzlich der Magen um.

Wer hasste eine Siebzehnjährige so sehr, dass er ihr die Füße abtrennte und sie in ein Schwimmbecken warf, umgeben von weißen Federn?

Ich konnte sie förmlich vor mir sehen, bleich, auf dem Wasser treibend, in einem Becken, das sich vom Blut rot gefärbt hatte …

Plötzlich hielt ich es nicht mehr vor dem Computer aus. Kalter Schweiß trat auf meine Haut, mein Magen rebellierte und Spucke sammelte sich in meinem Mund. Dumpf dröhnte es in meinen Ohren.

Ich schaffte es gerade noch so, die Website wegzuklicken und meine Tasche zu schnappen, dann musste ich raus.

»Alles in Ordnung?«, fragte die Bibliothekarin, als ich an ihr vorbeirannte. Ich antwortete nicht. Stattdessen stürmte ich durch die rettende Tür ins Freie.

Dort stützte ich mich an der Wand ab, denn ich hatte das Gefühl, jeden Augenblick umzukippen. Ich kniff die Augen zusammen und konzentrierte mich auf meine Atmung, doch das Gefühl, auf einem schwankenden Schiff zu stehen, verging nicht.

Also versuchte ich, an etwas anderes zu denken. An den Sonnenuntergang über dem Wald. An das Meer.

Ja, das Meer half. Ich dachte zurück an den Tag, als ich mit Alex am Steinstrand unweit von hier gestanden und mit ihm Händchen gehalten hatte. Das Rauschen der Wellen war so beruhigend gewesen und erst recht seine Nähe. Sein Lächeln war so wunderschön …

Nach einer Weile ließ die Panik nach. Mein Körper entspannte sich, mein Pulsschlag wurde ruhiger. Ich öffnete die Augen.

Verlassen lag der Schulhof vor mir. Die hell erleuchteten Fenster der umliegenden Gebäude wirkten wie überdimensionale Glühwürmchen, die in der Schwärze schwebten.

Jetzt wurde mir auch wieder bewusst, wie kalt und klar die Luft war. Obwohl der Winter noch fern war, schmeckte sie bereits danach.

Aber vielleicht irrte ich mich auch. Immer wenn ich eine Panikattacke überstanden hatte, nahm ich meine Umgebung deutlicher wahr.

Zurück in die Bibliothek wollte ich aber nicht mehr. Der Gedanke an das tote Mädchen war zu stark. Ich schulterte also meine Tasche und lief zum Wohngebäude.

»Meine Güte, du siehst ja furchtbar aus!«, begrüßte mich Susanne, als sie vom Fernseher aufsah.

»Danke, so was hört man doch gern«, entgegnete ich und schleuderte meine Schultasche aufs Bett.

»Entschuldige, so war das nicht gemeint«, sagte Susanne und stellte den Fernseher aus. Oh nein, jetzt wollte sie mit mir reden …

Ich hatte nichts dagegen, mit meiner Mitbewohnerin zu quatschen, doch in diesem Augenblick wäre es mir lieber gewesen, sie hätte ihre Sendung angelassen.

»Ist schon okay«, entgegnete ich, checkte mein Handy, auf dem immer noch keine Nachricht angekommen war, und zerrte dann an einem meiner Schnürsenkel.

»Anscheinend nicht«, sagte Susanne und drehte sich um. Offenbar gehörte sie nicht zu denen, die man mit mürrischem Brummen abschrecken konnte. »Du behandelst deine Schnürsenkel gerade, als hätten sie dir was getan.«

Ich kickte die Docs in die Ecke. In mir brodelte es. Auch das war eine Folge der Panikattacke. Irgendwo musste das ganze Adrenalin ja hin.

Susanne zuckte zusammen. Meine früheren Mitbewohner im Heim hätten sich spätestens jetzt zurückgezogen. Aber Susanne sah mich abwartend an.

Ich atmete tief durch und griff dann wieder nach meinem Handy, sah aber nicht nach neuen Nachrichten. Ich hielt es einfach nur in der Hand, als hoffte ich, eine SMS von Alex herbeizaubern zu können.

»Es ist nur … Alex hat sich immer noch nicht gemeldet.«

Susanne erhob sich nun, kam zu mir und legte den Arm um meine Schultern. Obwohl ich es in Augenblicken wie diesen nicht mochte, dass man mich berührte, ließ ich es zu.

»Ich weiß, es klingt blöd, aber ihm wird nichts passiert sein«, sagte sie leise.

»Aber er hat mit voller Wucht einen Medizinball ins Gesicht bekommen.«

»Okay, das bedeutet, dass er morgen heftige Kopfschmerzen haben wird. Aber glaube mir, ihn kriegt so leicht nichts tot.«

Ich lehnte mich jetzt an Susanne. Eigentlich war es doch ganz nett, getröstet zu werden. Vielleicht lag meine Abwehrhaltung nur daran, dass es im Heim niemanden gegeben hatte, der mich bei Problemen mal in den Arm genommen hatte.

»Robbie hat übrigens nach dir gefragt«, sagte sie plötzlich.

»Wer?«, fragte ich zurück und sah sie an. Dann fiel es mir wieder ein. Natürlich, Robbie.

»Robbie Neumann. Er wollte wissen, wie es dir geht.«

»Der spinnt doch!«, entgegnete ich.

»Nein, ich glaube, der steht auf dich.«

»Kann nicht sein. Jeder hier weiß doch, dass ich mit Alex zusammen bin.« Was war das bloß für ein komischer Typ? Und warum fragte er andere nach mir? Hatte ich jetzt meinen persönlichen Stalker?

»Das hält aber niemanden davon ab, auf dich zu stehen.«

Susanne sah mich jetzt irgendwie merkwürdig an. Als ich die Augenbrauen hochzog, wandte sie den Blick ab. Was war los? Nahm sie es mir übel, dass dieser Robbie, mit dem ich heute Mittag zum ersten Mal gesprochen und den ich zuvor vielleicht gerade fünf oder sechs Mal gesehen hatte, auf mich stand?

»Aber ich will nichts von ihm«, entgegnete ich. »Ich kenne ihn gar nicht und habe keine Ahnung, warum er nach mir fragt oder mich anspricht. Vielleicht hat er ein schlechtes Gewissen wegen Alex.«

Susannes Miene hellte das nicht auf. Sie wirkte jetzt irgendwie in Gedanken versunken.

»Susanne?«, fragte ich, als sie auch in den nächsten Augenblicken nicht reagierte.

Sie schreckte auf und sah mich an, dann schüttelte sie den Kopf und erhob sich. Merkwürdig. Es schien, als wäre sie sauer. Dabei hatte ich doch gar nichts gesagt …

»Hab ich was falsch gemacht?«, fragte ich, als sie den Fernseher wieder einschaltete.

»Nein … nein, das hast du nicht«, entgegnete sie etwas verwirrt. »Es ist nur … Nein, es ist alles okay. Und ich bin sicher, Alex kommt bald wieder.«

Damit setzte sie sich wieder auf ihren Sessel. Ich starrte sie noch eine Weile verwundert an, dann legte ich mein Handy beiseite und zog meine Hefter aus der Tasche.

Dienstag

11

Die Redaktion der Schülerzeitung war im Hauptgebäude untergebracht, in der Nähe des Krankenzimmers. Den Gang entlangzugehen, erfüllte mich mit einem mulmigen Gefühl. Fast schien es, als würde ich wieder sehen, wie die Sanitäter Alex aus dem Krankenzimmer schoben …

Noch immer hatte ich nichts von ihm gehört. Gestern Abend, nach dem unrühmlichen Abgang aus der Bibliothek, war ich fast schon versucht gewesen, bei ihm zu Hause anzurufen, doch da ich nicht wusste, ob Alex seinen Eltern etwas von mir erzählt hatte, verwarf ich diesen Plan und verlegte mich darauf, ständig auf das Handy zu starren.

An der Tür angekommen, schüttelte ich das Bild ab und versuchte, mich auf das zu konzentrieren, was vor mir lag.

Da die Tür zum Redaktionsraum offen stand, trat ich ein. Man hatte ihn wie eine echte Zeitungsredaktion eingerichtet. Zwölf Tische standen da, auf jedem lag ein Laptop, der über und über verkabelt war. An den Seiten gab es einen Kopierer und Laserdrucker, der Geruch von Toner hing in der Luft.

Gegenüber den Arbeitsplätzen stand ein großer Tisch, an dem gut zwanzig Leute Platz hatten. Wie bei den »Rittern der Tafelrunde«. Fehlten nur noch die Schwerter auf der Tischmitte.

Außer mir waren schon drei andere Schüler da. Zwei Mädchen – eines rothaarig, das andere mit asiatisch geschnittenen Augen – und ein Junge standen am Fenster und unterhielten sich. Sie sahen aus, als kämen sie aus der ersten Klassenstufe, der obersten in Rotensand.

Ich fühlte mich angesichts der viel Älteren ein wenig beklommen. Doch als mich das asiatisch aussehende Mädchen entdeckte und auf mich zukam, riss ich mich zusammen.

»Hey, ich bin Linh«, sagte sie lächelnd und schüttelte mir die Hand. »Ich nehme mal an, dass du bei der Zeitung mitmachen möchtest.«

»Clara«, stellte ich mich vor. »Und, ja, das möchte ich.«

»Toll.«

Die anderen beiden beäugten mich neugierig.

»Das ist Clara«, stellte mich Linh vor. »Und das sind Cora und Nico. Damit wären wir schon mal vier.«

»Geht es denn danach, wer zuerst kommt?«, fragte ich, denn bei zwölf Arbeitsplätzen sah es nicht so aus, als könnte sich eine unbegrenzte Teilnehmerzahl für die Zeitung melden.

»Nein, alle, die mitmachen wollen, müssen sich erst einmal qualifizieren. Außer uns dreien natürlich, denn wir haben bereits an anderen Schulen Schülerzeitungen herausgegeben und kennen uns aus.«

»Aha, okay«, sagte ich und fühlte mich auf einmal noch unwohler. Das waren offenbar unsere Chefredakteure. Ein wenig beneidete ich sie darum, dass sie nicht mehr um einen Platz kämpfen mussten. An meiner Potsdamer Schule hatte es zwar eine eigene Online-Redaktion gegeben, aber keine richtige Zeitung.

»Du bist das Mädchen, das vor ein paar Monaten diesen Killer geschnappt hat, richtig?«, fragte Nico, nachdem er mich einen Moment lang gemustert hatte.

Damit hatte ich nicht gerechnet. Seit den Ferien hatte mich niemand mehr darauf angesprochen. Zum Glück. Denn ich hatte überhaupt keine Lust, darüber zu reden. Doch einfach die Augen verdrehen und weggehen, wie ich es sonst tat, wenn mich jemand darauf ansprach, konnte ich hier nicht.

»Geschnappt wäre übertrieben. Sagen wir mal so, ich hatte das Pech, ihm zu begegnen.« Alles andere kannten sie wahrscheinlich schon, und es war nie schlecht, bescheiden zu sein. Immerhin hätte die Sache auch ganz anders ausgehen können.

»Man erzählt sich, dass du nachgeforscht haben sollst«, bohrte Cora jetzt nach.

Und Linh fügte hinzu: »Ja, und dass du den Krähenmann in den Abwasserschacht gestoßen hast.«

War es wirklich eine gute Idee, Reporterin bei der Schülerzeitung zu werden?, ging es mir plötzlich durch den Kopf. Klar, Reporter waren neugierig, aber diese Fragestunde ging mir doch etwas zu weit. Wahrscheinlich wussten sie ohnehin, wie sich die ganze Sache abgespielt hatte.

»Ich habe mich nur ein wenig für die Sache interessiert. Und es war auch eher Zufall, dass ich den Typen in das Loch gestoßen habe. Ich konnte ja nicht zusehen, wie er meine Klassenkameradin erschießt, oder?«

Linh grinste mich breit an. »Du bist mutig und hast den Willen nachzuforschen. Damit bist du so gut wie aufgenommen.«

»Ach, geht es nicht nach der Qualität der Artikel?«

»Auch, aber unsere Redaktionsmitglieder sollten auch neugierig sein. Nicht immer können Journalisten unter angenehmen Bedingungen recherchieren. Manchmal kann unsere Arbeit auch ziemlich gefährlich werden.«

Na klar. Die Frage, ob wir aus irgendwelchen Krisengebieten berichten sollten, sparte ich mir. Die drei waren nett, warum sollte ich sie gleich verärgern?

Glücklicherweise strömten jetzt noch andere Schüler durch die Tür. Linh nahm sie erneut in Empfang und stellte sie uns vor.

Da vibrierte das Handy in meiner Tasche und ich zuckte zusammen. Da die anderen in ein Gespräch vertieft waren, zog ich es hervor.

Erleichtert stellte ich fest, dass es sich nicht um eine Mail handelte. Die SMS stammte von einer Nummer, die ich bestens kannte.

»Hey, Clara, wo steckst du gerade? Bin wieder da! Dein Alex.«

Am liebsten wäre ich jubelnd aus den Redaktionsräumen gelaufen, aber das ging nicht. Stattdessen verzog ich mich in eine ruhige Ecke und tippte: »Das ist ja super, schön, dass du wieder da bist! Bin gerade in der Redaktion der Schülerzeitung. Treffen wir uns nachher? Kuss, Clara.«

Die Antwort ließ nur wenige Sekunden auf sich warten.

»Ja, gern. Aber jetzt schau erst mal zur Tür!«

Als ich aufblickte, stand er im Türrahmen. Sein Gesicht sah schlimm aus, ganz blau und grün, auch seine Unterlippe war immer noch geschwollen. Aber ansonsten schien es ihm ganz gut zu gehen.

Rasch steckte ich das Handy wieder ein und eilte zu ihm.

Angesichts der anderen mochte ich ihm nicht um den Hals fallen, doch er zog mich an sich und gab mir einen Kuss.

»Vorsicht, deine Lippe!«, rief ich erschrocken.

»Ich freue mich auch, dich zu sehen«, entgegnete er, doch sein schelmisches Lächeln büßte er sofort durch Schmerzen.

»Ich sage doch, Vorsicht!«, hielt ich ihm vor. Gleichzeitig hüpfte mein Herz vor Freude.

»Ach, das wird mich schon nicht umbringen.«

Ich sah ihn ernst an und streichelte vorsichtig über seine Wange. »Es hätte alles Mögliche passieren können.«

»Ist es aber nicht. Obwohl mir im ersten Moment wirklich die Lichter ausgegangen sind. Aber dann habe ich deine Stimme gehört und wusste, dass alles wieder gut wird.«

»Du hast meine Stimme gehört?«

»Ja, in der Turnhalle.« Er zog mich an sich. »Als ich dich gehört habe, war alles gut.«

Ich schmiegte mich an ihn und spürte wenig später sein Herz, das ziemlich schnell klopfte.

»Ähm, wir wollen jetzt anfangen!«, tönte plötzlich Linhs Stimme durch den Raum.

Zu spät merkte ich, dass sie mich damit meinte. Und ich bekam auch erst jetzt mit, dass sich noch weitere Schüler in der Redaktion versammelt hatten. Sie alle starrten Alex und mich an, was mir sonst vielleicht peinlich gewesen wäre. Aber mein

Herz war noch immer übervoll von Glück. Er war wieder da und es ging ihm gut! Da konnten die jüngeren Schüler ruhig blöd kichern.

»Wir sehen uns nachher«, flüsterte ich, dann löste ich mich von ihm und ging zu den anderen. Als ich mich noch einmal nach ihm umdrehte, sah ich ihn lächelnd an der Tür stehen.

Wir trafen uns auf dem hinteren Hof neben dem ausgetrockneten Brunnen. Mittlerweile sammelten sich hier die Blätter. Eine Spinne hatte ein großes Netz an dem Bassin errichtet. Die Spatzenschar, die sich zuvor noch im Laub getummelt hatte, flatterte über das Dach des Schulgebäudes.

»Also, du bist jetzt bei der Schülerzeitung?« Alex griff nach meiner Hand.

»Noch nicht wirklich«, entgegnete ich. »Erst einmal muss ich mich qualifizieren. Aber wenn es nach Linh, Cora und Nico geht, habe ich aufgrund meiner kriminalistischen Vorkenntnisse gute Chancen.«

Alex lachte. »Die drei nehmen sich immer so wichtig.«

»Du kennst sie also.«

»Klar. Besonders Linh sieht sich in den nächsten zehn Jahren schon als Korrespondentin von CNN. Sie will nach Amerika gehen und dort Journalismus studieren. Hat sie euch das noch nicht erzählt?«

»Nein, es ging erst mal vorrangig darum, dass wir uns ein gutes Thema für unseren Probeartikel ausdenken sollen.«

»Und, worüber wirst du schreiben?«, fragte Alex, während er mir eine Haarsträhne aus dem Gesicht strich. Das und die Art, wie er mich ansah, machte mich ganz kribbelig.

»Also, Nico würde es sicher sehr gefallen, wenn ich einen detaillierten Bericht über den Krähenmann abgeben würde. Aber ich habe an etwas anderes gedacht.«

»Und das wäre?«

»Einen Artikel über Ballerinen und Tanzschulen auf Rügen.«

»Wie bitte?«

»Ja, etwas wie ›Sie tanzen schnell wie der Wind‹ oder so.«

»Das ist nicht dein Ernst!« Alex zog skeptisch die Augenbrauen hoch. »Hast du etwa auch einen Medizinball abbekommen?«

Ich schüttelte den Kopf. »Ich habe herausgefunden, dass Sandrine Ravier Ballerina werden wollte. Sie ging in Madame Rosis Tanzschule.«

Alex' Miene wurde sofort ernst. »Eine Ballerina also.«

Ich nickte. »Sie soll eine der besten Elevinnen gewesen sein. Die gesamte Tanzschule ist vollkommen bestürzt. Und ich frage mich, welches Motiv jemand hat, eine der besten Elevinnen umzubringen und ihre Leiche dann in einem Schwimmbecken zu arrangieren.«

»Du warst während meiner Abwesenheit also nicht untätig.«

»Es ist mir schwergefallen, an etwas anderes zu denken als an dich, aber …«

Bevor ich weitersprechen konnte, zog Alex mich an sich und küsste mich. Diesmal ganz behutsam.

Und mit einem Mal vergaß ich alles. Die tote Ballerina, den Anschlag auf Alex, sogar die Kälte konnte mir nichts mehr anhaben. Ich schmiegte mich an Alex und genoss einen Moment der Stille, die nur ausgefüllt wurde von unserer Wärme, unseren leisen Atemzügen und dem Klopfen unserer Herzen.

»Ich hatte große Angst um dich«, gestand ich flüsternd. »Alles Mögliche hätte passieren können.«

Das wäre der Moment gewesen, ihm von der Drohung zu erzählen. Davon, dass mich der Ratgeber zwang, im nächsten Fall zu ermitteln. Doch irgendwie traute ich mich nicht, mit Alex darüber zu sprechen. Noch nicht.

»Ist es aber nicht«, entgegnete er und küsste mich auf die Stirn. »Ich bin doch nicht aus Zucker, oder?«

»Nein!« Wieder küssten wir uns und blieben dann eine Weile aneinandergeschmiegt sitzen.

»Vielleicht solltest du mal Olga Tschernow aus der ersten Stufe fragen«, schlug Alex schließlich vor. »Soweit ich weiß, geht sie in die Bergener Ballettschule. Du könntest sie fragen, ob sie dieses Mädchen gekannt hat.«

Erste Stufe, also Klasse 12. Hin und wieder musste ich noch überlegen.

»Die wird sich freuen, wenn ich bei ihr auftauche«, entgegnete ich.

»Na, komm schon, du bist doch mittlerweile so was wie eine Heldin hier.« Alex schlang den Arm um mich. »Außerdem wird Linh ihren Klassenkameraden schon freudig berichtet haben, dass du jetzt geruhst, unter ihrer Fuchtel bei der Zeitung mitzumachen. Das ist fast schon so, als hättet ihr euch in die Hände gespuckt und sie euch dann geschüttelt.«

»Eklig«, entgegnete ich. »Aber … ist das nicht zu offensichtlich? Ich meine, dass ich sie frage. Immerhin glaubt dann doch jeder, dass ich wieder auf der Spur von etwas bin.«

»Niemand hier weiß von dem Mordfall. Oder besser gesagt, niemand interessiert sich hier dafür.«

»Aber wenn ich mich bei Olga …«

»Sie wird sich nichts dabei denken, glaub mir. Du bist doch nur eine Journalistin, die etwas mehr übers Ballett wissen möchte, um einen Artikel für den Kulturteil zu schreiben. Daran ist doch nichts Schlimmes, oder?«

Er verstummte, als ich ihn ansah. Auf einmal wurde der Drang übermächtig, ihm von der Drohung zu erzählen. Auch wenn der Ratgeber mir verboten hatte, ihm etwas zu sagen, er musste es wissen. Ich konnte ja nicht ständig auf ihn achtgeben …

»Ich … ich muss dir etwas sagen«, begann ich zögerlich, dann sah ich mich nach allen Seiten um. Wir waren allein. Wirklich allein. Und wenn jemand im Gebüsch lauerte, konnte er das, was ich Alex zuflüstern würde, nicht hören.

»Aha«, entgegnete er verwundert. »Ist es was Schlimmes?«

»Keine Ahnung«, gab ich zurück. »Vielleicht ja. Nach dem, was gestern passiert ist, vermute ich mal, dass dich diese Nachricht nicht freuen wird.«

Alex drückte meine Hand. »Raus mit der Sprache, was ist los?«

»Die Sache mit dir gestern. Der Unfall. Das war wahrscheinlich kein Unfall.« Ich beugte mich dicht an sein Gesicht und senkte meine Stimme. »Der Ratgeber … Ich … ich hatte ihm geschrieben, dass ich bei dem Spiel nicht mehr länger mitmache.«

Alex klappte den Mund auf. Doch ich redete weiter.

»Er drohte mir daraufhin, dass dir etwas passieren würde. Ich habe das alles für einen Scherz gehalten und …«

»Und da hast du mir nichts erzählt?« Ich spürte, wie sich

seine Muskeln anspannten. Ich legte meinen Arm auf seinen und hinderte ihn daran, gleich aufzuspringen.

»Hör mir zu«, flüsterte ich. »Die Nachricht kam am Sonntagabend. Ich wollte daraufhin antworten, dass ich doch wieder mitmache, aber da hatte er seinen Account schon gelöscht. Und bevor ich dir Bescheid geben konnte, war es passiert. Es tut mir leid.«

Auf einmal fühlte ich mich ganz schrecklich. Ich hätte mehr tun müssen. Noch in der Nacht hätte ich zu ihm gehen müssen, um es ihm zu erzählen. Der Ratgeber war niemand, dem man eine Abfuhr erteilte.

»Ich … ich wusste doch nicht, dass er Ernst machen würde. Und so schnell …«

Alex sprang auf und begann, unruhig auf und ab zu gehen. Er presste seine Lippen zusammen. Er war wütend, und zwar richtig.

»Er hat mir auch geschrieben, dass ich dir nichts sagen soll«, versuchte ich so leise wie möglich weiterzusprechen. »Er drohte mir, dass er dich sonst umbringen würde.«

Alex tigerte weiter vor mir auf und ab und sagte nichts.

Mein Innerstes krampfte sich zusammen. Hatte ich jetzt den nächsten Fehler begangen? Glaubte er, dass ich ihn mutwillig einer Gefahr ausgesetzt hatte?

»Dieser Typ ist vollkommen irre«, sagte er dann und setzte sich wieder neben mich. Wenn der Ratgeber uns jetzt beobachtet hatte, würde er sicher Verdacht schöpfen.

Ich bedeutete Alex, etwas leiser zu sprechen.

»Das ist er. Und wir können noch nicht einmal sagen, ob es wirklich ein Typ ist. Vielleicht ist es auch eine Frau. Wenn ich dahinterstecken würde, würde ich auch versuchen, mein Geschlecht zu verschleiern.«

»Auf jeden Fall ist er oder sie komplett irre. Wie kann er dir drohen, wenn er will, dass du ein Verbrechen aufklärst?«

»Tja, wahrscheinlich sieht er alles wirklich nur als Spiel an.«

»Du solltest diesem Kommissar davon erzählen, diesem … Dräger.«

»Und riskieren, dass dir wieder was passiert? Vielleicht sogar noch etwas Schlimmeres?« Ich schüttelte den Kopf. »Nein, das kann ich nicht tun. Und du sprichst besser auch mit niemandem darüber. Ich habe es dir erzählt, weil ich will, dass du wachsam bist.«

»Aber Dräger könnte doch …«

»Dräger weiß nicht, wer er ist!«, entgegnete ich, und Tränen stiegen mir in die Augen. Fast wünschte ich mir, nichts gesagt zu haben. Der Moment vorhin war so perfekt gewesen und jetzt hatte ich alles ruiniert. »Die Einzigen, die etwas tun können, sind wir.«

Ich griff nach seiner Hand. Ich wollte nicht, dass er böse auf mich war.

Er drückte meine Hand und sah mich an. Sorge und Angst flackerten in seinen Augen.

»Es kann nicht so weitergehen«, sagte er und erschreckte mich damit einem Moment lang. Wollte er Schluss machen? »Mit dem Ratgeber«, fügte er leise hinzu, als hätte er meinen Schreck bemerkt. »Wir müssen ihn finden. Oder sie. Wie auch immer, wir dürfen ihn nicht weiterspielen lassen.«

Ich nickte. Er hatte recht. Doch wie fing man jemanden, der überall und gleichzeitig nirgendwo war?

»Erinnerst du dich an das Mädchen mit den Möwenflügeln? Der Fall, den wir in der Heimatstube gefunden haben?«

»Ja, sehr gut sogar.«

»Ich glaube, der Ratgeber hat das Mädchen damals getötet. Und ich bin sicher, dass es der Ursprung dieses Spiels ist. Aber warum will er gerade mit mir spielen?«, fragte ich.

»Weil es wahrscheinlich einen Zusammenhang zwischen ihm und dir gibt.« Er lachte spöttisch in sich hinein und schüttelte den Kopf.

Ich dachte daran, dass Dräger mir von meinem Vater erzählt hatte. Dass er mit ihm zusammen osteuropäische Schleuser verfolgt hatte. Dass mein Vater nach einem blöden Fall das Handtuch geworfen und seitdem nicht mehr in der Staatsanwaltschaft, sondern in einer Anwaltskanzlei gearbeitet hatte.

Dräger hatte keine Probleme gehabt, mich wiederzuerkennen.

Und der Ratgeber? Wenn er wirklich zu Rotensand gehörte – und davon ging ich aus –, hatte er den Namen meines Vaters in meiner Schulakte gelesen. Ja, vielleicht hatte er sogar schon bei meiner Bewerbung gewusst, dass die Tochter von Ex-Staatsanwalt Michael Hansen hierherkommen würde. Und dann hatte er sich gedacht, he, ist doch eine gute Idee, mit ihr ein kleines Spielchen zu spielen. Immerhin kann ihr Vater ihr nicht mehr helfen, er ist ja nicht mehr da.

»Woran denkst du?«, fragte Alex sanft. Erst jetzt merkte ich, dass ich mich völlig ausgeklinkt hatte.

»Daran, dass Dräger mich erkannt hat. Und dass der Ratgeber jemand sein muss, der problemlos an die Schulakten kommt. Denn wenn dieses ›Spiel‹ etwas mit dem damaligen

Fall zu tun hat und es eine Verbindung zwischen mir und dem Ratgeber geben soll, dann hat es vielleicht etwas mit meinem Vater zu tun. Der Ratgeber könnte seinen Namen in meiner Bewerbung hier gelesen haben.«

Alex nickte. »Ja, genauso könnte es gewesen sein. Aber es ergibt sich nur eine Schwierigkeit: Es gibt haufenweise Leute in Rotensand, die an die Schulakten herankommen können. Illegal sicher noch mehr.«

»Ja, mit Schlüsseln hat es Rotensand nicht so, das haben wir ja gesehen.«

»Vielleicht sollte ich ein wenig schnüffeln«, schlug Alex vor.

»Du?« Ich starrte ihn entsetzt an. »Vergiss nicht, du bist die Nummer eins auf seiner Liste.«

»Nicht, solange du mitspielst und im Fall der Ballerina ermittelst. Er braucht mich als Druckmittel, das kann er sich nicht verscherzen.«

»Bist du dir sicher?«

»Aber ja! Ich meine, warum sollte er mich wirklich umbringen, wenn er dann fürchten muss, dass du das Handtuch wirfst? Denk dran, er spielt ein Spiel! Er sieht dich als Spielfigur an, die er gern von einem Feld aufs andere schieben würde. Solange du dich schieben lässt, wird er mir nichts tun. Denk dran, damals hat er mir sogar den Hinweis gegeben, dass Feldten euch in seiner Gewalt hatte.«

»Ja, weil er wollte, dass du mich rettest.«

»Genau. Er braucht uns beide lebend. Also mach dir nicht zu viele Gedanken und leg los. Und ich werde versuchen, die Zahl derer einzukreisen, die zum Zeitpunkt des Mordes an Camilla gewusst haben, dass du hier anfängst.«

Das klang überaus tapfer und mutig. Ich hoffte nur, dass er recht hatte. Wer konnte schon sagen, was in dem verqueren Geist des Ratgebers vorging?

»Okay«, sagte ich. »Aber versprich mir, dass du vorsichtig bist und dich nicht unnötig in Gefahr bringst. Beim nächsten Mal ist es vielleicht kein Medizinball, sondern ein Messer oder eine Pistolenkugel, die dich trifft.«

Alex küsste mich.

»Ich werde aufpassen, versprochen. Und ich werde Olga Bescheid geben, dass du dich morgen mit ihr treffen möchtest.«

»Danke.« Ich schmiegte mich wieder an ihn. Der perfekte Moment von vorhin stellte sich nicht wieder ein, aber dieser war auch nicht schlecht. Und ich fühlte mich ein wenig leichter, denn ich wusste, dass Alex von nun an besser auf sich achtgeben würde.

12

Es war einfach wundervoll, der Musik zu lauschen und sich vorzustellen, über die Bühne zu schweben. Obwohl die Vorstellung schon längst vorbei war, hockte sie hinter dem Vorhang und ließ ihrer Fantasie freien Lauf.

Niemand im Theater wusste, dass sie hier war. Noch immer musste sie breit grinsen, wenn sie daran dachte, wie sie an die Schlüssel gekommen war. Es war sehr leicht gewesen. Sie hatte sich einfach während einer Vorstellung hier versteckt – oder besser gesagt in einer Abstellkammer, in der Putzmaterialien aufbewahrt wurden. Niemand hatte hier nachgeschaut. Niemand hatte nach ihr gesucht. Alle waren so mit sich selbst beschäftigt gewesen und erfüllt von der Vorstellung, dass sie einfach gegangen waren und sie zurückgelassen hatten.

So wie heute. Sie war vollkommen allein. Nur der Mond sah ihr zu, wie sie durch die Gänge des Theaters lief. Wie das Phantom der Oper.

Das Phantom des Balletts … Schade, dass niemand so ein Buch geschrieben hatte. Ihr fehlte leider das Talent zum Schreiben, aber die Geschichte, die sie begonnen hatte, war ja auch schon nicht schlecht. Eine Geschichte, geschrieben mit Blut …

Sie schloss die Augen und versuchte, sich die Melodie von »Schwanensee« vorzustellen. Der weiße und der schwarze Schwan … Mit einem Lächeln auf dem Gesicht wiegte sie sich hin und her, vollführte im Geiste die Schritte, Pirouetten und Fouettes. Ja, ihr Triumph würde kommen und dann würde ihr niemand mehr den Prinzen streitig machen.

Damit öffnete sie die Augen wieder. Das eingebildete Bühnenbild verschwand, genauso wie der Prinz. Aber er war da draußen und er würde ihr gehören. Und so lange würden die Dunkelheit und Rotbart ihre Freunde sein.

Beim Verlassen des Theaters fiel ihr Blick auf das große Vorschauplakat. Eine weiß gekleidete Ballerina kündigte die Aufführung von »Schwanensee« an. Offenbar hatte man im Theater noch nicht mitbekommen, dass aus dieser Aufführung nichts werden würde.

Ein beunruhigender Gedanke kam ihr plötzlich. Was, wenn sie die Rolle bereits mit einer anderen besetzt hatten? Wenn sie vielleicht die Zweitbesetzung befördert hatten?

Sie würde sich umhören müssen. Aber das war ja in Madame Rosis Tanzstudio kein Problem …

Mittwoch

13

Ich hatte ein wenig Hemmungen, einfach zu den ganz »Großen« zu gehen, die bereits volljährig waren, Auto fuhren und in ganz eigenen Gruppen standen, abgesondert vom Rest der anderen Gymnasiasten. Sie waren die erste Stufe, die »Prima«, jene, die kurz vor ihren Abschlussprüfungen standen und schon bald die Universitäten dieser Welt erobern würden. Und das wortwörtlich. Unsere Chefredakteurin Linh war nur eine von denen, die zum Studium ins Ausland gehen wollten.

Obwohl ich zensurenmäßig in der obersten Leistungsgruppe stand, würden diese tollen Schon-bald-Abgänger sicher auf mich herabblicken wie auf ein Kindergartenkind. Das taten sie meistens. Außerdem war jetzt Alex' Unfall das Thema Nummer eins, was mich ebenso betraf, aber glücklicherweise hatten die Leute nach seinem Auftauchen das Interesse daran verloren, mich mit Fragen zu löchern.

Aber Alex' Worte brachten mich dazu, mich zu überwinden. Ich musste ermitteln, damit er sicher war – und damit er in Ruhe nach dem Ratgeber suchen konnte.

Ich presste mir die Klemmmappe, die ich in der Biostunde gebraucht hatte, an meine Brust und ging auf das Mädchen zu, das ein wenig abgesondert von den anderen an der Wand lehnte und auf ihrem Handy herumtippte.

»Ähm, Entschuldigung«, sprach ich sie an, worauf ihr Kopf in die Höhe schnellte. Sie wirkte irgendwie ertappt. Und furchtbar übernächtigt. Unter ihren Augen lagen dicke blaue Schatten, als hätte sie die Nacht durchgemacht. Oder beim Schminken Ober- mit Unterlid verwechselt.

»Hi«, fügte ich hinzu, als sie nichts sagte. »Bist du Olga? Olga Tschernow?«

Sie sah mich ein wenig verwirrt an, als hätte sie meine Sprache nicht verstanden.

»Ja?«, brachte sie dann hervor und steckte ihr Handy weg.

»Ich weiß nicht, ob Alex dir schon von mir erzählt hat. Ich bin Clara …« Den Zusatz »seine Freundin« verschluckte ich, denn das tat hier nichts zur Sache.

»Ja, hallo!« Als würde ein Schleier von ihr abfallen, hellte sich ihre Miene plötzlich auf. »Du bist von der Schülerzeitung, stimmt's?«

»Ja, die bin ich. Ich würde für den Kulturteil gern einen Bericht übers Ballett schreiben, und Alex sagte mir, dass du das ganz profimäßig machst und mir ein bisschen was darüber erzählen könntest.«

Mir entging nicht, dass sie bei dem Wort »profimäßig« ein wenig zusammenzuckte.

»Na ja, ich trainiere schon eine ganze Weile, aber ich bin nicht sicher, ob ich jemals ein Profi werden will. Meine Mutter ist natürlich ganz scharf drauf, aber das ist eine andere Sache.«

Das überraschte mich. Sie war mittlerweile achtzehn und könnte ihrer Mutter sagen, dass sie nicht weitermachen wollte.

»Dann tanzt du also nicht gern?«, fragte ich.

»Doch, na klar, aber ich mache das eher aus Spaß.«

»Und in welche Ballettschule gehst du?«

»In die einzig wirklich gute, die es hier auf Rügen gibt«, entgegnete sie, und jetzt konnte ich fast ein wenig Stolz aus ihrer Stimme heraushören. »Madame Rosi ist wirklich toll.«

»Und, magst du mir was übers Tanzen erzählen?«, fragte ich, denn ich war mir immer noch nicht sicher, ob sie wirklich Bock darauf hatte. Außerdem drängte alles in mir danach, endlich Sandrine Ravier zur Sprache zu bringen. Sicher hatte Olga sie gekannt. Vielleicht war das auch der Grund dafür, dass sie so übernächtigt und verwirrt aussah. Möglicherweise hatte sie bereits gestern erfahren, was geschehen war.

»Ja klar«, gab sie zurück, aber es klang nicht besonders begeistert. »Was willst du denn wissen?«

»Alles!«, platzte es aus mir heraus. »Ich meine, ich möchte wissen, was hinter den Kulissen so abgeht. Und beim Training. Natürlich habe ich schon mal ein Ballett gesehen, aber …«

»Welches Stück?«, fiel mir Olga ins Wort.

»Der Nussknacker«, antwortete ich und das war nicht mal gelogen. Im Heim waren wir mal zu einem Weihnachtsausflug nach Berlin gefahren und hatten uns den Nussknacker angeschaut. Oder zumindest hatten wir es versucht – natürlich hielten einige meiner Mitbewohner das alles für einen großen Spaß und haben dann so lange im Theater Krach gemacht, bis unsere Betreuerinnen sie rausgeschickt haben. Damit ging der Ärger dann erst richtig los.

Olga lächelte mich auf einmal breit an. War die Auswahl des Stückes lächerlich?

»Hast du deshalb den Namen Clara?«, fragte sie.

Ich zog verwundert die Augenbrauen hoch. Dann fiel der Groschen. Ja klar, die Heldin des »Nussknackers« hieß Clara.

»Nein, ich glaube, das war eher Zufall. Ich weiß nicht, ob meine Eltern gern ins Ballett gegangen sind.«

»Sind sie denn nicht mit dir in die Aufführung gegangen?«

Ich schüttelte den Kopf. »Nein, das konnten sie leider nicht mehr.« Offenbar hatte sich doch noch nicht in ganz Rotensand herumgesprochen, dass ich ein Waisenkind war. »Wir sind vom Heim aus in den Nussknacker gegangen.«

»Oh.« Olgas Blick wurde ein wenig mitleidig. Das war der Grund, warum ich nicht jedem auf die Nase band, dass ich keine Eltern mehr hatte.

»Es war ein schönes Ballett«, sagte ich nun, um ihr ein wenig aus der Patsche zu helfen. Ich mochte nicht unbedingt mit jedem darüber reden – und Mitleid wollte ich schon gar nicht. »Die Jungs in unserer Gruppe waren Idioten und haben sich über die Strumpfhosen der männlichen Tänzer lustig gemacht, aber zum Glück haben unsere Betreuerinnen sie rausgeschmissen. Und dann wurde das Stück noch viel besser.«

»Ja, solche Idioten kenne ich«, entgegnete Olga. »Ich fürchte, sogar hier gibt es einige, die sich über die Tänzer lustig machen würden – und nur mitkommen, weil sie glauben, den Tänzerinnen unter den Rock schauen zu müssen.«

Sie verstummte. Ihre blassen Wangen hatten sich ein wenig gefärbt. Ich konnte verstehen, dass Kunstbanausen sie wütend machten.

»Ähm, was meinst du, wollen wir einen Kaffee trinken gehen?«, fragte ich, doch Olga schüttelte den Kopf.

»Geht nicht. Ich muss zur Tanzstunde. Aber he, wie wäre es, wenn du mitkommst?«

»Darf man das so einfach?« Ich versuchte, mir meine Freude nicht anmerken zu lassen. Mit in Madame Rosis Tanzschule zu dürfen, war mehr, als ich erwartet hätte.

»Madame Rosi hat bestimmt nichts dagegen. Besonders dann nicht, wenn du ihr sagst, dass du von der Presse kommst und über ihr Studio berichten möchtest. Sie ist für jede Art Werbung dankbar, für die sie keine Kohle hinblättern muss.«

»Okay, und wann fährst du los?«

»Um zwei.« Olga schulterte die Tasche. »Treffen wir uns kurz vor zwei an der Bushaltestelle?«

»Bushaltestelle?«, wunderte ich mich, denn bisher hatte ich keine entdeckt. Und ich hätte eher erwartet, dass Olga mit dem Auto fuhr. Bei denen in der »Prima«, also der obersten Klassenstufe, hatte doch fast jeder einen Wagen.

»Sie liegt jenseits des Schulgartens. Geh rechtzeitig los, es dauert ein Weilchen, bis du da bist – gerade wenn du sonst nicht gerne läufst.«

»Okay, verstanden!«, entgegnete ich und blickte an mir herab. Waren meine Stiefel nicht gut genug? Oder hatte sie nur nicht gesehen, dass ich bereits gute Schuhe trug? Egal, wenn sie mich anzicken wollte, würde ich nicht darauf eingehen.

»Bis nachher!«, rief sie mir zu und verschwand dann in Richtung Mensa. Ich blickte auf die Uhr. Ich hatte noch eine Dreiviertelstunde. Vielleicht fand ich Alex irgendwo und konnte ihm erzählen, dass Olga Ja gesagt hatte.

14

An der Bushaltestelle fühlte ich mich ein wenig verloren. Sie bestand aus dem typischen gelben Schild und einem verwittert wirkenden Fahrplan, einem kleinen Steig aus schief getretenen Gehwegplatten und viel Natur ringsherum. Zwischen den vertrockneten Grashalmen und Meldestängeln spannten sich traurige kleine Spinnennetze, deren Bewohner längst ausgezogen waren. Glücklicherweise war Olga da, die wieder einmal mit angespannter Miene ihr Handy checkte. Ich fragte mich, ob ihre Mutter ihr gerade auf die Nerven ging.

Ich selbst hatte Alex nirgendwo gefunden, ihm dann, als ich schließlich keine Zeit mehr zum Suchen gehabt hatte, eine Nachricht geschickt.

»Bin gerade auf Spurensuche«, hatte er geantwortet, das aber nicht näher ausgeführt. Lediglich ein »See you later« hatte er hinzugefügt und einen Kuss.

Da kam auch schon der Bus und wir stiegen ein. Es saßen kaum Leute darin. Ein paar alte Frauen, die vielleicht auf dem Weg zum Arzt waren, beäugten uns neugierig, doch Olga ging ganz nach hinten.

»Das hier ist der beste Platz!«, sagte sie, während wir auf dem hintersten Vierersitz Platz nahmen. Sie stellte ihre Tasche auf die gegenüberliegende Sitzbank und holte dann ein rosafarbenes Lacktäschchen hervor. »Da so wenige Leute mitfahren, habe ich hier Ruhe, mich vorzubereiten.«

Wollte sie hier etwa in ihr Tutu schlüpfen?

Ich verkniff mir die Frage und beobachtete stattdessen, wie sie aus ihrer Tasche etwas zog, das wie ein riesiger Schaumstoff-Donut aussah. Erst einen Moment später begriff ich, was sie damit vorhatte. Sie band ihre Haare mit einem Gummi zu einem Zopf zusammen, dann schob sie diesen durch den Donut. Mit geübten Händen zauberte sie auf diese Weise einen Dutt, den sie mit einem Gummiband verzierte, auf den kleine blassrosa Rosen aufgenäht waren.

Ich konnte nur staunen. Solch einen Aufwand hatte ich mit meinem Haar nie betrieben; wenn es mich störte, band ich mir eben ein Haarband um.

»Was ist?«, fragte Olga, als sie meinen bewundernden Blick bemerkte.

»Weißt du, wie man in Amerika Ballerinen nennt?«

»Nein.«

»Bunheads. Wegen der Frisur. In New York sieht man zum Beispiel viele Bunheads in den Zügen, wenn sie auf dem Weg zum Training sind.«

»Warum machen sie sich den Dutt … ähm, Verzeihung, den Bun nicht erst, wenn sie im Studio sind?«

»Weil sie stolz darauf sind, Ballerinen zu werden. Das zeigen sie jedem mit ihrer Frisur.«

»Ah, deshalb machst du dir deinen Bun schon im Bus.«

Olga verzog das Gesicht. »Nein, eher aus praktischen Gründen. Im Umkleideraum gibt's nur wenige Spiegel, und Madame Rosi mag es nicht, wenn wir anfangen, uns erst im Tanzsaal die Haare zu machen. Sie sagt dann immer, dass eine echte Ballerina sich ja auch nicht erst auf der Bühne die Haare macht.«

»Dann bist du nicht stolz, dass du eine Ballerina bist?«

»Doch, natürlich.« Es klang jetzt ein wenig widerwillig. Wo war ihre Begeisterung von vorhin geblieben? Hatte sie mir das nur vorgespielt? Merkwürdig. »Allerdings sind wir hier nicht in New York. Hier wird über die Strumpfhosen der Tänzer gelästert und einen Knoten oder Dutt tragen auch die Hipster-Mädchen …«

Ich nickte wissend. In Berlin herrschte eine regelrechte Knödelseuche, selbst Jungs drehten sich längere Haare zu einem Knoten auf dem Kopf, der dann wie ein Knödel aussah. Diese Berliner trieben sich dann in Potsdam herum, besetzten die Cafés und fuhren in der S-Bahn. Ich hatte sehr viele Jungs gesehen, die wirkten, als seien sie Mädchen.

Hier lief die Zeit noch ein wenig anders. Immerhin drehten sich die Jungs hier noch nicht ihre Haare zu Knödeln auf. Viele Mädchen taten das – und Ballerinen.

»Wie bist du eigentlich zum Ballett gekommen?«, fragte ich Olga, nachdem sie ihre Frisur vollendet hatte. Wenn ich schon die Reporterin spielte, musste ich auch Fragen wie eine Reporterin stellen.

»Na ja, wie man mit fünf Jahren dazu kommt«, antwortete sie, prüfte ihr Aussehen noch mal im Spiegel und ließ diesen dann mitsamt ihrem rosa Täschchen verschwinden. »Meine Mutter redete es mir ein. Sie sagte, dass Ballerinen wie kleine

Prinzessinnen seien. Und welches Mädchen will keine Prinzessin sein? Später dann habe ich wirklich Spaß an der Sache gefunden. Ich fühlte mich wie etwas Besonderes. Doch dann kam meine Mutter darauf, dass ich das Tanzen profimäßig machen könnte. Sie will unbedingt, dass ich mich an der Pawlowa-Schule bewerbe und später mal in grandiosen Ballettaufführungen weltweit mittanze.«

»Und du willst das nicht?«

»Genau genommen weiß ich nicht, was ich will. Ich liebe das Tanzen, ja. Aber es werden so viele Erwartungen an mich gestellt, dass ich mich darunter kaum noch selbst wiederfinde. Am liebsten würde ich erst einmal für ein Jahr durch die Welt reisen. Aber sollte ich dann vielleicht doch erkennen, dass der Tanz mein Leben ist, habe ich ein Jahr an Training verloren. Ganz davon abgesehen, dass ich dann den Anschluss verloren habe und an keiner guten Schule mehr einen Platz finde.«

»Und wenn sich herausstellt, dass du nicht mehr tanzen möchtest, während du Tanz studierst?«, fragte ich weiter.

»Tja, dann habe ich Zeit verschwendet. Und meine Mutter kriegt dann womöglich einen Schlag.«

»Du und deine Mutter … ihr habt kein besonders gutes Verhältnis, oder?«, fragte ich vorsichtig. Es war mal wieder typisch, dass gerade ich an ein Mädchen geriet, das einen riesigen Sack voller Gefühlsballast mit sich herumschleppte.

»Wie kommst du darauf?«, fragte Olga zurück, doch bevor ich ihr haarklein erklären konnte, was mich auf diese Idee brachte, bemerkte ich, dass diese Frage nur rhetorisch war und keiner Antwort bedurfte. »Es ist nicht so, dass ich meine Mutter hassen würde oder so. Sie hat viel für mich getan. Und leicht gehabt hat sie es auch nicht. Sie war selbst Ballerina, weißt du?«

Nein, das wusste ich nicht, aber ein wenig ahnte ich nun, warum sie ihre Tochter so pushte.

»Sie war wirklich gut. Ich habe mir mal Aufnahmen von ihr angesehen. Allerdings wurde sie irgendwann schwanger mit mir. Und dann war's vorbei mit ihrer Karriere. Mein Vater ist abgehauen, als ich vier war, und sie konnte nie wieder dort anknüpfen, wo sie vor meiner Geburt gewesen ist.«

»Das klingt ziemlich schlimm.«

»Das war es sicher. Für sie war der Tanz alles.« Olga versank einen Moment lang in Gedanken. »Tja, und jetzt muss ich es büßen, dass ich ihr die Karriere versaut habe.«

Das klang ziemlich bitter.

»Vielleicht möchte sie aber auch nur, dass du die Chancen bekommst, die sie nicht hatte. Wahrscheinlich sieht sie sich selbst in dir!«

Olga schnaubte. »Das ist ja das Problem. Und deshalb will sie, dass ich all das schaffe, was sie nicht schaffen konnte.«

War das so schlimm?

»Wäre deine Mutter so gewesen?«, fragte Olga nun. »Ich meine, hätte sie dich zu irgendwas überredet, was sie selbst nicht hätte tun können?«

Ich überlegte. Leider hatte ich meine Mutter viel zu kurz gekannt, um wirklich wissen zu können, welche Chancen sie vermeintlich verpasst hatte. Mit einem jüngeren Kind sprachen die Erwachsenen nicht über ihre Geheimnisse.

»Ich weiß es nicht«, antwortete ich wahrheitsgemäß. »Aber wenn ich ehrlich bin, habe ich tatsächlich viel mit meinem

Vater gemein. Er war Anwalt und so was Ähnliches möchte ich auch später mal machen.«

»Aber nicht, weil er dich dazu überredet hat, oder?«

»Nein, deswegen nicht. Aber wer weiß, vielleicht möchte ich die Arbeit machen, die er nicht mehr machen konnte.« Ich dachte wieder an das Gespräch mit Alex über Kommissar Dräger, meinen Vater und den Ratgeber. Vielleicht sollte ich mal darüber nachdenken, was mein Vater hier auf Rügen unerledigt gelassen hatte.

»Wir sind da!«, riss mich Olga aus meinen Gedanken. Sie schulterte ihre Tasche und erhob sich.

Ich war so in das vertieft gewesen, was Olga mir erzählt hatte, dass ich gar nicht mitbekommen hatte, dass der Bus bereits in Bergen angekommen war.

15

Zum Tanzstudio musste man noch ein Stück laufen. Ich nutzte die Gelegenheit, mich ein wenig umzusehen.

In Bergen gab es viele sehr moderne Häuser, aber auch Plattenbauten aus der DDR-Zeit. Viele davon waren renoviert worden, aber hin und wieder fiel mein Blick auf unansehnlich gewordene Wohnblöcke, deren Fenster wie tote Augen auf die Straße blickten.

Immerhin führte der Weg nicht am Stadtbad vorbei. Ob es geschlossen war? Ich würde da bestimmt nicht mehr schwimmen gehen, auch wenn das Wasser ausgetauscht wurde.

An einem sanierten Altbau in der Nähe einer Kirche machten wir halt. Zunächst hielt ich es für ein ganz normales Wohnhaus, doch dann sah ich das Schild an der Tür: »Tanzstudio Madame Rosi«.

Madame Rosi klang irgendwie seltsam. Hätte sich die Inhaberin kein französisches Pseudonym geben können, wenn sie sich schon Madame nennen ließ?

Als ich meinen Gedanken laut äußerte, blickte mich Olga verständnislos an.

»Das ist nun mal so«, erklärte sie dann. »Tanzmeisterinnen werden mit Madame angesprochen, egal, welchen Vornamen sie haben.«

»Und wenn jemand Kunigunde heißt?« Ich konnte mir nicht vorstellen, dass Madame Kunigunde seriös klingen würde.

»Dann werden ihre Schülerinnen und Schüler sie Madame Kunigunde nennen, ganz einfach.«

Mit diesen Worten drückte Olga die Türklinke herunter.

Die Luft, die uns entgegenströmte, war ein wenig klamm. Im Hintergrund hörte man aufgeregte Stimmen.

»Der Hausmeister hat die Heizung noch immer nicht repariert«, murrte Olga, als sie die Tür hinter sich zuzog. Von dem langen Gang vor uns gingen einige Türen ab. Die große Doppeltür gegenüber der Haustür führte wohl zum Tanzsaal, jedenfalls erhaschte ich durch einen der offenstehenden Türflügel einen flüchtigen Blick auf hohe Spiegel und Parkett.

Hinter der zweiten Tür links befand sich der Umkleideraum für Mädchen. Die Jungenumkleide war geschlossen.

»Wir haben zurzeit keine männlichen Schüler«, erklärte Olga, die meinen Blick gesehen hatte. »Leider. Die Jungs in der Gegend interessieren sich nicht fürs Tanzen.«

»Vielleicht solltest du in Rotensand ein wenig Werbung dafür machen. Mich wundert es ohnehin, dass es keine Ballett-AG in der Schule gibt.«

»Das liegt wohl daran, dass keiner der Lehrer einschlägige Erfahrungen hat. Aber du kannst mir glauben, ich bin froh, dass es diese AG in Rotensand nicht gibt. Meine Mutter würde dem verantwortlichen Lehrer ständig in den Ohren liegen, nur ja besonders streng zu mir zu sein.«

»Ist Madame Rosi nicht streng?«

»Doch, und wie! Aber sie ist keine Lehrerin, sondern die Ballettmeisterin. Bis sie zu alt dafür war, hat sie viele große Rollen getanzt. Sie versteht uns, auch wenn sie uns manchmal hart rannimmt.«

In der Umkleide tummelten sich zahlreiche Mädchen unterschiedlichen Alters. Da waren Mädchen, die vielleicht acht oder neun Jahre alt waren, die meisten waren zwischen zwölf und vierzehn und ein paar in Olgas Alter und sogar älter.

»Hi!«, rief Olga, worauf einige ihre Gespräche kurz unterbrachen. Fragende Blicke trafen mich. »Das hier ist Clara, eine Mitschülerin aus dem Internat«, stellte sie mich daraufhin vor. »Sie möchte für die Schülerzeitung über das Studio berichten.«

Die Mädchen starrten mich weiterhin an, ohne erkennen zu lassen, ob sie das gut oder schlecht fanden. Die meisten wandten sich wieder ihren Gesprächspartnerinnen zu – andere starrten weiter, doch immerhin meinte keine, dass ich hier nichts zu suchen hätte.

Darüber war ich schon mal froh. Ich hatte ja auch nicht mit einem überschwänglichen Willkommen gerechnet.

»Das da ist übrigens Lotta«, flüsterte Olga mir zu und deutete mit einem kleinen Nicken auf das spargeldünne schwarzhaarige Mädchen, das sich gerade die Beinstulpen hochzog. Wie alle anderen trug auch sie einen Dutt, allerdings ohne ein Zierband, dafür mit einem hauchdünnen Netz darüber, auf dem kleine Glitzersteine funkelten.

Auf den ersten Blick mochte sie zerbrechlich wirken, doch dann sah ich, dass sie ziemlich gute Muskeln hatte – an den Beinen und an den Armen. Das galt irgendwie für alle

Ballerinen. Sie wirkten zart, waren sicher auch federleicht, aber Muskeln hatten sie.

»Sie ist nach Sandrine die beste Tänzerin des Studios.«

»Sandrine?«, stellte ich mich unwissend.

»Hast du nicht Zeitung gelesen?«, fragte Olga, während sie ihre Tasche vor einem der Spinde abstellte und die Tür aufschloss. Die Gespräche der anderen wogten wie ein schützender Vorhang um uns herum, niemand schien sich um das zu kümmern, was sie sagte. »Letzten Sonntag ist Sandrine ermordet worden. Man hat sie in der Schwimmhalle gefunden.« Sie sagte es ohne erkennbare Emotionen. Als wäre sie nur eine flüchtige Bekannte gewesen, um die sie nicht trauerte. Das fand ich schon ein wenig komisch.

»Wie schrecklich«, presste ich hervor und versuchte, mir nicht anmerken zu lassen, dass ich sie am liebsten haarklein über diese Sandrine ausgequetscht hätte.

»Ja, das ist es wirklich. Wir hätten auch damit gerechnet, dass Madame Rosi das Tanzstudio für eine Weile schließt – ich habe es jedenfalls gehofft. Aber am Montag hat sie uns alle zusammengerufen und eine lange Rede gehalten. Sie bedauerte Sandrines Tod, meinte aber, dass es in ihrem Sinne wäre, wenn wir weitermachten. Also haben wir beschlossen, den Dienstag auszusetzen, uns dafür aber heute wieder zu treffen.«

Ich ließ meinen Blick über die anwesenden Mädchen schweifen. Einige waren damit beschäftigt, ihre Spitzenschuhe zu schnüren, andere packten ihre Sachen in die Spinde, während wiederum andere mit Deo herumsprühten – und zwar in solchen Dosen, dass man sich wunderte, dass das Studio immer noch nach altem Haus roch.

Keines der Mädchen wirkte bedrückt oder niedergeschlagen, sie alle taten so, als sei nichts passiert. Jedenfalls gewann ich diesen Eindruck.

»Ihr … ihr wirkt alle nicht sonderlich traurig«, begann ich schließlich. »Habt ihr sie nicht so gut gekannt?«

Im nächsten Augenblick tat mir diese Frage leid, vielleicht tat ich ihnen schrecklich unrecht damit. Vielleicht hatten sie ihre Tränen bereits vergossen.

»Sandrine war allen ein großes Rätsel. Ich glaube, ihr ging es so wie mir, sie wollte gar nicht hier sein.« Olga machte auch jetzt keine Anstalten, Trauer zu heucheln.

»Sie wollte auch etwas anderes machen?«

»Nein, tanzen wollte sie schon. Aber nicht hier. Wenn wir mal mit ihr ins Gespräch gekommen sind – und das passierte recht selten –, schwärmte sie uns etwas von den Tanzschulen in Frankreich vor und dass sie eines Tages in Paris studieren würde.« Dann waren die meisten der anderen Ballerinen wohl neidisch auf sie gewesen.

»Aber die meiste Zeit war sie ziemlich unnahbar – wenn sie jemand etwas näher gekannt hat, dann wohl Madame Rosi. Die war ziemlich fertig am Montag. Sandrine war ihre beste Schülerin und ihre größte Hoffnung. Sie hatte es sogar geschafft, in unserem Theater die Rolle der Odette bei ›Schwanensee‹ zu ergattern. Das muss man sich mal vorstellen, sie hat erwachsene Tänzerinnen ausgestochen!«

»Was ist das für eine Aufführung?«, fragte ich, denn ich konnte mir nicht vorstellen, dass bei einem normalen Stadttheater die Ballerinen Schlange standen, um für die Rolle der Odette vorzutanzen.

»Oh, eine ganz große Sache!«, entgegnete Olga. »Im kommenden Frühjahr soll hier eine ganz groß aufgezogene Show starten, oder besser gesagt, ein Ballett unter freiem Himmel. So was wie die Störtebeker-Festspiele, nur anspruchsvoller. Aus diesem Grund wurden Tänzer gesucht. Da man einflussreiche Sponsoren gefunden hat und sich Hoffnungen machte, dass Besucher aus dem ganzen Land und auch aus dem Ausland kommen würden, strömten natürlich scharenweise Tänzer nach Bergen. Hier sah es teilweise wie auf einem Campingplatz aus, Wohnwagen, Zelte … Die Hotels waren überbelegt.«

Davon hatte ich nichts mitbekommen, was aber auch kein Wunder war.

»Das Casting dauerte ziemlich lange, und obwohl wir uns keine Hoffnungen machten, wurden ein paar Mädchen von uns zum Vortanzen geschickt. Sandrine war natürlich ganz scharf drauf.«

»Und du?«

»Ich auch. Aber ich habe es geschafft, eine Blutblase am Zeh zu bekommen, die sich dann auch noch entzündet hat. Ich bin zwar angetreten, musste aber nach kurzer Zeit aussetzen. Madame Rosi hat gesagt, dass sie mich mit so einer Verletzung nicht weitertanzen lässt. Du hättest mal sehen sollen, wie meine Mum ausgerastet ist! Aber dagegen konnte sie nichts tun.«

Olga lächelte breit. Nein, sie sah wirklich nicht aus wie jemand, der das abgebrochene Vortanzen bedauerte. Aber vielleicht spielte sie mir ja auch nur was vor.

»Auf jeden Fall hätte ich mir das Ballett aber zu gern angesehen«, fuhr sie fort, nachdem sie sich aus ihren Klamotten geschält hatte. Unter ihrer Jeans und ihrem Shirt trug sie einen schwarzen Body und weiße Strumpfhosen. Aus dem Spind holte sie dann noch ein paar hellblaue Legwarmer und ihre Spitzenschuhe, die auf den ersten Blick wie Gymnastikturnschuhe aussahen, nur dass lange Satinschleifen daran befestigt waren.

»Zum ersten Advent sollte es sogar schon mal eine kleine Voraufführung geben, zunächst für die Sponsoren der Aufführung und dann in der Weihnachtszeit für alle.«

»Bis Weihnachten ist es nicht mehr lange hin«, bemerkte ich und fragte mich gleichzeitig, ob nicht vielleicht eine der ausgestochenen erwachsenen Tänzerinnen hinter dem Mord steckte.

»Stimmt, es dauert wirklich nicht mehr lange. Dementsprechend werden sie die Rolle der Odette schnell besetzen müssen, denn die Proben sollten schon am Wochenende starten. Ich bin sicher, dass sie eine erwachsene Tänzerin nehmen werden, vielleicht die Zweitplatzierte.«

Ich musste unbedingt herausfinden, wer diese Zweitplatzierte war. Auf den ersten Blick sah es so aus, als hätte hier jemand versucht, die Besetzungsliste zu ändern. Andererseits – warum hätte sich der Mörder die Mühe machen sollen, Sandrine die Füße abzuschneiden und sie dann in ein Schwimmbecken zu legen?

Und dann noch Federn um sie herum zu verstreuen?

Wollte hier jemand den Eindruck erwecken, dass ein Psychopath am Werke war?

»Hier«, riss mich Olga aus meinen Gedanken und reichte mir die Schuhe. Sie waren überraschend schwer und an den

Spitzen versteift und ausgepolstert. Nichts da mit Gymnastikschläppchen. »Du musst die Spitzenschuhe mal angefasst haben, um über sie zu schreiben. Besser noch, du ziehst sie mal an.«

»Jetzt?«, fragte ich und blickte zweifelnd auf die apricotfarbenen Satingebilde in meiner Hand.

»Nein, nicht jetzt. Du kannst sie auch gern mal im Internat probieren.«

»Ich glaube, ich würde nicht mal eine Minute darauf stehen können«, gab ich zu, denn meine Fähigkeiten als Tänzerin waren sehr unterentwickelt, ich machte ja nicht mal beim Paartanz oder in der Disco eine wirklich gute Figur.

»Das lernt man«, lachte Olga und begann, sich die Schuhe anzuziehen. »Schreib aber auch dazu, dass diese Schuhe erst für Tänzerinnen ab zehn bis zwölf Jahren erlaubt sind. Kinder dürfen noch nicht darauf tanzen, weil sie sich sonst die Füße kaputt machen.«

Nachdem die Elevinnen mit dem Umkleiden fertig waren – tatsächlich trugen die kleinen Mädchen keine Spitzenschuhe –, strömten alle durch die Flügeltür in den Tanzsaal. Ich war beeindruckt von seiner Größe. Vor den Spiegeln, die sich teilweise gegenseitig reflektierten, waren lange Stangen angebracht. Kaum hatten sich alle auf den Bänken neben der Tür versammelt, trat auch schon eine ältere Frau ein. Sie trug einen dunkelroten Langarm-Body, dazu schwarze Leggings und einen kurzen Rock. Ihre Füße steckten in Tanzschläppchen, wie sie die jüngsten Tänzerinnen trugen. In der Hand hielt sie einen langen Stock, wohl, um damit den Takt anzugeben.

Sie hatte ihr Haar mit Tüchern zusammengebunden, mit einem Dutt würde sie wohl furchtbar streng aussehen.

Ich versuchte, ihr Alter zu schätzen, doch das war gar nicht so einfach, denn ihr Gesicht war noch ziemlich glatt. Nur ihr Hals verriet, dass sie schon über fünfzig sein musste.

Ihr strenger Blick schweifte über uns und blieb natürlich an mir kleben.

»Guten Tag, meine Damen«, sagte sie. »Wie ich sehe, gibt es heute ein unbekanntes Gesicht unter meinen Elevinnen.«

Olga erhob sich. »Madame Rosi, das ist meine Schulkameradin Clara Hansen. Sie arbeitet für die Schülerzeitung und würde gern über Ihr Studio berichten, wenn Ihnen das recht ist.«

»Erheben Sie sich!«, sagte die Ballettmeisterin daraufhin.

Ich zuckte zusammen. Meinte sie mich? Da sie mich immer noch ansah, bestand wohl kein Zweifel daran, also stand ich auf. Sie musterte mich von Kopf bis Fuß.

»Tanzen Sie?«, fragte sie streng.

»Nein, leider nicht«, entgegnete ich. Hinter mir kicherten ein paar Mädchen. Fanden sie, dass ich zu fett fürs Tanzen war? Oder kam es ihnen lächerlich vor, dass ich es nie versucht hatte?

»Und wie kommt es denn, dass Sie über mein Studio berichten wollen?«

»Ich sehe mir gern Balletts an«, flunkerte ich, denn außer meiner Nussknacker-Erfahrung hatte ich noch kein weiteres Stück besucht. »Ich finde es wahnsinnig interessant.«

Der Mund der Ballettmeisterin wurde zu einem schmalen Strich. Bedeutete das etwa, dass ich gehen musste?

»Nun gut«, sagte sie schließlich. »Schreiben Sie über mein Studio. Aber ich möchte Sie davor warnen, irgendwelche Falschmeldungen zu verbreiten. Ballett ist harte Arbeit, jedes meiner Mädchen ist mit Herzblut dabei. Ehe Sie aus Unverständnis etwas Falsches schreiben, fragen Sie lieber.«

»Das ist meine Aufgabe als Journalistin«, entgegnete ich, was ihr zu gefallen schien. Sie nickte, was wohl so viel bedeutete, wie dass ich mich wieder setzen konnte.

Jedenfalls rief sie die Mädchen jetzt zum Aufwärmen aufs Parkett.

Es war unglaublich, wie einige von ihnen ihre Gliedmaßen dehnen und verrenken konnten. Ich scheiterte ja schon an einem Spagat, aber das machten ein paar der Mädchen vollkommen selbstverständlich. Ich hatte das nicht mal dann geschafft, als ich noch klein und zierlich genug gewesen war.

Während sich die Mädchen aufwärmten, kam die Ballettmeisterin zu mir. Sie beäugte mich kritisch, dann sagte sie: »Dass Sie ausgerechnet jetzt hier auftauchen … Sie haben davon gehört, nicht wahr?«

Ihr Blick war so durchdringend, dass ich nicht so tun konnte, als wüsste ich von nichts.

»Ja, ich habe davon gehört. Aber glauben Sie mir, das ist nicht der Grund dafür, dass ich über Ihr Studio schreiben will.« Das war nicht mal gelogen, denn ich hatte wirklich nicht vor, über den Mord zu schreiben.

»Wirklich nicht?« Madame Rosi glaubte mir nicht. Würde ich an ihrer Stelle wahrscheinlich auch nicht tun, wenn ein Reporter kurz nach einem Mord an dem Ort auftauchte, an dem sich das Opfer eine lange Zeit seines Lebens aufgehalten hatte.

»Nein«, entgegnete ich und versuchte, ihren Blick so fest wie möglich zu erwidern. »Es geht mir um Olga. Ich möchte über eine Ballerina schreiben, ihre Ängste und Sehnsüchte, ihre Ziele und ihr Training. Ich finde, die Menschen wissen zu wenig über das Ballett.«

Die Ballettmeisterin lachte auf. »Was Sie nicht sagen! Das kommt vielleicht davon, dass alle nur noch mit ihren Computern zu tun haben und sich die Welt lieber zeigen lassen, als sie selbst zu erleben. Man kann sich alles Mögliche bei diesen Videoportalen anschauen, sogar Ballett. Und ich gebe zu, dass ich selbst Aufnahmen dort hochlade, denn jeder Klick darauf ist besser, als zuzulassen, dass die Kunst des Balletts ignoriert wird. Aber dennoch gibt es nichts Besseres, als den Zauber einer Aufführung zu erleben, als die Energie auf der Bühne zu spüren. Aber das wissen die meisten, die vor diesen Kisten sitzen, nicht mehr und werden es vielleicht auch nie mehr erleben.«

Jetzt klang aus ihrer Stimme ein wenig Wehmut. Ich nahm mir vor, etwas Ähnliches mit in den Artikel einzubringen, denn ich fand auch, dass Kunst viel zu wenig gewürdigt wurde.

Nachdem sie ihren kleinen Vortrag beendet hatte, sah sie mich wieder lange an. Ihr Blick war beinahe stechend. Als ich ihm für einen Moment auswich, bemerkte ich, dass einige der Mädchen uns beobachteten. Offenbar warteten sie darauf, dass das Training endlich begann.

»Also gut«, sagte Madame Rosi schließlich. »Schreiben Sie über das Ballett. Aber meine Ansage von vorhin meine ich ernst. Ich möchte nicht, dass Sie meinem Studio und der Kunst insgesamt schaden. Und bitte, lassen Sie die Sache mit

Sandrine völlig raus, so interessant sie Ihnen auch erscheinen muss.«

»Ich kann Ihnen den Artikel gern mailen«, schlug ich vor, denn ich wusste, dass einfache Beteuerungen, schon ja nicht ihrer Kunst zu schaden, nicht reichen würden. »Wenn Sie es möchten«, setzte ich hinzu, als ich bemerkte, dass ihr Blick weiterhin skeptisch blieb. »Ich … ich würde mich sehr freuen, wenn Sie einen Blick darauf werfen und die inhaltliche Richtigkeit überprüfen … wenn Sie Zeit haben.« Verdammt, hatte diese Frau auch mal einen anderen Blick drauf? Warum starrte sie mich die ganze Zeit an, als wollte sie in meinen Kopf schauen?

»Das mache ich sehr gern.« Ein Lächeln huschte über ihr Gesicht, dann erhob sie sich und wandte sich ihren Elevinnen zu.

»Meine Damen, bitte erheben Sie sich und gehen Sie in die Grundstellung.«

Als sie zur Seite deutete, ertönte auf einmal eine Klaviermelodie. Ich hatte gar nicht mitbekommen, dass eine Klavierspielerin hinter dem Instrument Platz genommen hatte. Es handelte sich um eine etwas ältere Dame, die ihre weißen Locken mit einem lilafarbenen Haarband zusammenhielt. Dazu trug sie lilafarbene Schlupfhosen und einen schwarzen Rollkragenpullover. Von den Mädchen nahm sie keine Notiz, sie konzentrierte sich voll und ganz auf die Noten.

Nachdem ich sie eine Weile betrachtet hatte, wandte ich den Blick den Mädchen zu, die jetzt verschiedene Figuren tanzten.

Hastig versuchte ich, die Kommandos der Ballettmeisterin mitzuschreiben.

»Port de bras«, »Demi-plié«, »Plié«, »Relevé« und so weiter. Obwohl ich die Bewegungen sah, würde ich zu Hause noch einmal nachschlagen müssen, was das genau bedeutete, denn die Bewegungen gingen fließend ineinander über.

Ich war fasziniert von der Konzentration, die die Mädchen an den Tag legten. Sie schauten geradeaus und folgten den Anweisungen von Madame Rosi ohne das geringste Zögern oder Unsicherheit.

Bis ein Klopfen an der Tür die Klavierspielerin aus dem Takt riss und die Mädchen verwirrt zum Eingang blickten. Die Ballettmeisterin verzog missbilligend das Gesicht.

»Habe ich euch nicht schon tausend Mal gesagt, dass ihr euch nicht von irgendwelchen Geräuschen ablenken lassen sollt?«

Sie wirbelte herum und erstarrte.

Ich blickte ebenfalls zur Tür und sah Kommissar Dräger. War ja klar, dass er hier auch irgendwann auftauchen musste.

Die Ballettmeisterin ging zu ihm und unterhielt sich kurz mit ihm. Dann kehrte sie auf die Tanzfläche zurück und klatschte in die Hände. »Mädchen, Kriminalhauptkommissar Dräger möchte mit euch sprechen.«

Die Ballerinen nahmen Aufstellung. Ich blieb im Hintergrund auf der Bank sitzen, ja, ich machte mich sogar klein, in der Hoffnung, dass er mich nicht sehen würde.

Doch als die Mädchen einen Halbkreis bildeten, fiel sein Blick durch die entstehende Lücke direkt auf mich.

Seine Miene verfinsterte sich. Ich wurde rot.

Mist, warum kam er denn gerade heute? Sandrine war doch schon am Sonntag gefunden worden, heute war Mittwoch.

»Entschuldigen Sie die Störung, meine Damen, doch am Montag, als wir uns das letzte Mal gesehen haben, waren leider nicht alle von Ihnen anwesend. Deshalb dachte ich mir, dass ich jenen, die noch nicht Gelegenheit hatten, mir etwas über Ihre Mitschülerin Sandrine zu erzählen, die Möglichkeit gebe, das nachzuholen.«

Er klang unzufrieden und brummiger, als ich ihn in Erinnerung hatte. Kein Wunder. Nur wenige Monate nachdem er den Krähenmann dingfest gemacht hatte, tauchte ein neues Mordopfer auf. Und wieder war es ein junges Mädchen. Ich konnte mir vorstellen, dass er die Schnauze voll davon hatte, ständig irgendwelche Mädchenleichen finden zu müssen.

Ein paar Mädchen senkten den Kopf.

Dräger ließ seinen Blick über die Ballerinen schweifen. Ich bemerkte, dass Lotta genervt die Augen verdrehte. Offenbar wollte sie lieber weitermachen, als über ihre ehemalige Konkurrentin zu sprechen. War sie vielleicht ganz froh darüber, dass sie weg war?

»Nun, meine Damen, ich brauche Ihnen wohl nicht zu sagen, dass Ihre Mitarbeit von großer Bedeutung ist. Jedes Ihnen noch so unwichtig erscheinende Detail könnte ein entscheidender Hinweis zur Ergreifung des Mörders sein.« Jetzt klang Drägers Stimme fast schon flehentlich. Ich fragte mich, wo er seinen Kollegen Hinrichs gelassen hatte. Bei uns waren die beiden häufig im Doppelpack aufgetreten.

Eine Hand ging nach oben.

Drägers Miene hellte sich schlagartig auf. »Ja, bitte!«

»Sandrine hat mir erzählt, dass sie am Sonntag eigentlich üben wollte. Ein paar von uns treffen sich immer am Sonntag hier mit Madame Rosi. Und offenbar war sie auch im Studio gewesen, denn wir haben ihre Tasche gefunden.«

Dräger wirkte, als hätte er das schon gewusst. Aber für mich war dieser Fakt neu. Es klang ganz so, als sei Sandrine aus dem Studio entführt worden – oder man hatte sie hier ermordet und die Leiche dann beseitigt. Dumm nur, dass der Mörder vergessen hatte, Sandrines Sachen zu entsorgen. Offenbar hatte er es sehr eilig gehabt.

Ich machte mir eilig eine Notiz auf einem extra Blatt. Ein Mörder, der die Sachen des Opfers am Tatort vergaß, war schludrig.

»Vielen Dank«, sagte Dräger trotzdem und schaute dann wieder in die Runde. »Gibt es noch etwas? Sind irgendwelche Rivalitäten bekannt gewesen oder hat es Streit gegeben? Hat sie vielleicht irgendwem erzählt, dass sie vor etwas Angst hatte oder verfolgt wurde?«

Schweigen. Ich dachte daran, dass Olga gemeint hätte, sie hätte nicht viel Kontakt mit den anderen gehabt. Sicher hätte sie sich dann auch nicht irgendwem hier anvertraut.

Dass die Mädchen nichts über Sandrine zu wissen schienen, frustrierte Dräger sichtlich. Und mich auch. Schließlich war ich hergekommen, um etwas über sie zu erfahren. Wenn sie schon der Polizei nichts erzählten …

»In Ordnung, meine Damen. Aber ich bitte Sie, gehen Sie in sich und überlegen Sie, was Sie über Sandrine Ravier wissen oder irgendwann mal gehört haben. Aufgrund meiner Erfahrungen in einem anderen Fall …«, Drägers Blick wanderte zu mir, während er sprach, »… bitte ich Sie, vorsichtig und wachsam zu sein. Sollte irgendetwas in Ihrem Umfeld geschehen, das merkwürdig erscheint, melden Sie sich umgehend bei mir. Madame Rosi hat meine Nummer und gibt sie jeder, die sie möchte, mit. Und meine Tür steht Ihnen jederzeit offen, sollte Ihnen noch etwas einfallen.«

Damit schob er seine Hände in die Manteltaschen und wandte sich um. Ich sah, wie es auf seinem Gesicht arbeitete. Offenbar war er davon überzeugt, dass sich die Lösung hier im Studio befand.

Die Leute von der Spurensicherung hatten sicher alles durchkämmt und untersucht. Aber offenbar nicht genug Spuren gefunden.

Ich notierte ein paar Punkte, dann blickte ich auf. Gerade noch rechtzeitig, um zu sehen, dass er zu mir rüberkam.

16

»Clara, dürfte ich Sie mal einen Moment sprechen?«

Auweia, das bedeutete nichts Gutes. Er ahnte wohl, dass ich nicht zufällig in einer Ballettschule aufkreuzte, deren beste Elevin gerade ermordet worden war.

Ich verabschiedete mich kurz von Olga und folgte dem Kommissar nach draußen. Auf dem Parkplatz stand sein Volvo, sein Kollege war allerdings nirgendwo zu sehen.

»Wie geht es Ihnen?«, begann Dräger, zog seine Zigarettenschachtel aus der Brusttasche des Jacketts und steckte sie dann wieder hinein, ohne eine Zigarette herausgenommen zu haben.

»Gut, und Ihnen?«, fragte ich zurück und sah ihn an.

»Seit vergangenem Sonntag nicht mehr gut.«

»Das tut mir leid«, entgegnete ich. »Und, haben Sie eine Ahnung, womit dieses Unwohlsein zusammenhängen könnte?«

Ich versuchte, ihn mit Unschuldsmiene anzusehen, doch meine Gesichtsmuskeln ließen mich im Stich. Dräger betrachtete mich kurz, dann nickte er, als hätte er genau das gefunden, was er suchte. So viel zum Pokerface.

»Als ich am Sonntag den Anruf erhielt, dass ein totes Mädchen in der Schwimmhalle gefunden wurde, habe ich mir gleich gedacht, dass das nicht irgendein Unfall ist. Noch bevor ich gesehen habe, dass der Mörder der Kleinen die Füße abgeschnitten hat, wusste ich, dass wir es mit einem ähnlichen Fall wie vor ein paar Monaten zu tun hatten. Wissen Sie, wieso?«

»Die Federn«, antwortete ich, woraufhin er nickte.

»Exakt. Die weißen Federn, die um das Opfer herum arrangiert waren.«

Er sah mich lange an. »Clara, Sie sind doch ein sehr vernünftiges, kluges Mädchen«, begann er dann und schob die Hände in die Hosentaschen. Sein Tonfall bedeutete nichts Gutes. »Schon beim letzten Mal haben Sie sich auf sehr dünnem Eis bewegt. Dass Marc Feldten Sie und Ihre Mitschülerin nicht umgebracht hat, grenzt an ein Wunder. Sie haben sehr großes Glück gehabt. Aber wie es mit dem Glück nun mal so ist, es lässt einen manchmal auch im Stich.«

Er machte eine kurze Pause, als wollte er mir die Gelegenheit geben, seine Worte zu verdauen. Dann fuhr er fort: »Bei unserem letzten Treffen hatte ich Ihnen ans Herz gelegt, sich nicht in die Ermittlungen einzumischen. Sie sind noch eine Schülerin, und die haben manchmal sehr schlechte Karten, wenn sie auf Gewalttäter treffen.«

Ich wollte gerade anfangen zu sprechen, als er die Hand hob.

»Ich weiß, Sie haben sich in der gefährlichen Situation zu wehren gewusst. Aber dennoch wäre es besser gewesen, wenn Sie nicht in diese Situation gekommen wären.«

»Ich habe auch nicht vor, noch einmal einem Killer gegenüberzutreten.«

»Nein?« Der Polizist zog die Stirn kraus. »Als ich Sie vorhin hier gesehen habe, hatte ich das Gefühl, dass Sie genau das wollen. Warum sind Sie hier?« Sein Tonfall wurde nun schärfer.

»Ich bin Mitglied der neuen Schülerzeitung von Rotensand«, antwortete ich wahrheitsgemäß, wartete aber schon darauf, dass Dräger jeden Moment abwinkte. »Ich habe vor, einen Beitrag übers Ballett zu schreiben.«

»Und das rein zufällig drei Tage nachdem eine Elevin der Schule ermordet wurde!«

Ich presste wütend die Lippen zusammen. Ja, ich habe es geschnallt, dass Sie kein Trottel sind, Herr Kommissar!

»Meinetwegen, schreiben Sie über das Ballett! Aber Sie werden sich aus der Ermittlungsarbeit raushalten und auch sonst alles vergessen, was mit diesem Fall zu tun hat, habe ich mich klar ausgedrückt? Sollte ich Sie dabei erwischen, dass Sie sich wieder unnötig in Gefahr bringen, werde ich dem Jugendamt und auch dem Rektor des Internats Bescheid geben. Sie haben bei den Ermittlungen nichts zu suchen!«

Er wurde nicht besonders laut, aber seine Worte waren wie eine Ohrfeige. Sein Gesicht war puterrot vor Zorn, und ich hätte schwören können, dass seine Augen zwei Töne heller geworden waren.

Ich starrte ihn an und wusste gleichzeitig, dass ich seiner Anweisung nicht Folge leisten konnte. Ich konnte einfach nicht, denn dann riskierte ich, dass Alex etwas geschah. Dieser verdammte Ratgeber …

Ich spürte, wie Tränen in mir aufstiegen. Nicht heulen, hämmerte ich mir ein. Du hast doch noch nie geheult, wenn dich ein Erwachsener angefahren hat!

Aber Dräger war Polizist, ich musste seine Drohung ernst nehmen.

Ich zog die Nase hoch und sagte mir, dass es besser wäre zuzustimmen. Jedenfalls im Moment. Ich musste wieder nach oben zu Olga, bevor diese dachte, ich sei von dem Polizisten verhaftet worden.

»Okay«, sagte ich und wusste selbst, dass das ziemlich halbherzig klang – aber was sollte ich sonst sagen? Vielleicht: »Juhu, endlich sagt mir das mal jemand?« Wohl kaum.

Dräger schien noch immer vor Wut zu kochen. Doch was sollte er tun, wenn ich »Okay« sagte? Mir vielleicht stundenlang vorwerfen, dass ich es nicht ehrlich meinte? Wir waren ja nicht im Kindergarten.

»Okay«, sagte nun auch er. Die Spannung schien etwas von ihm abzufallen, als er tief durchatmete.

»Herr Dräger?«, fragte ich, denn wenn er mir schon verbot, hier zu ermitteln, konnte ich ihn immerhin nach meinem Vater und dem Möwenmädchen fragen.

»Ja?«, fragte er und wandte sich um.

»Ich habe eine Frage«, begann ich und zog die Ärmel meines Pullovers länger, denn meine Hände froren auf einmal fürchterlich. »Ich meine, wenn ich ab sofort aufhöre zu ermitteln, sehen wir uns wahrscheinlich nicht mehr so schnell wieder.«

»Das hoffe ich zumindest – dass Sie die Finger von dem Fall lassen«, konnte er sich nicht verkneifen zu sagen. »Wenn ich Sie in der Stadt beim Einkaufen treffe, freut es mich natürlich.«

Als ob er und ich uns je beim Shoppen treffen würden.

Sein versöhnendes Lächeln verging ihm aber, als ich fragte:

»Hatte mein Vater jemals etwas mit diesem Fall zu tun, bei dem ein Mädchen mit angenähten Möwenflügeln gefunden wurde?«

Der Körper des Kommissars versteifte sich sichtlich. Langsam hob er den Blick und sah mich an. Hui, so einen finsteren Blick hatte ich noch nie abbekommen.

Aber ich konnte nicht anders. Auf einmal waren in mir so viele Worte, dass es beinahe schmerzte. Nur zu gern hätte ich ihm von meinem Verdacht erzählt, dass der Ratgeber, dem ich das Wissen von diesem Mordfall verdankte, etwas mit meinem Vater zu tun gehabt hatte. Zu gern hätte ich ihm von dem Anschlag auf Alex erzählt. Zu gern hätte ich ihm gesagt, dass er neben dem Mörder des Mädchens auch den Ratgeber suchen müsste. Aber wonach sollte er suchen, ohne dass es auffiel?

Erzählte ich es Dräger, würde der Ratgeber Wind davon bekommen. Schließlich würde die Polizei ihre Ermittlungen wieder auf Rotensand ausweiten.

Und dann würde vielleicht Alex irgendwo tot in einem Schwimmbecken treiben. Oder unter etwas Größerem begraben werden als einem Haufen Medizinbälle.

Also wollte ich wenigstens wissen, ob wir richtiglagen. Auch wenn er mir verboten hatte, weiter zu ermitteln.

»Bitte, ich muss es wissen«, hakte ich nach, denn Dräger starrte mich mehrere Minuten lang schweigend an. »Ich habe keine Gelegenheit, meinen Vater zu fragen. Sie sprachen doch von einem blöden Fall, wegen dem er sein Mandat als Staatsanwalt niedergelegt hat. Ich muss wissen, ob dieser Fall etwas mit ihm zu tun hatte.«

Dräger schnaufte. »Ich wäre kein guter Polizist, wenn ich nicht fragen würde, warum Sie das wissen wollen.«

Die Drohung des Ratgebers leuchtete vor meinen Augen auf. Ich konnte Dräger nicht von ihm erzählen. Nicht jetzt. Vielleicht dann, wenn wir schon etwas weiter waren. Wenn Alex vielleicht etwas herausgefunden hatte …

Hinter uns hörte das Klaviergeklimper auf. Die Ballerinen hatten Pause.

»Ich … ich frage mich nur, ob er vielleicht etwas damit zu tun hatte, das ist alles.« Das klang nicht sonderlich überzeugend. Wahrscheinlich würde Dräger jetzt weiter nachbohren. Aber ich durfte die einzige plausible Erklärung nicht aussprechen.

Wieder sah mich Dräger an, als wollte er meine Gedanken lesen. Verdammt, warum hatte ich davon angefangen?

»Setzen wir uns doch einen Moment ins Auto«, sagte er dann und schloss den Wagen auf.

17

Das Innere des Volvo roch nach Zigarettenqualm und dem Wunderbäumchen, das traurig am Rückspiegel baumelte. Offenbar hing es schon ziemlich lange dort, denn die Schrift auf der Rückseite war schon ganz ausgeblichen. Dräger schob den Schlüssel ins Zündschloss, und ich fragte mich, ob er jetzt eine kleine Spritztour mit mir machen wollte. Doch er ließ den Motor nicht an. Stattdessen starrte er auf sein Lenkrad und schien nicht so recht zu wissen, was er jetzt tun sollte.

»Ich habe deinen Vater als junger Polizist kennengelernt. Er hatte gerade die Stelle als Staatsanwalt angenommen. Verheiratet war er damals noch nicht. Doch er lernte hier ein Mädchen kennen.«

»War das meine Mutter?«, fragte ich.

Dräger sah mich an, nickte dann langsam. »Ja, deine Mutter. Geheiratet hat er sie aber erst nach der Sache.«

Etwas krampfte sich in meinem Magen zusammen. »Nach der Sache« klang ziemlich unheilvoll.

»Ich hatte dir doch schon erzählt, dass dein Vater und ich osteuropäische Schleuser verfolgt haben. Wir wurden ein tolles Team. Schon bald stieg unsere Erfolgsquote – ich machte sie dingfest, dein Vater verurteilte sie. Dein Vater hatte … sagen wir mal, ein Gespür für das Verbrechen. Keine Ahnung, warum, aber er schien immer ganz genau zu wissen, wann jemand schuldig war – und mehr noch. Er konnte die Schritte der Banden nach einer Weile vorhersehen. Doch wie es nun mal im Leben so ist, viel Erfolg zieht auch Neider an. Irgendwer schaffte es, deinem Vater den Posten wegzunehmen. Ich nehme an, dass er Verbindungen zum Innenministerium hatte. Von einem Tag zum anderen fand sich dein Vater in der normalen Strafverfolgung wieder.«

Dräger schnaufte, als würde ihn dieser Umstand immer noch wütend machen.

»Auf jeden Fall bekam er nun die ganz alltäglichen Verbrechen auf den Tisch. Kleindelikte. Dennoch interessierte er sich weiterhin für die Schleuser. Ich lieferte ihm die passenden Informationen, denn mittlerweile waren wir beide befreundet. Was soll ich sagen, mit dem neuen Staatsanwalt gingen die Ermittlungsquoten steil bergab. Es war ein Typ, der sich profilieren und Karriere machen wollte – die Schicksale der Menschen, die von den Schleusern betrogen wurden, besonders die Frauen, die durch sie in Bordellen landeten, waren ihm scheißegal. Wer weiß, vielleicht verdiente im Hintergrund irgendwer mit und dein Vater war ihm ein Dorn im Auge. Ich habe es niemals herausgefunden. Auf jeden Fall bat ich schließlich, mich zum Morddezernat zu versetzen – ich hatte keine Lust mehr auf den arroganten Typen, der meine Ermittlungen behinderte und gegen den ich leider nichts ausrichten konnte. Sie nahmen mein Gesuch an und, siehe da, ich hatte wieder mehr mit deinem Vater zu tun. Dieser begann, sich auch auf seinem derzeitigen Posten einen Namen zu machen. Wie gesagt, er hatte das Gespür und wusste genau, wer ihn im Gerichtssaal dreist anlog und wer vielleicht einfach nur Pech gehabt hatte. Er erkannte auch genau die geborenen Mörder. Menschen, denen es Spaß machte zu töten.«

Wieder traf mich sein Blick. Ich hatte eine dicke Gänsehaut auf dem Nacken und den Armen. Die Vergangenheit meines Vaters war für mich ein Buch mit sieben Siegeln. Dräger war dabei, diese aufzubrechen. Trotz aller Faszination erschauderte ich.

»Das war es, was ich meinte, als ich mit Ihnen auf dem Schulhof gesprochen habe. Sie haben viel von Ihrem Vater. Wahrscheinlich würden auch Sie einen Mörder erkennen, wenn er vor Ihnen stünde. Aber kommen wir zu dem eigentlichen Punkt.«

Er atmete tief durch, seufzte fast.

»Sie haben während Ihrer Ermittlungen zum Krähenmann doch sicher auch das Verbrechen gefunden, von dem er sich hatte inspirieren lassen.«

Ich nickte. »Aus dem Jahr 1998.«

»Richtig. Das Mädchen mit den Möwenflügeln … Sie war keine Schülerin.«

»Laura«, erinnerte ich mich laut an ihren Namen.

»Ja, Laura«, sagte Dräger und senkte den Kopf. Er wirkte auf einmal unsagbar traurig. »Sie wurde im Februar ermordet – aus heiterem Himmel. Sie war die Schwester der Freundin deines Vaters.«

Ich schaute Dräger überrascht an. Nicht nur, weil Dräger

mich plötzlich duzte – mir war, als hätte ich eben eine dicke Ohrfeige bekommen.

»Die Tote war … meine Tante?« Ich rechnete nach. Wenn sie zu dem Zeitpunkt, als sie ermordet worden war, achtzehn gewesen war, konnte das gut hinkommen. Ich hätte eine Tante gehabt – auf Rügen!

Mir wurde ganz schlecht.

»Ja, sie war deine Tante. Und … meine Freundin.«

Ohrfeige Nummer zwei. Dräger hätte mein Onkel werden sollen. War das möglich?

»Klingt unglaublich, nicht wahr?«, sagte Dräger mit einem bitteren Lächeln auf den Lippen. »Aber so war es. Laura war die Schwester deiner Mutter. Ich habe sie bei einem Grillabend kennengelernt. Sie war mit ihren gerade mal achtzehn Jahren viele Jahre jünger als ich, aber dennoch verliebte ich mich sofort in sie. Deinen Vater hatte es gefreut. Aber dann ist es nicht so weit gekommen.«

Diese Information musste ich erst mal verdauen. Gut, dass ich saß! Trotzdem hatte ich irgendwie das Gefühl zu fallen.

Tausend Gedanken wirbelten in meinem Kopf herum. Was, wenn Laura damals nicht ermordet worden wäre? Würde ich dann hier leben, zusammen mit meinen Eltern? Wären sie noch am Leben?

Und würde ich dann nach Rotensand gehen?

Das ganz bestimmt, dafür hätte mein Vater sicher gesorgt.

Aber was wäre, wenn ich nicht hierher gewollt hätte? Wie bin ich überhaupt auf die Idee gekommen, in dieses Internat zu gehen? Wenn das nun auch kein Zufall war? Wenn alles, was geschah, kein Zufall war?

»Clara?«, zerrte mich Dräger aus meinem Gedankenkarussell. »Alles in Ordnung mit dir?«

»Ja … ja, alles okay. Allerdings werde ich heute einiges zu verdauen haben.«

»Wenn du möchtest, höre ich auf.«

Ich schüttelte den Kopf. »Nein, bitte, reden Sie weiter. Sie sind, wie es scheint, die einzige Verbindung zu meinem Vater. Ich möchte wissen, was passiert ist. Bitte.«

Dräger sah mich wieder eine ganze Weile an, dann nickte er.

»Es geschah an einem Mittwoch. Laura war auf dem Weg zu ihrer Lehrstelle, sie arbeitete in einer Bank. Was genau passierte, konnten wir nicht rekonstruieren, doch der Mörder … entführte sie. Als sie am Abend nicht nach Hause kam, alarmierten ihre Eltern und deine Mutter die Polizei. Ich wurde sofort panisch. Die ganze Nacht über suchten wir nach ihr, konnten sie aber nicht finden. Ich machte mir schwere Vorwürfe. Warum hatte ich nicht besser auf sie aufgepasst?«

»Meinen Sie, dass die Schleuser dahintersteckten, mit denen Sie früher zu tun hatten?«

»Ja, diesen Verdacht hatten wir als Erstes. Dein Vater und ich waren davon überzeugt, dass ihr Verschwinden kein Zufall war. Wir haben uns umgehört, sogar verbotenerweise Akten eingesehen, die nicht für unsere Abteilung bestimmt waren. Wir haben alles getan. Du kannst dir vorstellen, welche Angst ich um Laura hatte. Ich fürchtete schon, dass die Schleuser sie in irgendein Bordell gebracht und vergewaltigt hatten. Doch dann tauchte sie wieder auf … am Strand … mit Möwenflügeln.«

Mein Gesicht glühte. Ja, ich konnte mir vorstellen, wie es war, sich um einen Menschen zu sorgen. Und dann feststellen zu müssen, dass alle Hoffnung verloren war …

»Der Mörder hatte sie von der Klippe geworfen.« Dräger zog die Nase hoch. Als ich ihn ansah, bemerkte ich, dass eine Träne über seine Nase perlte und auf seine Jacke tropfte. »Wie der Gerichtsmediziner festgestellt hatte, war sie nicht missbraucht worden. Der Mörder hatte ihr das Genick gebrochen. Und ihr dann Flügel an die Schultern genäht.«

Obwohl alles in mir sich danach sehnte, den Wagen zu verlassen, konnte ich mich doch nicht rühren. Ich kam mir wie auf den Sitz geklebt vor.

Minutenlang herrschte Stille. Dräger schluchzte leise, presste sich dann Daumen und Zeigefinger der rechten Hand in die Augenwinkel.

Auch mir kamen die Tränen. Sie ließen Dräger vor meinen Augen verschwimmen. In mir fühlte ich einen tiefen Schmerz. Meine Was-wäre-wenn-Spiele spielte ich hin und wieder noch immer, doch jetzt wollte ich besser nicht daran denken, was alles hätte gewesen sein können. Dass ich vielleicht nach dem Unfall meiner Eltern eine Tante und einen Onkel gehabt hätte, die mich aufgenommen hätten. Dass mein Vater und meine Mutter vielleicht gar nicht verunglückt wären.

Ich ließ die Tränen laufen und starrte nach draußen. Für einen Moment dachte ich nicht an Sandrine Ravier, der man die Füße abgeschnitten hatte. Ich dachte nur an Laura, daran, wie furchtbar ihre letzten Augenblicke gewesen sein mussten. Und wie schnell und abrupt das Ende gekommen war. Wie mochte ihr der Mörder das Genick gebrochen haben? Szenen aus irgendwelchen Action-Filmen kamen mir in den Sinn, wo Männer das mit bloßen Händen und einem kräftigen Ruck taten. Hatte er das genauso getan?

Auch Alex' Genick hätte unter dem schweren Medizinball brechen können ... Mir wurde auf einmal kalt, so kalt, dass ich begann, mit den Zähnen zu klappern. Der kalte Novemberregen sprühte über die Windschutzscheibe, und ich konnte nicht anders, als zu zittern. Dräger bemerkte das nicht, er rang mit sich selbst, versuchte, sich wieder zu fassen, was ihm sichtlich schwerzufallen schien.

»Sie haben den Mörder nicht gefunden, nicht wahr?«, hörte ich mich schließlich fragen. Keine Ahnung, wie viele Minuten vergangen waren. Sicher ein paar – vielleicht zu viele.

Dräger, der sich wieder einigermaßen eingekriegt hatte, schüttelte den Kopf. »Bis heute nicht. Und allmählich fürchte ich, das werde ich auch nicht mehr.«

Der Ratgeber, sagte eine kleine Stimme zu mir. Verdammt, erzähl ihm von dem Ratgeber. Wenn er etwas weiß ... Wenn er der Mörder ist ...

Doch wenn etwas schiefgeht, bringt er Alex um.

Nein, es war besser, noch mehr Hinweise zu suchen. Wenn ich wusste, wer dahintersteckte, konnte ich Dräger mit der Nase drauf stoßen. Jetzt musste ich erst einmal auf Nummer sicher gehen.

»Wir haben wirklich in alle Richtungen ermittelt. Wir haben alles abgegrast.« Er klang verzweifelt. »Doch außer einem Verdacht, der sich nicht bestätigt hat, haben wir nichts gefunden. Der Mörder schien von einem Moment zum anderen verschwunden zu sein.«

Und jetzt war er vielleicht wieder aufgetaucht – als Ratgeber für andere, die unbedingt ein paar Leute um die Ecke bringen wollten. Und was hatte er mit mir vor?

Ich wagte nicht, es mir auszumalen. Fest stand, dass es zwischen dem Möwenmädchen und meinem Vater eine Verbindung gegeben hatte. Möglicherweise auch eine Verbindung zwischen dem Ratgeber und meinem Vater.

Eine unfassbare Wut überkam mich plötzlich. Sie schoss mir heiß in die Adern und verdrängte meine Trauer ein wenig.

»Mein Vater hat das Handtuch geworfen, nicht wahr? Er hat aufgegeben.«

Dräger nickte. »Ja. Eines Morgens erfuhr ich, dass er sich versetzen lassen wollte. Als ich ihn zur Rede stellte, sagte er mir, dass er um die Sicherheit seiner Frau fürchte – diese hatte ihm kurz zuvor gestanden, dass sie schwanger sei. Er wollte sie und ihr Baby in Sicherheit bringen, wovor auch immer. Er war der Überzeugung, dass der Mord an seiner Schwägerin ein Racheakt der Schlepperbanden war. Möglicherweise die Ankündigung von weiteren Verbrechen. Er wollte nicht mehr auf der Insel sein. Also ging er und wurde zu dem Vater, den du kennst. Er heiratete deine Mutter, dann wurdest du geboren. Eine Weile noch hatten wir Kontakt zueinander, doch es wurde immer weniger. Und dann, eines Tages, verunglückten er und seine Frau.«

»Und ich«, sagte ich leise. »Aber ich habe überlebt.«

»Ja, du hast überlebt.« Drägers Hand legte sich auf meinen Arm. »Und ich möchte, dass das so bleibt. Misch dich nicht in diese Sache ein, hörst du? Möglicherweise hast du diesmal nicht so viel Glück, wenn du dem Mörder gegenüberstehst.«

Ich verstand. Und gleichzeitig konnte ich ihm kein ehrliches Versprechen geben. Als mein Beinahe-Onkel hatte er recht, doch hier wurde ein Spiel gespielt, von dem er nichts wusste. Nichts wissen durfte, wenn ich Alex nicht verlieren wollte.

»Okay«, hörte ich mich sagen und senkte den Blick. Dräger betrachtete mich noch eine Weile, dann nickte er.

»Soll ich dich irgendwo hinfahren? Zum Internat vielleicht?«

Ich schüttelte den Kopf.

»Nein, ich bin mit Olga hier. Ich werde auch wieder mit ihr zurückfahren. Denn ich möchte wirklich einen Artikel für die Schülerzeitung schreiben.«

Der Kommissar nickte nachdenklich. »In Ordnung. Dann viel Glück dabei. Und pass auf dich auf!«

»Mache ich.« Ich öffnete die Beifahrertür und stieg aus.

Dräger ließ nun den Motor des Wagens an, winkte mir noch einmal zu und fuhr dann davon. Obwohl es kalt war, gönnte ich mir noch einen Moment Ruhe und blickte zum Himmel hinauf. Die Wolken hatten sich verzogen, doch lange würde sich das klare Blau nicht mehr halten, denn der Abend kam um die Zeit schnell. Ich beobachtete eine Schar Spatzen und sah dann einen anderen Vogel. Die Möwe stieß einen hellen Schrei aus, dann verschwand sie jenseits der Hausdächer. Mir lief ein Schauer über den Rücken. Ob von der Kälte oder von Drägers Geschichte, wusste ich nicht genau, aber dennoch beschloss ich, wieder reinzugehen.

18

Als ich das Studio betrat, fühlte ich mich völlig durch die Mangel gedreht. Die Geschichte meines Vaters hatte mich vollkommen mitgenommen, und die Kälte steckte tiefer, als ich es vermutet hätte, in meinen Knochen.

Ich war dermaßen in Gedanken, dass ich beinahe mit der Reinigungskraft zusammengestoßen wäre, die gerade mit einem Putzeimer aus einem der Räume kam. Sie trug einen grauen Kittel und gelbe Gummihandschuhe. Offenbar hatte sie gerade die Fenster geputzt.

Dadurch, dass sie ihr Haar unter einem Kopftuch verbarg, sah sie wesentlich älter aus, doch als ich sie anschaute, stellte ich fest, dass sie vielleicht gerade mal Ende dreißig war. Klar, das war im Gegensatz zu mir steinalt, aber …

»Entschuldigen Sie bitte«, sagte ich, lächelte gezwungen und trat zur Seite.

Die Frau entgegnete nichts, sie sah mich nur ein wenig seltsam an. Verstand sie meine Sprache nicht?

Ich hielt es für besser zu verschwinden, ehe sie meine Worte womöglich noch falsch deutete.

Im Ballettraum saßen die Mädchen nun auf den Bänken. Von wegen Pause! Die Ballettmeisterin ging mit ihrem Stock vor ihnen auf und ab.

»Ich weiß, dass kaum eine von Ihnen schon so weit ist, wie Sandrine es war. Dennoch sollten die älteren Schülerinnen in Erwägung ziehen, sich für die Rolle der Odette zu bewerben. Schon allein, weil unser Studio es Sandrine schuldig ist.«

Auf Zehenspitzen schlich ich zu einer der freien Bänke. Die Ballettmeisterin, die wohl Katzenohren hatte, bemerkte mich trotzdem und warf mir einen strafenden Blick zu. Die anderen Mädchen bekamen das glücklicherweise nicht mit, sie hingen förmlich an ihren Lippen. Auch Olga.

Ich fragte mich, ob sie sich für die Rolle der Odette bewerben wollte – jetzt, wo Sandrine tot war.

Zu etwas war Drägers Auftauchen wohl nützlich gewesen – ich hatte jetzt einen Anhaltspunkt, an dem ich bei Olga ansetzen konnte. Bei der Rückfahrt würden wir uns über Sandrine unterhalten. Und das würde dann nicht mal verdächtig wirken, weil der Kommissar ja von der Toten gesprochen hatte.

»So, alle Mädchen, die vorhaben, sich zu bewerben, mögen sich jetzt bitte erheben«, rief Madame Rosi und stampfte mit ihrem Stock auf den Boden wie ein Zeremonienmeister in einem Märchenfilm. Tatsächlich schossen einige Mädchen in die Höhe. Allen voran die ehrgeizige Lotta. Ich fragte mich, ob sie schon beim ersten Casting dabei gewesen war.

Mein Blick wanderte nun zu Olga. Sie saß immer noch und wirkte sehr nachdenklich. Musste sie erst ihre Mutter fragen? Nein, deren Antwort kannte sie sicher. Wahrscheinlich dachte sie darüber nach, ob sie wirklich die Odette tanzen sollte …

»Olga«, fragte Madame Rosi plötzlich. »Warum meldest du dich nicht?«

Olga schreckte zusammen, als sie ihren Namen hörte. Nein, so sah wirklich niemand aus, der scharf auf das Vortanzen war. »Ich …«

»Du wirst tanzen, nicht wahr? Du gehörst zu unseren besten Elevinnen und solltest die Chance nutzen.«

»Ja, Madame Rosi.« Olga nickte lustlos.

Madame Rosi schien das nicht zu stören. Sie ließ ihren Blick über die anderen Teilnehmerinnen schweifen. Ein paar Arme meldeten sich zaghaft.

»Ihr seid zu jung und nicht weit genug für die Rolle«, beschied die Ballettmeisterin schroff und wandte sich dann wieder den Älteren zu. »In Ordnung, dann treffen wir uns morgen zum Training fürs Vortanzen! Ich erwarte Großes von Ihnen, meine Damen!«

Damit klatschte sie in die Hände und beendete den Unterricht.

Erschöpft saßen Olga und ich im Bus in Richtung Rotensand. Außer uns waren noch ein paar Arbeiter im Bus, die aber keine Notiz von uns nahmen.

Olga wirkte abwesend.

Ich hatte es mir so schön ausgemalt, dass wir während der Fahrt über Sandrine reden würden, aber irgendwie schien sie nicht in der Stimmung zu sein, überhaupt noch was reden zu wollen. Sie lehnte den Kopf an die Fensterscheibe und starrte hinaus in die Dunkelheit.

Dachte sie jetzt daran, dass sie wieder einmal zu etwas gezwungen worden war? Fürchtete sie sich vor der Reaktion ihrer Mutter?

Die Teilnahme an dem Vortanzen würde sie sicher nicht verärgern, aber ich konnte mir vorstellen, dass Frau Tschernow wütend wurde, wenn Olga die Rolle nicht bekam.

Auch wenn ich nicht viel vom Ballett verstand, so ahnte ich doch, dass es enorm wichtig sein musste für die Karriere einer Ballerina, einmal eine Rolle wie die der Odette zu tanzen.

Und wie sollte eine Mutter, die ihren Traum durch ihre Tochter verwirklichen wollte, schon reagieren, wenn diese die Rolle nicht bekam?

Sie würde Olga sicher die Hölle heißmachen …

»Alles okay?«, fragte ich und tippte Olga an. Sie schreckte aus ihren Gedanken.

»Was?« Verwirrt blickte sie mich an. Als hätte sie sich soeben ausgemalt, wie ihre Mutter sie schelten würde, wenn sie versagte.

»Ich hab gefragt, ob alles in Ordnung ist. Madame Rosi hat dich ja ziemlich überrumpelt.«

Olga setzte sich auf ihrem Sitz zurecht. »Ja, das hat sie. Und ehrlich gesagt würde ich morgen am liebsten Magenschmerzen vorschützen. Ich will die Odette nicht tanzen. Das war Sandrines Rolle. Soll sie doch eine andere fragen.«

»Warum hast du denn zugestimmt?«, fragte ich.

»Weil Madame Rosi meine Mutter kennt. Hätte ich mich geweigert, hätte sie sicher gleich heute Abend einen Telefonterror gestartet.«

Das klang gruselig.

»Und nun? Wirst du wirklich vortanzen?«, fragte ich weiter.

»Ja, das werde ich wohl. Aber ich glaube nicht, dass ich die Rolle bekomme.«

»Und wer sonst?«

»Lotta. Eindeutig Lotta. Sie will die Rolle. Sie wollte sie schon beim ersten Mal. Aber gegen Sandrine ist sie nicht angekommen. Diesmal könnte das anders aussehen.«

Sie wollte die Rolle schon beim ersten Mal, echote es durch meinen Verstand. Und was, wenn sie alles dafür getan hatte?

Ich versuchte, mir die Gestalt von Lotta ins Gedächtnis zu rufen. Sie war sehr zierlich und auch nicht besonders groß, aber das musste nichts heißen. Außerdem hätte sie Hilfe haben können ... Vielleicht hatte sie einen Freund oder ... einen Ratgeber! Jemanden, der es liebte, mit Menschen zu spielen. Jemand, der vielleicht meine Tante auf dem Gewissen hatte und das Leben meiner Familie vollkommen verändert hatte ...

»Würde es dir was ausmachen, wenn ich morgen wieder mitkäme?«, fragte ich, denn ich wollte mir diese Lotta ein wenig näher ansehen. Wenn sie etwas mit dem Mord zu tun hatte, könnte sie mich vielleicht zum Ratgeber führen. Das war natürlich nur wilde Spekulation – aber wie ich an diesem Nachmittag erfahren hatte, war nichts unmöglich ...

»Nein, natürlich nicht. Es ist schön, dass man mal mit jemandem reden kann – aber wehe, du erwähnst meine Mutter in dem Artikel!«

»Mache ich nicht, keine Sorge. Ich werde mich, glaube ich, eher auf Lotta konzentrieren. Oder über Ballerinen allgemein berichten, das Training, die Erwartungen.«

Olga lächelte mich an. »Alex hat recht, du scheinst wirklich ganz in Ordnung zu sein.«

Wir versanken einen Augenblick in Schweigen, dann fragte Olga: »Was wollte der Polizist eigentlich von dir?«

So was hatte ich schon befürchtet. Klar, man verschwand nicht einfach so eine halbe Stunde mit einem Kommissar nach draußen.

»Er wollte mit mir sprechen«, antwortete ich. »Ich kenne ihn noch von der Sache mit Marc Feldten. Du hast ihn doch damals auch gesehen, oder?«

Olga nickte.

»Ja, hab ich.«

»Er wollte nur wissen, wie es mir und Melanie geht. Immerhin sehen wir uns nicht alle Tage.«

»Ein Glück, oder?« Olga lachte ein wenig gekünstelt.

In diesem Moment hätte ich sie gern gefragt, was Dräger am Montag erzählt hatte. Aber dann hätte sie vielleicht mitbekommen, dass ich nicht nur wegen der Schülerzeitung mit zum Ballettstudio wollte.

Glücklicherweise hielt der Bus wenige Augenblicke später an unserer Haltestelle. Wir stiegen aus und stapften dann schweigend zum Internat.

»Es war nett, dass du mitgekommen bist«, sagte Olga, als wir auf dem Schulhof angekommen waren.

»Nein, es war nett, dass ich mitkommen durfte«, entgegnete ich lächelnd. »Vielen Dank!«

»Also dann bis morgen?«

Ich nickte. »Wieder an der Bushaltestelle.«

»Ja.« Olga erwiderte mein Lächeln, schob den Gurt ihrer Tasche auf der Schulter zurecht und verschwand ziemlich rasch in ihrem Wohnhaus.

19

Unruhig ging sie in ihrem Zimmer auf und ab. Panik erfüllte sie. Rotbart hätte eigentlich schon längst anrufen sollen, aber das Telefon blieb stumm. Dabei hatte sie sich extra beeilt, nach Hause zu kommen. Hatte er sie vergessen? Wollte er ihr nicht mehr helfen?

Aus Nervosität begann sie, auf ihren Fingernägeln herumzukauen.

Wenn ihre Mutter das erfahren hätte, hätte sie ihr sicher gehörig den Kopf gewaschen. Eine Ballerina muss nicht nur auf ihre Beine achten, sondern auch auf ihre Hände. Sie tanzt auch mit ihren Händen, also darfst du dir nicht die Nägel ruinieren!

Aber in diesem Augenblick war sie so furchtbar nervös, dass sie nicht wusste, wie sie sich sonst beruhigen sollte.

Das, was sie heute erfahren hatte, hatte sie erleichtert, aber zugleich auch zutiefst beunruhigt. Die Rolle der Schwanenprinzessin war noch nicht wieder neu besetzt worden. So weit, so gut.

Aber sie wollten diese Rolle neu besetzen. Morgen sollte es im Studio ein Vortanzen geben. Schon morgen.

Wie viele Mädchen aufgesprungen waren! Und das, obwohl sie doch kurz zuvor gehört hatten, was mit Sandrine passiert war!

Sie konnte nicht glauben, dass das keinen Effekt auf ihre Konkurrentinnen gehabt hatte. Waren sie denn wirklich so eiskalt, dass es sie nicht anrührte, dass eine der ihren tot im Schwimmbecken gefunden worden war – mit abgeschnittenen Füßen inmitten eines Federkranzes? Ein Schwan, gestorben in seinem See …

Hätte sie vielleicht noch deutlicher werden müssen?

Als einer ihrer Fingernägel unter ihren Zähnen knackte, verschränkte sie schnell die Arme und schob die Finger unter die Achseln. Nein, das durfte sie nicht tun. Wie sollte sie die Schwanenprinzessin sein, wenn ihre Finger bis aufs Fleisch runtergeknabbert waren?

Sie musste sich auf andere Weise besänftigen. Wieder fiel ihr Blick auf das Telefon. Noch immer schwieg es. Hatte er sie wirklich vergessen? Oder hatte sie ihn verpasst?

Ein Blick auf die Uhr an der Zimmerwand bestätigte ihr, dass sie keineswegs zu spät gewesen war. Jetzt war es fünf nach sechs – um sechs hatte er anrufen wollen.

Hatte er vielleicht eine andere gefunden, die er fördern wollte?

Er hatte ihr doch eine Rolle versprochen. Die größte Rolle ihres Lebens. Und jetzt?

Gerade, als die Spannung in ihrer Brust beinahe unerträglich wurde, klingelte es plötzlich.

Sie zuckte zusammen. Dann rannte sie fast schon zu dem Tisch, auf dem ihr Telefon lag.

»Ja?«, meldete sie sich, denn Rotbart hatte ihr geraten, sich niemals mit ihrem wahren Namen zu melden, wenn sie mit ihm sprach.

»Odile«, sagte er, und das war das schönste Hallo, das er ihr sagen konnte. Odile. Rotbarts Geschöpf. Sie war also doch noch nicht in Ungnade gefallen. »Schön, dich zu hören.«

»Schön, *dich* zu hören!«, entgegnete sie und legte dabei alle Betonung auf das Wörtchen »dich«, damit er nicht glaubte, dass sie nur ein Echo seiner Worte war.

»Ich habe mich ein wenig verspätet, aber du weißt ja, dass ich viel zu tun habe.«

»Das macht nichts«, antwortete sie, als hätte es die Momente der Unruhe und des Zweifels nicht gegeben. Mit dem Hörer am Ohr setzte sie sich auf ihr Bett und ließ den Blick zum Fenster schweifen. Die letzten Reste des Tages waren vergangen. Was blieb, war die sehnsuchtsvolle Nacht.

»Gibt es irgendwelche Neuigkeiten?«, fragte er wie so oft in den Tagen vor dem Mord.

»Sie wollen die Rolle der Odette neu besetzen«, platzte sie heraus und musste sich zügeln, um nicht gleich loszufluchen. Das gehörte sich für eine Ballerina ebenso wenig, wie sich die Fingernägel abzukauen. »Heute war dieser Polizist da und wollte etwas über das Mädchen wissen, und anschließend hat Madame Rosi verkündet, dass ihr Studio eine neue Tänzerin stellen soll.«

»Das war zu erwarten«, entgegnete Rotbart. »Aber es ist nicht gesagt, dass es jemand aus dem Studio wird. Es könnte auch eine andere Tänzerin den Part bekommen.«

»Das darf nicht passieren!« Odiles Stimme überschlug sich.

»Der Prinz gehört allein mir, keine von ihnen darf ihn kriegen!«

»Nun, dann musst du dir etwas einfallen lassen«, sagte Rotbart wohlwollend und ruhig. »Diesmal solltest du allerdings nicht so viel Aufsehen erregen. Viele tote Schwäne sorgen für großen Ärger. Außerdem interessieren dich die kleinen Schwäne nicht, stimmt's? Du solltest dir deine Energie für die Auserwählte aufheben.«

»Ja … die kleinen Schwäne interessieren mich nicht, das stimmt«, antwortete sie mechanisch. »In Ordnung, ich warte auf die Auserwählte. Auf Odette … Aber ich darf doch dafür sorgen, dass es eine bestimmte Auserwählte gibt, nicht wahr?«

Sie sprach schmeichelnd, denn sie wollte nicht, dass Rotbart ihr ihre schöne Idee ausredete. Vor ein paar Stunden hatte sie eine Wahl getroffen – und einen Einfall gehabt, wie sie dafür sorgen konnte, dass sie eine wirkliche Odette in die Finger bekam – und keinen kleinen Schwan.

»Du kannst tun und lassen, was deiner Seele guttut«, antwortete Rotbart. »Doch sieh dich vor den Jägern vor.«

Odile versprach es. Dann fiel ihr noch etwas ein.

»Heute war ein Mädchen im Studio, eines, das ich zuvor noch nie gesehen habe. Sie kam mit Olga und ist dann mit diesem Polizisten rausgegangen, um sich mit ihm zu unterhalten. Hat das irgendwas zu bedeuten?«

Stille. Rotbart antwortete nicht. War er überhaupt noch dran?

Manchmal war es seine Art, einfach zu verschwinden.

»Hallo?«, fragte sie deshalb in den rauschenden Äther.

»Alles hat eine Bedeutung, kleine Odile«, antwortete Rotbart rätselhaft. »Aber das soll dich nicht von deinem Tun abhalten.«

»Dann ist sie also einfach nur zufällig da gewesen?«

Wieder Schweigen. Doch diesmal war es echt. Als Antwort erhielt sie ein Tuten. Rotbart war fort.

20

Aufgewühlt und gleichzeitig todmüde von dem Tag schlich ich mich auf mein Zimmer. Das, was ich heute erfahren hatte, war beinahe zu viel gewesen für einen einzigen Tag. Die Geschichte meines Vater und des Möwenmädchens, das meine Tante geworden wäre, lag wie ein Stein auf meiner Seele. Dazu kam noch Olgas Geschichte und das, was ich über Sandrine erfahren hatte.

Obwohl ich mich am liebsten unter meine Decke verkrochen hätte, brauchte ich ein Ventil. Ich brauchte jemanden zum Reden. Susanne vielleicht?

Die war allerdings noch nicht da, sie hatte bis spätabends AG. Nach dem Angriff auf sie, damals während des Schulballs, hatte sie sich in den Judo-Kurs eintragen lassen.

»Noch einmal schlägt mich so ein Schwein wie dieser Marc nicht nieder«, hatte sie grimmig bemerkt, als sie mir ihren nagelneuen Judoka-Anzug gezeigt hatte.

Ich zog mein Handy aus der Tasche. Eine neue Nachricht war eingegangen.

Na, wie war dein Treffen mit den Ballerinen?, fragte Alex.

Ich überlegte. Ob ich ihn dazu überreden konnte, sich die Nacht mit mir um die Ohren zu schlagen?

Ich antwortete ihm schnell: Hast du Zeit, um zu reden? Ich brauche dich!

Seine Antwort kam prompt. Okay, ich komm rüber. Was meinst du?

Rüber zu mir? Das bedeutete, dass er wahrscheinlich noch da wäre, wenn Susanne von ihrem Judo-Training wiederkam.

Ich blickte auf meine Uhr. Zehn Minuten noch. Nee, das ging nicht. Es war ja nicht so, als wollten wir wieder wild knutschen, aber das, was wir beide heute in Erfahrung gebracht hatten, war auch nicht für Susannes Ohren bestimmt.

Geht nicht, schrieb ich zurück. Susanne kommt gleich. Wir sollten besser einen Ort haben, an dem wir ungestört sind.

Diesmal dauerte die Antwort etwas. Tja, an welchem Ort im Internat waren wir jetzt wohl ungestört? Obwohl wir alle einen Fernseher im Zimmer hatten, trafen sich einige immer noch im Gemeinschaftsraum zum Spielen oder Quatschen. Und draußen konnte man nicht wissen, wer alles zuhörte.

Dann komm zu mir, wenn du magst, schrieb er zurück. Tobias ist krank und nach Hause gefahren.

Ich sprang auf und ignorierte dabei den Umstand, dass ich bisher noch nie in seinem Zimmer gewesen war. Schnell warf ich meine Jacke über und stürmte mit dem Block nach draußen.

Dabei kam ich an einigen Mädchen vorbei, die natürlich nur ein Thema hatten – unseren neuen Sportlehrer. Als ich den Namen Reinert hörte, klappte ich einfach meine Ohren zu und – schwups – war ich aus der Tür.

Die Nacht war klar und eiskalt. Mein Atem gefror vor meinem Mund zu kleinen Wolken. Am Himmel standen tausend Sterne. Sehr romantisch …

In Alex' Wohnhaus war alles ruhig. Sehr merkwürdig, sonst machten die Jungs doch immer Krach. Offenbar mussten die meisten für die Klausuren lernen. Gut so, so bekam niemand mit, dass ich mich in Alex' Zimmer schlich.

Er schien auf mich gewartet zu haben, denn nur Sekundenbruchteile nach meinem Klopfen öffnete sich die Tür. Der Duft von Rasierwasser strömte mir entgegen und Alex' Haare wirkten ein wenig feucht. Hatte er gerade geduscht?

Verlegen stand ich in der Tür. Verdammt, ich hätte mich vielleicht etwas hübscher machen sollen. Klar, das hier war kein Date – aber immerhin das erste Mal, dass ich sein Zimmer betrat.

Dieses sah im Großen und Ganzen so aus wie unsere Zimmer. Es gab zwei Betten, Schreibtische, Schränke und eine Sitzecke mit Fernseher. An den Wänden hingen glücklicherweise keine Poster von irgendwelchen nackten Models oder Rennfahrern. Alex hatte auf seiner Seite den Kunstdruck eines Mannes, aus dessen Kopf bunte Vierecke wuchsen. Sein Mitbewohner, der Tobias hieß und von dem Alex nur sehr selten sprach, hatte ein Poster von da Vincis berühmter Männerstudie im Kreis über seinem Bett.

Das Zimmer sah eher wie das von Studenten aus – aber es dauerte ja auch nur noch ein Jahr, bis sie ihren Abschluss machten.

»Willst du nicht reinkommen?«, fragte Alex mit einem etwas unsicheren Lächeln. Offenbar war er genauso nervös wie ich. »Hi«, sagte ich und küsste ihn. »Lieb von dir, dass ich herkommen durfte.«

»Immer gerne«, entgegnete er und drückte die Tür hinter mir ins Schloss.

Ich fühlte mich irgendwie verloren, als ich da mitten im Raum stand. Mein Blick wanderte zu seinem Bett, das ordentlich gemacht war. Sogleich überkam mich ein angenehmes, aber doch seltsames Gefühl. Ich wurde rot.

»Und, was wolltest du mir erzählen?«, fragte er und ließ sich auf das kleine Sofa fallen. Ich setzte mich neben ihn und versuchte, nicht daran zu denken, wie gut er aussah und duftete und dass wir beide ganz allein waren, ohne befürchten zu müssen, dass Tobias hereinschneite.

Tobias. Wahrscheinlich saß er abends immer neben Alex.

»Oh, das ist eine Menge.« Ich zupfte verlegen am Ärmel meines Sweatshirts. So hatte ich mir das nicht vorgestellt. »Aber sag du doch mal, was du herausgefunden hast.«

»Na ja, viel ist es nicht. Ich habe versucht, ein bisschen was über die Leute rauszukriegen, die für Rotensand arbeiten. Aber es ist ziemlich schwer, an irgendwelche Akten ranzukommen.«

»Verstecken sie die Schlüssel jetzt besser?«

Alex' Augenbrauen schnellten in die Höhe. »Was meinst du?«

»Na ja, damals, als ich nach der Akte von Marc Feldten gesucht hatte … Die Schlüssel zum Büro von Dr. Bakker lagen in einer Schublade im Sekretariat.«

»Im Moment ist es aber unmöglich, da reinzukommen. Die Sekretärin bewacht ihr Büro wie ein Schießhund.«

Wahrscheinlich, weil es aufgefallen war, dass jemand in den Akten des Schulpsychologen herumgewühlt hatte.

»Was ist eigentlich mit diesem Dr. Bakker?«, sinnierte ich laut. Klar, er stand auf meiner Verdachtsliste nicht gerade oben, aber andererseits … Er hatte damals Marc Feldtens Akte aufbewahrt. Er hatte genau gewusst, welches Trauma der Selbstmord seiner Schwester bei ihm hinterlassen hatte.

Allerdings passte er nicht zu dem jetzigen Fall … Aber wer weiß, welche Verbindungen er zur Außenwelt hatte.

»Was soll mit ihm sein?«, fragte Alex zurück.

»Na ja … kennst du ihn?« Auf dem Schulhof hatte ich ihn vielleicht zwei- oder dreimal gesehen. Sonst schien er sich fast ausschließlich in seinem Büro aufzuhalten.

»Du meinst, ob ich schon mal bei ihm war?« Alex grinste breit. »Ich kann dich beruhigen, ich habe zwar einen Medizinball an den Kopf gekriegt, aber meine Schrauben sind alle noch fest.«

»Das meinte ich nicht«, entgegnete ich und knuffte ihn in die Seite. »Ich meine, hast du schon mal mit ihm gesprochen? Oder gehört, wie er sich mit den Lehrern unterhält? Oder wie sich jemand über ihn unterhält?«

Alex sah mich lange an, dann fragte er: »Glaubst du, dass er etwas mit der Sache zu tun haben könnte?«

Ich zuckte mit den Schultern. »Keine Ahnung. Aber fest steht, dass er wusste, was mit Marc Feldten los war. Wenn jemand hätte voraussehen können, was er tun würde, dann er.«

»Über Marc Feldten wussten aber sicher noch andere Bescheid. Gehen wir mal davon aus, dass der Ratgeber ein Erwachsener ist und dass er die Mörder auf ihre Ideen bringt, dann könnte es jeder sein, der damals schon an dieser Schule war. Der Hausmeister. Der Rektor. Die einzelnen Lehrer. Vielleicht nicht gerade unser neuer Sportlehrer, auf den die Mädchen so abfahren, aber sonst gibt es einen Haufen Möglichkeiten.«

Da hatte er recht. Es konnte jeder sein. Jeder, der die Möglichkeit hatte, die Schüler zu beobachten. Der Hausmeister kam ebenso infrage wie die Bibliothekarin.

Nur was hatten alle diese Leute mit Sandrine Ravier zu tun? Oder mit Madame Rosis Tanzschule?

»Und was weißt du nun über Dr. Bakker?«, bohrte ich weiter nach.

»Eigentlich ist er ein ziemlich seltsamer Vogel«, entgegnete Alex. »Man sieht ihn fast nie draußen. Er hockt den ganzen Tag im Büro und isst auch, soweit ich weiß, nicht in der Mensa. Abends soll er hin und wieder im Park spazieren gehen, aber auch da hat man ihn nur ein paarmal gesehen. Aber dass er so wenig unter Leute kommt, hat vielleicht auch mit seiner Arbeit zu tun. Immerhin muss er sich mit unseren Neurosen beschäftigen. Es ist doch weithin bekannt, dass Eliteschüler starkem seelischen Druck ausgesetzt sind – und obendrein haben hier wohl alle eine Schraube locker.«

»Alle außer dir, wie es scheint.«

»Tja, so ist es eben mit Verrückten, da sie nicht wissen, dass sie verrückt sind, geben sie es auch nicht zu.« Damit knuffte er sanft mein Knie. »Aber du solltest nicht vorschnell urteilen. Nur weil jemand menschenscheu ist und für sich sein will, ist er noch lange kein Mörder.«

»Du nimmst ihn in Schutz?«, fragte ich verwundert.

»Nein, ich gebe das nur zu bedenken.«

»Okay, aber vielleicht gelingt es dir ja doch, ein wenig über ihn herauszufinden. Darüber, was er früher getrieben hat. Er wird ja nicht immer Schulpsychologe gewesen sein.«

»Okay, wird gemacht.« Alex zog mich in seine Arme und küsste mich. »Und bei der Gelegenheit werde ich mir auch alle anderen Erwachsenen genauer ansehen. Vielleicht tauchen ja irgendwelche Flecken auf ihren weißen Westen auf. Das könnte ich dann auch prima für meine Abschlussprüfung nutzen.«

»Das wirst du nicht!«, entgegnete ich gespielt empört, denn ich wusste ja, dass Alex ehrlich war.

»Mal sehen.«

Wieder küssten wir uns. Und auf einmal hatte ich auch keine Lust mehr, über irgendwas zu reden, was den Mordfall oder den Ratgeber anging.

Aber Alex hatte natürlich nicht vergessen, dass ich diejenige war, die das Gespräch gesucht hatte.

»Du wolltest mir noch etwas Dringendes erzählen«, sagte er und löste sich dann wieder von mir. Ich hätte es am liebsten gehabt, wenn sein Mund weiterhin auf meinen Lippen gelegen hätte, aber jetzt durfte ich nicht kneifen. Und es war ja auch wichtig, dass Alex davon wusste.

»Dräger ist im Tanzstudio aufgetaucht, er wollte noch mal mit den Mädchen sprechen. Dabei hat er mich natürlich gesehen und konnte sich denken, was ich dort wollte.«

»Er wusste, dass du in dem Fall ermittelst?«

»War ja auch nicht schwer zu erraten, oder?« Ich zuckte mit den Schultern. »Auf jeden Fall hat er mir verboten, im Fall von Sandrine Ravier weiterzumachen.«

»Woran du dich aber nicht halten wirst.«

Ich schüttelte den Kopf. »Nein, aber das habe ich ihm natürlich nicht gesagt.«

»Hast du ihm denn von der Drohung des Ratgebers erzählt?«

»Wo denkst du hin!«, entgegnete ich empört. »Natürlich nicht, oder glaubst du, dass ich dein Leben einfach so aufs Spiel setzen will?«

»Die Sache mit den Medizinbällen könnte doch ein Unfall gewesen sein.«

Ich schüttelte den Kopf. »Nein, das war kein Unfall. Der Hausmeister meinte auch, dass da jemand mit der Brechstange dran war.«

»Es muss aber dennoch nicht mir gegolten haben.« Er legte seine Hand auf meinen Arm. Ich wollte etwas sagen, doch im nächsten Augenblick vergaß ich, was es war, denn seine Wärme drang durch mein Sweatshirt, kroch an meinem Arm hinauf direkt in meine Brust.

Ich genoss seine Berührung einen Moment lang, dann zog ich mich zurück.

»Dräger hat mir aber auch noch etwas anderes erzählt«, begann ich und beobachtete, wie eine kleine Falte zwischen Alex' Augenbrauen erschien. »Erinnerst du dich an die Sache mit dem Möwenmädchen, die wir in der Heimatstube gefunden haben?«

Alex nickte.

Und aus mir sprudelten die Worte nun heraus. Ich erzählte ihm von meinem Vater und Dräger, von den beiden Mädchen, die sie geliebt hatten, und von dem grausigen Mord. Davon, dass der Mörder, wer auch immer er gewesen war, alles kaputt gemacht hatte.

Als ich fertig war, lehnte sich Alex auf dem Sofa zurück, starrte an mir vorbei ins Leere und sagte nichts.

Das konnte ich verstehen. Auch mich hatte es beim Erzählen wieder ziemlich mitgenommen. Aber ich war auch froh, dass ich mein Wissen geteilt hatte.

»Heftig«, murmelte Alex schließlich.

»Ja«, entgegnete ich. »Heftig.«

»Warum hat er dir das nicht gleich erzählt? Ich meine damals, als ...«

»Ich weiß es nicht. Vielleicht, weil ich ihn erst jetzt direkt darauf angesprochen habe ...« Ich lehnte mich gegen seine Schulter. Eine seltsame Taubheit breitete sich in meiner Brust aus. »Vielleicht wollte er mich damit nicht belasten.«

»Aber jetzt will er es?« Alex legte den Arm um mich. »Das ist ziemlich harter Tobak, würde mein Opa sagen.«

»Früher oder später hätte ich es erfahren. Und es ist sogar gut, dass er es mir gesagt hat.«

»Wirklich?« Alex sah mich prüfend an.

Ich nickte. »Ich habe mich immer wieder gefragt, welche Geschichten mir durch den Tod meiner Eltern entgangen sind. Ich war traurig darüber, dass ich sie niemals richtig kennenlernen konnte. Durch das, was Dräger mir erzählt hat, ist ein Lichtstrahl auf die Vergangenheit gefallen. Natürlich hätte ich mir gewünscht, dass es eine schönere, eine leichtere Geschichte gewesen wäre. Aber die Geschichte seiner Eltern kann man sich nicht aussuchen. Und ich bin froh, dass ich jetzt etwas mehr über sie weiß.«

»Das wäre ich auch«, sagte er, dann saßen wir einfach nur da, aneinandergelehnt, ins Leere starrend. Die Stille umhüllte uns. Irgendwo im Haus hörte jemand Coldplay, an anderer Stelle hatte jemand seinen Fernseher an. Die Heizung unter dem Fenster knackte leise.

Durch meinen Kopf zogen Bilder, aber nicht die meines Vaters und meiner Mutter vor meiner Zeit. Ich sah sie, wie sie waren, wenn ich bei ihnen war. Mein Vater hatte nie gezögert, meine Mutter zu küssen und mit ihr Zärtlichkeiten auszutauschen. Jeder Blick, jede Bewegung, jede Umarmung sollte mir zeigen, dass sie sich liebten – und mich. Ich fand es damals immer peinlich, wenn sich meine Eltern küssten, und schaute weg. Aber dennoch sah ich sie jetzt ganz deutlich. Nichts, aber auch wirklich gar nichts hatte auf den Schatten hingedeutet, der über ihnen lag. Der Tod ihrer Schwester musste meine Mutter ziemlich erschüttert haben. Aber sie hatte sich nichts anmerken lassen. Jedenfalls dann nicht, wenn ich in ihrer Nähe war. Was sich hinter meinem Rücken abgespielt hatte, wusste ich freilich nicht.

Schließlich verblassten die Bilder, und ich fand mich auf dem Sofa wieder, direkt neben Alex, den ich liebte. Würden wir eines Tages auch so sein wie meine Eltern?

Ich wollte es herausfinden.

Ich erhob mich langsam, griff nach seiner Hand und zog ihn zu seinem Bett. Dort streichelte ich sein Gesicht, ließ meine Fingerspitzen sanft über seine vollen Lippen gleiten und legte meine Arme dann um seinen Hals. Er beugte sich vor und küsste mich, zunächst sanft, als wüsste er nicht, ob wir das Richtige taten, doch dann wurde sein Kuss fester, verlangender. Feuerströme flossen durch meinen Körper und sammelten sich in meiner Körpermitte. Solche Gefühle hatte ich bisher noch nie gehabt.

Nach einer Weile sanken Alex und ich auf die Decke. Ich küsste ihn so tief wie nie zuvor.

»Warte«, flüsterte er und griff neben sich. Wenig später hielt er mir ein pinkfarbenes Viereck unter die Nase.

Ich grinste. Er hatte Kondome gekauft. Offenbar hatte er mich bei unserem wilden Geknutsche in meinem Zimmer deutlich verstanden.

Ich zog ihn an mich und küsste ihn erneut.

Er legte das Kondom auf das Kopfkissen und schob mir dann ganz vorsichtig das Shirt hoch.

Als er meinen BH erreichte, glaubte ich, dass jeden Augenblick das Herz durch meine Rippen brechen würde – so heftig schlug es.

Ich fühlte mich wie gelähmt und doch entwickelten meine Hände ein seltsames Eigenleben. Ich zog sein Shirt aus seinem Hosenbund und legte meine Hände auf seinen Rücken. Verdammt, er fühlte sich so gut an. Und da war es wieder, das Gefühl, dass ich es unbedingt wollte.

Während wir uns aus unseren Klamotten schälten, fragte ich mich zwar, ob es der richtige Zeitpunkt wäre. Doch mein Körper übertönte mein Gewissen. Ich brauchte ihn so sehr, das wusste ich spätestens seit Montag.

Allerdings hatte ich keine Ahnung, was für eine Figur ich dabei machte. War ich zu linkisch? Seine Bewegungen waren so elegant, höchstwahrscheinlich hatte er schon mal mit einem Mädchen geschlafen.

Als wir beide nackt waren, küsste er vorsichtig meinen Hals und wanderte mit den Lippen an meinem Körper hinab. Mit der Zunge zog er eine feine, feuchte Linie über meine linke Brust, dann über meine Lippen.

Ich lachte auf, denn es kitzelte ganz furchtbar.

Alex blickte auf. »Mache ich was falsch?«

»Nein, ganz und gar nicht, es kitzelt nur.«

»Das soll es auch.«

Er machte weiter, bis er an meinem Bauch ankam. Dort verharrte er einen Moment lang und drückte seine Lippen neben meinen Bauchnabel.

Ich stöhnte auf. Daraufhin erhob sich Alex und ich konnte ganz deutlich sehen, dass er eine Erektion hatte.

Du meine Güte! Ich hatte ja im Internet schon einiges gesehen, aber er brauchte sich wirklich nicht zu verstecken. Allerdings bekam ich Zweifel, ob er damit …

Er umfasste sanft meinen Arm und zog mich zu sich hoch. Dann strich er über meine Wange und mein Haar.

»Bist du dir auch ganz sicher?«, fragte er und küsste mich dann leicht auf die Stirn.

Verdammt, was faselte er da? Ich konnte es schon lange nicht mehr erwarten, das *Erste Mal* mit ihm zu erleben.

»Ich bin mir sicher«, entgegnete ich und schlang meine Arme um ihn. Es war einfach aufregend, seine Haut an meiner zu spüren. Nach einer Weile ließen wir uns wieder auf die Decke sinken. Alex glitt über mich und wie von selbst öffneten sich meine Schenkel.

Ich ertappte mich dabei, dass ich zur Tür schielte, doch niemand stürmte herein.

Als wir beide so weit waren, streifte sich Alex das Kondom über. Ich musste lachen, als ich sah, dass es ebenso wie die Packung pink war. Durfte man beim Sex lachen?

Alex grinste jedenfalls und glitt dann vorsichtig über mich.

Als er in mich eindrang, blieb mir die Luft weg.

Ich krallte mich an seinem Rücken fest, was ihn dazu brachte innezuhalten.

»Habe ich dir wehgetan?«, fragte er besorgt.

Ich schüttelte den Kopf und zog ihn an mich. Der Schmerz wurde weniger, dennoch war ich ihm dankbar, dass er sich langsam bewegte. Ich hörte ihn an meinem Hals stöhnen und versuchte, meinen Kopf auszuschalten, durch den die merkwürdigsten Gedanken schossen.

Als wir schließlich unseren Rhythmus gefunden hatten, wurde es leichter, und schließlich flutete ein tolles Gefühl meinen Körper. Es rauschte durch meine Adern, vernebelte meinen Kopf und ließ mich alles vergessen.

Schließlich gipfelte es in einem wunderbaren Ziehen in meinem Innern, als würde etwas explodieren. Ich zuckte zusammen und hörte mich aufstöhnen. Für einen Moment verschwamm Alex vor meinen Augen, dann sah ich ihn wieder klarer. Während das Gefühl in mir nachhallte, bemerkte ich, dass sein Blick plötzlich dunkler war als sonst, während er mich ansah. Plötzlich begannen seine Lider zu flattern, sein Körper versteifte sich. Ich wusste, dass er jetzt etwas Ähnliches fühlte wie ich, wenngleich immer behauptet wurde, dass es bei Jungen völlig anders war als bei Mädchen.

Es dauerte nur wenige Augenblicke.

Keuchend senkte er sich dann auf mich und küsste mich. Ich

umschlang ihn mit meinen Armen, spürte seine verschwitzte und leicht kühle Haut und konnte in diesem Augenblick nur daran denken, wie perfekt es gerade war. Auch wenn es bei uns nicht so abgegangen war wie in manchen Filmen. Aber wahrscheinlich unterschieden sich Fantasie und Wirklichkeit auch hier.

Eine ganze Weile lagen wir einfach da, ohne etwas zu sagen. Alex rollte sich zur Seite.

Ich spürte Feuchtigkeit zwischen meinen Schenkeln und kniff sie zusammen. Ich wusste, dass ich geblutet hatte und vielleicht immer noch blutete. Keine Ahnung, wie lange so was in Wirklichkeit dauerte. In Büchern stand nur die Theorie.

Auf jeden Fall würde ich Alex' Bettlaken versauen. Besser, er ließ es verschwinden, ehe sich unsere Wäscherei noch wunderte.

Im nächsten Augenblick ärgerte ich mich über mich selbst. Wie konnte ich nur an so was denken? Ich hatte gerade zum ersten Mal in meinem Leben Sex gehabt und dachte an Bettlaken. Richtig blöd.

Ich schob die Gedanken beiseite und versuchte, mich auf Alex zu konzentrieren. Alex, auf dessen Brust mein Kopf lag und dessen Arm mich beinahe schützend umfing. Ich blickte auf, um ihm ins Gesicht zu sehen. Die blauen Flecken an seiner Wange verfärbten sich langsam grünlich. Der Faden an seiner Lippe wirkte grotesk. Komisch, beim Küssen spürte ich ihn fast gar nicht, doch wenn ich ihn jetzt ansah, wirkte er wie ein Stachel.

»Clara?«, fragte er nun.

»Ja?«

»Ich liebe dich.«

»Ich dich auch.« Ich beugte mich über ihn und küsste ihn, dann versank ich in seinen wunderschönen Augen.

»Bleibst du heute bei mir?«, fragte er nun, während er meine Schultern und meinen Rücken streichelte.

»Dann würde Susanne wohl eine Vermisstenmeldung aufgeben«, antwortete ich, obwohl ich liebend gern geblieben wäre.

Wie sah man es in Rotensand, wenn man in einem anderen Zimmer als dem eigenen übernachtete? Ich wollte Alex jetzt nicht danach fragen. »Wenn sie das nicht schon getan hat.«

Alex schüttelte den Kopf. »Sie weiß, dass wir zusammen sind. Und sie wird sich bestimmt ihren Teil denken.«

Oh Gott, ja! Sie wird sich ihren Teil denken und wissen, dass wir eben Sex gehabt hatten!

Ich richtete mich auf.

»Was ist los?«, fragte Alex erstaunt.

»Ich muss los«, sagte ich, stand auf und suchte nach meinem Slip. Irgendwie war alles auf einem einzigen Haufen gelandet, vermischt mit Alex' Klamotten.

»Warum jetzt? Bleib doch noch ein paar Minuten.«

Ich schlüpfte in meine Unterhose, umarmte ihn dann noch einmal und küsste ihn. »Ich kann nicht. Nächstes Mal, versprochen.«

»Dann müssen wir uns aber einen verdammt guten Ort suchen, denn Tobias bleibt nicht oft weg.«

»Wir werden diesen Ort finden.« Ich lächelte und zauste ihm durchs Haar. Er umschlang meine Hüften, küsste mich auf meinen Bauch und ließ mich dann ziehen.

Während ich in meine restlichen Klamotten schlüpfte, bedauerte ich es fast schon, dass wir nicht bei ihm zu Hause waren und alle Zeit der Welt hatten. Aber vielleicht war es auch besser so. Morgen würden wir uns ja auch schon wiedersehen.

Ich küsste ihn zum Abschied noch einmal, dann schlüpfte ich aus der Tür. Der Gang war noch immer leer, doch dann wurden Stimmen und Schritte laut. Ein paar Jungs kamen die Treppe hinunter.

Ich beeilte mich, zur Tür zu kommen, und huschte dann nach draußen.

Unser Wohnhaus war ebenfalls schon ziemlich still. Man hörte zwar noch ein paar Fernsehapparate, aber blicken ließ sich niemand.

Ich schaute auf meine Uhr und erschrak. Zwanzig vor zwölf! Ich hatte vollkommen die Zeit vergessen. Und es grenzte wirklich an ein Wunder, dass Susanne noch keinen Suchtrupp losgeschickt hatte!

Als ich meine Zimmertür öffnete, war alles dunkel. Susanne lag offenbar schon in ihrem Bett.

Auf Zehenspitzen schlich ich mich hinein und schloss die Tür vorsichtig hinter mir. Dann schlüpfte ich aus meinem Sweatshirt und meiner Jeans.

Am liebsten wäre ich noch mal auf dem Klo verschwunden, doch die Lüftung war ziemlich laut und hätte Susanne aus dem Schlaf gerissen.

»Und, warst du bei Alex?«

Auf der gegenüberliegenden Seite flammte das Licht eines Handys auf.

Ich zuckte zusammen. Verdammt, Susanne hatte es mitbekommen!

»Ähm …«, brachte ich lediglich hervor.

»Mach dir keinen Kopf, ich hab mir schon so was gedacht«, entgegnete sie. Das Licht erlosch. Wahrscheinlich hatte sie nur mal kurz ihre Nachrichten checken wollen.

Schließlich kuschelte ich mich in meine Decke. Auf meinem Handy hatte ich eine Nachricht von Alex.

Es war wunderschön, und ich kann es kaum erwarten, dich wiederzusehen. Schlaf gut, ich liebe dich. Dein Alex.

Donnerstag

21

Ich setzte mich auf den breiten Stein neben dem Schild der Bushaltestelle und packte mein Notizbuch aus. In dieses hatte ich alles geschrieben, was Dräger und Alex mir erzählt hatten. Jetzt musste ich nur die Verbindungen finden. Und das war schwer, denn der Ratgeber war noch immer gesichtslos.

Frustriert schlug ich das Heft wieder zu und zog mein Handy hervor. Seit der Drohung gegen Alex hatte sich der Ratgeber nicht mehr gemeldet. Offenbar wollte er mich jetzt damit strafen, dass ich die ganze Ermittlungsarbeit allein machen sollte.

Immerhin hatte ich eine Nachricht von Alex.

Das gestern Abend war toll, schrieb er. Ich hoffe, es tut dir nicht leid.

Ein Lächeln huschte über mein Gesicht. Klar, es war ein bisschen unangenehm gewesen, zumindest im ersten Moment. Aber je öfter ich mich daran erinnerte, desto schöner erschien es mir. Vielleicht verklärte meine Erinnerung das Geschehen, aber trotzdem, es war so, wie man es sich nicht besser wünschen konnte. Und es war mit einem Jungen passiert, der mich liebte und den ich zurückliebte. Besser konnte es gar nicht kommen.

Nein, ich bereue nichts, schrieb ich ihm zurück. Es war einfach wunderbar. Vielleicht können wir das bald wiederholen. Ich liebe dich.

Kaum hatte ich die Nachricht abgeschickt, kam auch schon seine Antwort.

Ich liebe dich auch.

Ich lächelte und drückte das Handy an mein Herz. Irgendwie stimmte das, was meine Mama manchmal gesagt hatte. Auf Regen folgt Sonnenschein.

Nachdem ich noch eine Weile vor mich hin geträumt hatte, hörte ich Schritte den Weg hinaufkommen.

Olga. Es war also Showtime. Allerdings kam sie nicht allein. Neben ihr ging eine Frau im langen roten Mantel, deren Haare platinblond gefärbt waren. So wie sie Olga am Arm zog, mussten sich die beiden wohl kennen.

Ich steckte das Handy in die Tasche und erhob mich von dem Stein.

»Guten Tag«, grüßte ich und fragte mich, ob die Frau Olgas Mutter war.

Sie bedachte mich mit einem etwas finsteren Blick.

Das schien Olga mitzukriegen, denn sie bemerkte trocken: »Keine Angst, das ist keine Ballerina. Das ist Clara, von der ich dir erzählt habe.«

Jetzt wurde die Miene der Frau im roten Mantel etwas freundlicher.

»Marika Tschernow«, stellte sie sich vor. »Ich bin die Mutter von Olga.«

Olgas berüchtigte Mutter.

Was suchte sie hier? Olga hatte doch gemeint, dass sie in München wäre.

»Schön, Sie kennenzulernen«, entgegnete ich höflich, als ich ihr die Hand reichte. Ich verkniff mir zu sagen, dass Olga schon viel von ihr erzählt hätte. »Ich schreibe für die Schülerzeitung über das Ballettstudio«, erklärte ich stattdessen, auch wenn Olga sie vielleicht schon ins Bild gesetzt hatte.

»Aha.« Marika Tschernow schien nicht sonderlich interessiert zu sein. »Und werden Sie auch von dem Vortanzen berichten?«

»Wenn man es mir erlaubt, sehr gern!«

»Dann sollten Sie vielleicht den Fokus der Berichterstattung auf meine Tochter legen. Sie ist eine der besten Tänzerinnen des Studios, und es ist mir ein großes Rätsel, warum sie nicht schon beim ersten Vortanzen ausgewählt wurde. Diese kleine Französin war zwar nett, aber Olga hätte sie eigentlich um Längen schlagen müssen.«

Hinter ihr rollte Olga mit den Augen. Ob ihre Mutter wusste, dass ich die Geschichte mit der Blutblase und Madame Rosis Verbot kannte, und trotzdem so angab? Obwohl sich ihre Tochter nicht um die Rolle der Schwanenprinzessin zu reißen schien?

Mittlerweile – besser gesagt in der öden Geografiestunde – hatte ich ein wenig recherchiert, was das Stück »Schwanensee« anging. Offenbar trat jede Ballerina, die eine Doppelrolle als Odette und Odile erhielt, in riesengroße Fußstapfen. Beinahe jede bekanntere Tänzerin hatte diese Rolle bereits getanzt und hohe Maßstäbe gesetzt.

Außerdem sollte es zuweilen vorgekommen sein, dass Ballerinen sich wegen dieser Rolle regelrecht bekriegt hatten. Als ich das las, wurde mir ganz mulmig zumute. War eines der zarten Mädchen wirklich in der Lage, ein anderes umzubringen und so grausig zu verstümmeln?

Ich schob den Gedanken beiseite und konzentrierte mich wieder auf Frau Tschernow, die weiter über das Vortanzen lamentierte.

»Also, wenn Sie mich fragen, hätten die Leute beim Casting gleich anders entscheiden müssen. Aber ich bin sicher, dass es diesmal anders laufen wird.«

»Tut es Ihnen nicht leid, dass Sandrine ermordet wurde?«, sprach ich den Gedanken laut aus, der mir gerade in den Sinn gekommen war. Erst im nächsten Augenblick fiel mir ein, dass das vielleicht ein Fehler gewesen sein könnte.

Marika Tschernow blickte mich an, als hätte ich ihr eine Ohrfeige verpasst. Ihr Mund stand offen, ihre Augen waren weit aufgerissen. Hatte sie etwa nicht gewusst, dass der Grund für das neue Casting Sandrine Raviers Tod war?

»Na... natürlich tut es mir leid«, rang sie sich ab, aber es klang alles andere als ehrlich. »Wie ... wie kommen Sie darauf?«

»Ich meine ja nur«, entgegnete ich und bemerkte, dass mich Olga fast schon bewundernd ansah. »Sie reden von dem Casting, ohne zu erwähnen, dass das Mädchen, das man ausgesucht hatte, ermordet wurde. Was, wenn es Olga gewesen wäre?«

Frau Tschernow presste die Lippen zusammen. Ihr Blick wurde stechend.

»Das wäre ganz sicher nicht passiert«, sagte sie dann. »Ich habe keine Ahnung, wen diese kleine französische …« Das Wort, das sie jetzt verschluckte, konnte alles Mögliche bedeuten, aber sicher nichts Gutes. »Auf jeden Fall wäre meine Olga nicht ermordet worden. Sie treibt sich nicht rum und hat auch niemanden, der ihr schaden will.«

War sich Olgas Mutter dessen so sicher, weil sie dafür gesorgt hatte, dass Sandrine aus dem Rennen war? Es war ja sicher nicht so, dass sie sich selbst die Finger hätte schmutzig machen müssen. Sie hatte sicher genug Geld, um das andere machen zu lassen …

Nur woher hätte dann der Ratgeber davon wissen sollen? Hatte er eine Verbindung zu Sandrine gehabt?

Auf jeden Fall sollte ich auch in Erwägung ziehen, dass hinter dem Mord eine übereifrige Ballettmutter steckte.

Glücklicherweise kam der Bus herangerauscht, ehe Frau Tschernow und ich diese Unterhaltung noch »vertiefen« konnten.

Sie murrte etwas darüber, dass sie vielleicht doch besser mit dem Auto hätte kommen sollen, und stieg ein.

Es wurde eine ziemlich unangenehme Fahrt. Olga, die neben ihrer Mutter saß, konnte nicht frei mit mir reden, und Frau Tschernow hätte mich am liebsten mit ihren Blicken erdolcht. Kein Wunder, hatte ich doch eben unterschwellig angedeutet, dass ihr der Tod der Konkurrentin ihrer Tochter am Arsch vorbeiging.

Um mein Unwohlsein ein wenig zu überspielen, holte ich meinen Schreibblock hervor. Dort hatte ich die Namen aller

Ballettschülerinnen aufgelistet und dahinter geschrieben, was ich über sie wusste. Viel war es noch nicht. Besonders bei den jüngeren Ballettschülerinnen schien es unwahrscheinlich, dass sie etwas mit der Sache zu tun hatten. Aber vielleicht hatte es irgendwelchen Zoff gegeben. Vielleicht hatte Sandrine eine der Kleinen geohrfeigt oder ihr etwas Gemeines an den Kopf geworfen und das hatte ihr ein Elternteil krummgenommen.

Es war schwierig, und ich hatte keine Ahnung, wie ich an diese Informationen kommen sollte.

Irgendwann begann ich, irgendwas auf meinen Block zu kritzeln, nur um nicht Olgas Mutter anschauen zu müssen – das Schweigen zwischen ihr und Olga ging mir sowieso schon an die Nerven.

Doch dann hatte der Bus endlich Bergen erreicht. Ich packte meine Tasche und folgte Olga und ihrer Mutter nach draußen. Dabei fiel mir auf, dass Olga wie ein geschlagener Hund neben ihr ging. Offenbar würde es doch besser für sie sein, wenn sie eine Reise durch die Welt machte, als sich weiterhin dem Diktat ihrer Mutter zu beugen.

In der Tanzschule befanden sich neben Madame Rosi und der Klavierlehrerin nur die Mädchen, die von der Ballettmeisterin für das Vortanzen ausgewählt worden waren. Sechs Mädchen warteten bereits in der Umklcide, Olga kam als siebte dazu.

»Mama, bitte geh jetzt«, raunte sie ihrer Mutter zu. »Ich will mich umziehen.«

Marika Tschernow taxierte kurz die Konkurrentinnen ihrer Tochter, dann flüsterte sie ihr zu: »Du bist viel besser als jede andere hier. Du wirst zum Vortanzen gehen, da bin ich sicher.«

Olga schnaufte und rollte wieder mit den Augen. Ihre Mutter tat ihr allerdings den Gefallen und zog sich zurück.

»Ich gehe draußen eine rauchen und komme wieder, wenn das Training beginnt.«

»Toll.« Olga klang alles andere als begeistert.

Die Mädchen begrüßten sich mit einem knappen Nicken, mich ignorierten sie. Das war nicht schlimm, hatte ich doch so die Gelegenheit, mich ein wenig umzusehen.

Lotta wirkte hoch konzentriert, ich fragte mich, wie lange sie in der vergangenen Nacht geübt hatte. Ob sie vielleicht eine Ballettstange in ihrem Zimmer hatte?

Hatte Olga vielleicht eine? Das konnte ich mir nicht vorstellen.

Eines der Mädchen verzog schmerzhaft das Gesicht, als sie in ihre Ballettschuhe schlüpfte.

»Das ist Alexandra«, flüsterte mir Olga zu, als sie merkte, dass ich in Alexandras Richtung schaute. »Sie klagte schon am Montag über einen eingewachsenen Zehennagel. Offenbar ist es inzwischen nicht besser geworden.«

Ich konnte mir gut vorstellen, wie es ihr ging. Als sich bei mir mal ein eingewachsener Nagel entzündet hatte, hätte ich am liebsten Clownsschuhe getragen, damit nur ja nicht der Zeh an die Kappe des Schuhs kam.

»Warum ist sie dann hier, wenn es ihr nicht gut geht?«

»Weil sie die Rolle will«, entgegnete Olga völlig selbstverständlich. »Außer mir scheinen alle die Rolle zu wollen.«

»Aber wenn sie einen kranken Zeh hat, kann sie sich doch unmöglich auf diese Dinger da stellen.«

»Oh doch, das kann sie!«, entgegnete Olga. »Ich habe das

beim letzten Mal ja auch probiert. Ballerinen sind härter im Nehmen, als jeder denken würde. Um eine Rolle zu bekommen, tanzen manche Frauen und Mädchen auch noch mit verstauchten Knöcheln oder mit gebrochenen Zehen. Eingewachsene Zehennägel oder Nagelbettentzündungen sind dagegen Lappalien.«

»Aber das muss ja furchtbar sein! Wie halten die das aus?«

»Tja«, entgegnete Olga, während sie in ihre Spitzenschuhe schlüpfte. »Wie wohl? Die dröhnen sich mit Schmerzmitteln zu. Ich könnte wetten, dass Alexandra was geschluckt hat. Vielleicht sogar noch kombiniert mit Aufputschmitteln, denn wenn man viel Adrenalin im Blut hat, spürt man den Schmerz gar nicht.«

Ich schaute zu Alexandra. Auf den ersten Blick wirkte sie nicht zugedröhnt, aber ich war wahrscheinlich auch nicht dicht genug dran, um das erkennen zu können.

»Hast du das auch schon mal gemacht?«

»Nee«, antwortete Olga wie aus der Pistole geschossen. »Meine Mutter mag mir vielleicht mit ihrer Karriereplanung für mich auf den Geist gehen, aber wenn es um die Gesundheit meiner Füße geht, lasse ich nicht mit mir reden. Als ich beim letzten Mal gemerkt habe, dass es nicht geht, habe ich das Madame Rosi nach den ersten Figuren gesagt, und damit war Schluss. Wenn ich verletzt bin, bin ich verletzt und basta.«

»Na, Olga, hast du deine Mutter mitgebracht?«, fragte eine Mädchenstimme neben uns.

Ich hatte gar nicht mitbekommen, dass Lotta neben uns aufgetaucht war.

»Was geht das dich an?«, brummte Olga, ohne aufzusehen.

»Hast du dich allein nicht getraut? Oder will deine Mutter Madame Rosi beschwatzen, dass du die Rolle bekommst?«

Ein eisiges Lächeln huschte über Lottas Lippen.

»Du weißt doch, ich will die Rolle nicht«, entgegnete Olga genervt.

»Aha, und hast du das schon deiner Mama gesagt?«

»He!«, fuhr ich Lotta an, denn ihr Geätze ging mir gehörig auf die Nerven. »Du hast es gehört, sie will die Rolle nicht. Und du hättest deine Mutter doch auch mitbringen können.«

Lotta warf mir einen abschätzigen Blick zu.

»Ihr von dieser Reichen-Schule seid doch alle gleich. Eure Eltern fahren euch überallhin und versuchen, euch nur die besten Plätze zu sichern. Aber in Wirklichkeit steckt nichts dahinter.« Damit wandte sie sich um und stolzierte mit ihren Spitzenschuhen über der Schulter aus der Umkleide.

Ich hätte sie am liebsten darüber aufgeklärt, dass ich mich sehr wohl selbst durch mein Leben schlagen musste, doch Olga griff nach meinem Arm. »Lass sie, sie ist es nicht wert, dass du dich wegen ihr aufregst.«

Ach ja, wirkte ich aufgeregt?

»Sie will die Rolle unbedingt. Soll sie sie kriegen. Ich werde vortanzen und mich nicht anstrengen. Dann schickt mich Madame Rosi vielleicht nicht zum Casting und alles wird gut.«

»Und deine Mutter?«

»Die wird schon darüber hinwegkommen, dass ich nicht die Schwanenprinzessin werde.« Olga lächelte tapfer, aber ich wusste, dass es alles andere als leicht war, ihre Mutter dazu zu bringen, über eine Niederlage hinwegzukommen. Dass sie versuchte, ihre Tochter zu dem zu machen, was sie nie werden konnte, zeigte doch nur, dass sie nicht mal über ihr eigenes Versagen hinweggekommen war.

Als Olga fertig war, begaben auch wir uns in den Tanzsaal.

Ohne dass die Tanzlehrerin sie dazu auffordern musste, begannen die Mädchen mit ihren Dehnübungen. Wieder konnte ich angesichts der Verrenkungen und des so mühelos wirkenden Spagats nur tiefen Neid empfinden. Wahrscheinlich war der Sportunterricht für die Mädchen hier überhaupt kein Problem.

Während der Übungen bemerkte ich, dass Lotta mich mit giftigem Blick fixierte. Was hatte sie nur? Sie hatte doch mit dem Gemecker angefangen. Und wenn schon, dann hatte Olga ihre Mutter dabei, na und? Und was wusste sie schon über unsere »Reichen-Schule«?

Ich erwiderte den Blick so lange, bis sie wegsah. Eine weitere Gelegenheit, mit mir einen Starr-Wettbewerb durchzuziehen, bekam sie nicht, denn die Tanzlehrerin trat samt der Klavierspielerin ein und sofort wechselten die Mädchen von ihren weichen Ballettschläppchen in die Spitzenschuhe. Während die Pianistin sich hinter ihr Instrument begab, klopfte Madame Rosi mit dem Taktstock auf den Boden.

»Meine Damen, ich habe Sie heute versammelt, um unter Ihnen die drei Vertreterinnen meines Studios beim Casting von ›Schwanensee‹ auszuwählen. Vor nicht allzu langer Zeit hatten wir uns aus diesem Grund schon einmal getroffen, nicht ahnend, dass ein tragischer Zwischenfall unsere ganze Arbeit von damals zunichtemachen würde. Sandrine Ravier war meine beste Schülerin und ich habe ihre Darbietung beim Vortanzen nicht vergessen. Eine bessere Odette hätte es nicht gegeben!« Ihre Stimme zitterte bei diesen Worten. Madame Rosi hielt kurz inne, um sich wieder zu fangen, dann fuhr sie fort: »Die Messlatte für Sie liegt sehr hoch. Ich erwarte von Ihnen nicht, dass Sie Sandrine übertreffen, aber Sie sollten daran arbeiten, zumindest annähernd so gut zu werden. Das Vortanzen findet in einer Woche statt. Mit den drei Mädchen, die ich heute auswähle, werde ich mich genauso intensiv befassen wie damals mit Sandrine.«

Während sie sprach, suchte ich nach Frau Tschernow. Sie stand neben der Tür, offenbar war sie mit dem Rauchen schon fertig.

Als wollte sie sie hypnotisieren, ruhte ihr Blick auf Olga, die voller Grazie neben Alexandra stand, die ein wenig ängstlich wirkte.

Ich verstand immer noch nicht, warum sie unbedingt tanzen wollte, wenn sie befürchten musste, Schmerzen zu haben.

Olga tat so, als würde sie ihre Mutter nicht bemerken. Das schien Marika Tschernow nichts auszumachen – Hauptsache, Olga tanzte.

Ob sie wirklich alles tun würde, um zu verlieren?

Ich lehnte mich auf meiner Bank zurück. Die Spannung im Raum war beinahe spürbar.

Ich versuchte, mir vorzustellen, wie Sandrine hier getanzt hatte. Leider brachte mir das auch keine Idee, wer sie umgebracht haben könnte. Wenn nur Alex mit seiner Suche nach Anhaltspunkten bezüglich des Ratgebers schon ein wenig weiter gewesen wäre …

Die Tanzlehrerin wies die Mädchen nun an, Aufstellung zu nehmen, dann gab sie der Klavierspielerin ein Zeichen. Diese begann mit einer langsamen Melodie, zu der sich die Mädchen bewegten, ohne dass Madame Rosi ein Kommando geben musste. Stattdessen beobachtete sie ihre Elevinnen genau.

Ich blickte zu Olga und konnte nicht erkennen, dass sie schlechter als die anderen gewesen wäre. Im Gegenteil, sie machte eine ziemlich gute Figur – jedenfalls meiner Laienmeinung nach.

Nach einer Weile stampfte die Ballettlehrerin mit dem Stock auf. »Und jetzt en pointe!«

Das hieß, dass sich die Mädchen auf die Spitzen ihrer Schuhe stellen mussten. Jede von ihnen, auch Olga, kam dieser Aufforderung mit bewundernswerter Grazie nach.

Plötzlich gellte ein Schrei durch den Tanzsaal.

Ich fürchtete schon, dass Alexandras eingewachsener Nagel Stress machte, doch als ich aufsah, brach Lotta zusammen und hielt sich mit schmerzverzerrtem Gesicht die Füße. Hatte sie sich ihr Gelenk verstaucht?

Ich sprang auf und rannte ebenso wie Olga und Alexandra zu ihr. Die anderen blickten sich verwirrt um und schienen nicht gleich zu kapieren, dass irgendwas passiert war.

Verdammt, nun kümmert euch doch mal um eure Mitschülerin!, hätte ich ihnen am liebsten zugerufen, doch dann sah ich, dass sich Lottas Spitzenschuhe rot färbten. Blut! Das war eindeutig Blut. Irgendwas war mit ihren Füßen!

»Die Schuhe, zieht ihr die Schuhe aus!«, schrie ich, während sich Lotta schreiend auf dem Boden herumwälzte. Olga und Alexandra öffneten ihr die Schleifen. Als sie die Schuhe von Lottas Füßen ziehen wollten, schrie diese noch lauter und bog ihren Rücken durch.

Inzwischen hatte auch die Ballettmeisterin erkannt, was hier los war.

»Oh mein Gott!«, rief sie, drängte Alexandra beiseite und kniete sich neben Lotta. Beherzt zog sie den Spitzenschuh von ihrem rechten Fuß.

Olga hatte den Versuch, den linken Schuh auszuziehen, unterlassen, als Lotta noch lauter zu schreien begonnen hatte. Hilflos starrte sie auf ihre blutverschmierten Hände.

»Holt einen Verbandskasten!«, schrie Madame Rosi nun. »Und ruft den Notarzt.«

Im nächsten Augenblick sah ich, was der Grund für Lottas Zusammenbruch war. Ein große Glasscherbe ragte aus ihrem rechten Fuß. Das Blut kroch in Windeseile an ihrem völlig zerfetzten Strumpf hinauf.

Eine Gänsehaut zog sich über meinen Rücken, das Grauen schnürte mir die Kehle zu, und ich spürte, dass sich das Wasser in meinem Mund sammelte. Im nächsten Augenblick wurde mir kotzübel. Ich sah gerade noch, wie die Ballettmeisterin jetzt den linken Schuh abzog, dann musste ich mich abwenden.

»Ich ruf den Arzt!«, keuchte ich und zerrte das Handy hervor. Alles um mich herum schien auf einmal wie in Watte gepackt. Offenbar steckte ich mitten in einer Panikattacke. Das Atmen fiel mir schwer, in meinen Ohren dröhnte es dumpf. Doch irgendwie gelang es mir, den Notruf zu wählen.

Wenig später meldete sich die Leitstelle des Rettungsdienstes.

»Bitte kommen Sie in die Tanzschule von Madame Rosi«, plapperte ich los, während mein Herz raste. »Eine Schülerin hat sich riesige Scherben in den Fuß eingetreten, es blutet wie verrückt.«

»Und wer sind Sie?«, fragte die Männerstimme am anderen Ende. Dass er so ruhig blieb, machte mich wütend, und die Wut vertrieb den Panikanfall ein wenig.

Ich nahm mich trotzdem zusammen, nannte ihm meinen Namen und damit war es glücklicherweise erledigt. Der Mann versprach mir, den Wagen so schnell wie möglich vorbeizuschicken. Ich schob das Handy wieder in die Tasche.

Inzwischen hatte irgendwer Handtücher geholt und sie um Lottas Füße gewickelt. Keine Ahnung, ob der Splitter noch immer in ihren Zehen steckte. Die Handtücher waren jedenfalls knallrot.

Alexandra lag an der Seite und wurde von zwei anderen Mädchen umringt. Sie war kreidebleich, offenbar hatte sie einen Schock. Olga saß immer noch neben Lotta und redete beruhigend auf sie ein. So viel Stärke hätte ich ihr nicht zugetraut.

Ich kehrte zu Lotta und der Ballettmeisterin zurück und sah, dass sie Lotta zwei Druckverbände angelegt hatten. Die blutigen Spitzenschuhe lagen unbeachtet neben ihr.

»Der Krankenwagen kommt gleich«, berichtete ich, während mir Blutgeruch in die Nase stieg.

Lotta wimmerte jetzt nur noch, doch sie war immer noch kreidebleich. Es sah aus, als würde sie jeden Moment das Bewusstsein verlieren.

»Kann ich irgendwas tun?«, fragte ich die Ballettlehrerin, doch die schien mich nicht zu hören. Sie starrte nur auf Lotta und schüttelte immer wieder den Kopf, als könnte auch sie nicht fassen, was hier passiert war.

Ich beschloss, sie in Ruhe zu lassen, und taumelte zu meiner Bank zurück. Von dort aus hielt ich Ausschau nach Olgas Mutter. Sie war nirgendwo zu sehen. War sie schon wieder nach draußen verschwunden, um eine zu rauchen?

Meine Gedanken begannen sich zu drehen, wie ein Karussell, das langsam anlief.

Wer hatte die Schuhe von Lotta manipuliert? Ganz eindeutig jemand, der Zugang zum Ballettstudio hatte. Wer hatte Interesse daran, dass die Zweitbeste des Studios nicht tanzt? Konkurrierende Ballerinen, übereifrige Ballettmütter – auch wenn nur die von Olga anwesend war – und vielleicht auch andere Tänzerinnen, die Konkurrenz aus dieser Schule fürchteten?

Möglich wäre auch, dass sich irgendwer an dem Tanzstudio rächen wollte, indem er versuchte, seinen Ruf in den Dreck zu ziehen.

Aber wie passte der Ratgeber da rein?

Und warum wollte er, dass ich den Mörder überführte?

Wurde ihm der Killer lästig oder hoffte er … dass der Mörder mich umbrachte, wenn ich mich zu weit an ihn heranwagte?

Aber wenn er mir ans Leben wollte, wenn er sich vielleicht auch noch immer an meinem Vater rächen wollte, der ihm damals vielleicht irgendwas vermasselt hatte?

Das Martinshorn des Krankenwagens stoppte mein Gedankenkarussell abrupt. Ich blickte zur Tür, durch die wenig später drei Männer traten. Einer von ihnen trug einen schweren Koffer. Wahrscheinlich war das der Notarzt. Ein Schauder überlief mich. Ich umfasste meine Schultern und spannte meine Muskeln an, denn auf einmal hatte ich das Gefühl, als würde die Kälte, die die Männer von draußen mitbrachten, unter meine Haut strömen.

Der Mann mit dem Koffer ging zusammen mit einem der Sanitäter zu Lotta, der andere kümmerte sich um Alexandra. Madame Rosi berichtete kurz, was passiert war, dann machten sie sich an die Arbeit.

Während Alexandra in Schocklage gebracht wurde, betrachtete der Notarzt Lottas Wunden. Mittlerweile war ihre Haut hellgrau wie der Winterhimmel. War sie überhaupt noch bei Bewusstsein? Immerhin war der Arzt da und der wirkte zwar besorgt, aber nicht hektisch.

Olga löste sich nun von der Gruppe und taumelte zu mir. Schwer ließ sie sich auf die Bank fallen und atmete tief durch.

Ich wusste nicht, was ich zu ihr sagen sollte.

Madame Rosi trat nun auch zurück, sie wollte den Rettern nicht im Wege sein. Überraschenderweise kam sie zu uns.

»Verdammte Schweinerei«, murrte sie plötzlich. »Glasscherben in den Spitzenschuhen. Das ist wirklich das Allerletzte.«

»Möchten Sie vielleicht die Polizei rufen?« Ich streckte ihr mein Handy entgegen.

Die Ballettlehrerin wies es mit einer unwirschen Handbewegung ab, doch dann entgegnete sie: »Ja, das wäre wohl das Beste. Aber ich rufe vom Büro aus an.«

Damit wandte sie sich ab und verschwand.

An der Tür begegnete sie Olgas Mutter, die wohl tatsächlich beim Rauchen gewesen war. Ich konnte es nicht fassen, dass sie auch jetzt noch so ruhig blieb. Immerhin hatte sich eines der Mädchen schwer verletzt! Auch wenn man wollte, dass die eigene Tochter die Beste war, musste man doch irgendwie Mitgefühl zeigen!

Doch das suchte ich vergebens auf dem Gesicht der Frau.

Ich blickte zu Olga. Sie starrte immer noch auf den Boden. Dass ihre Mutter nicht da war, um sie zu trösten, schien sie nicht zu bemerken.

»Olga?«, fragte ich sie vorsichtig. »Es klingt jetzt vielleicht blöd, aber … ist alles okay mit dir?«

Olga nickte. »Ja, es geht schon wieder … Ich …«

Sie stockte und versank sofort wieder in Gedanken. Vorsichtig strich ich ihr über den Rücken. Keine Ahnung, ob sie das wollte, aber sie konnte mich ja abschütteln oder mich anschreien. Doch das tat sie nicht. Sie starrte weiterhin auf den Boden und ihre Schuhe. Zu gern hätte ich gewusst, was ihr jetzt durch den Kopf ging.

Nach einigen Minuten rollten die Sanitäter Lotta auf einer Trage nach draußen. Der Notarzt unterhielt sich mit Madame Rosi, die zwischenzeitlich aus ihrem Büro zurückgekehrt war. Da der Tanzsaal sehr hallte, verstand ich, dass Lotta jetzt ins Krankenhaus gebracht werden würde und der Arzt Madame Rosi bat, die Eltern des Mädchens zu benachrichtigen. Die Ballettlehrerin entgegnete, dass sie das bereits getan und auch die Polizei verständigt hätte.

Der Notarzt nickte ihr daraufhin zu, schnappte seinen Koffer und verließ das Studio. Kurz darauf hallte das Martinshorn wieder durch die Straße.

22

Stille legte sich über die Ballettschule. Die Mädchen saßen verschüchtert auf den Bänken, Madame Rosi lief unruhig umher, und Marika Tschernow ließ sich nicht blicken.

Olga neben mir spielte abwesend mit den Bändern ihrer Schuhe. Und ich wartete. Zwischendurch blickte ich zur Seite.

Marika Tschernow saß jetzt neben der Tür. Warum zum Teufel ging sie nicht zu ihrer Tochter und sagte etwas Tröstendes zu ihr? Immerhin verkörperte diese doch ihre Hoffnungen und Träume!

Nach einer Dreiviertelstunde zog ich mein Handy aus der Tasche. Keine Nachricht. Weder von Alex noch vom Ratgeber. Wusste er noch nichts von dem Anschlag auf Lotta? Oder waren der Mörder und der Splitterattentäter zwei verschiedene Personen?

Gerade als ich mich erheben und das Tanzstudio verlassen wollte, öffnete sich die Tür und Kriminalhauptkommissar Dräger trat durch die Tür.

Offenbar hatte sich Madame Rosi direkt an ihn gewandt, denn sonst wäre wohl irgendeine Streife aufgetaucht.

Dräger grüßte in die Runde, sah zu mir rüber und nickte mir zu. Dann ging er zu Madame Rosi.

Diese schüttelte ihm dankbar die Hand und führte ihn dann zu dem Platz, an dem Lotta gelegen und sich vor Schmerzen gewunden hatte.

»Wie gut, dass Sie kommen konnten, Herr Dräger. Meine Elevinnen wurden Opfer eines perfiden Anschlags.«

Sie deutete auf die blutdurchtränkten Schuhe. Dräger ging in die Hocke.

»Bitte seien Sie vorsichtig«, ermahnte ihn die Ballettlehrerin. »Vielleicht sind noch Scherben in den Spitzen.«

Dräger zog ein paar Handschuhe aus der Manteltasche und streifte sie sich über. Dann hob er vorsichtig einen der Spitzenschuhe bei seinen Bändern an und betrachtete ihn nachdenklich.

»Kaum zu glauben, dass solche furchtbaren Dinge in einer Ballettschule passieren«, sinnierte er laut, sodass ich es hören konnte. »Glasscherben in Schuhen gehören zu den grausamsten Dingen, die ich je gesehen habe. Haben Sie einen Verdacht, wer das getan haben könnte?«

Madame Rosi zuckte mit den Schultern. Ihre Miene wirkte versteinert. In der vergangenen Stunde schien sie um mindestens zehn Jahre gealtert zu sein.

»Vielleicht ist es dieselbe Person, die auch Sandrine auf dem Gewissen hat. Irgendwer scheint nicht zu wollen, dass eines meiner Mädchen beim ›Schwanensee‹ tanzt.«

»Ja, sieht ganz so aus. Immerhin hat diese Person das Mädchen am Leben gelassen.«

»Da steckt sicher irgendeine professionelle Solistin dahinter. Haben Sie sich die Mitbewerberinnen von dem Casting schon mal näher angeschaut?«

»Wir ermitteln in alle Richtungen«, entgegnete Dräger und legte die Schuhe wieder auf den Boden. »Leider können wir so etwas wie das hier nicht verhindern, solange wir keinen konkreten Anhaltspunkt haben.«

Dräger sah in meine Richtung. Sollte ich ihm jetzt doch helfen? Aber wie?

Ich wusste noch viel weniger als er, weil ich ja nicht an irgendwelche Ermittlungsakten herankam.

Das Einzige, was ich ihm berichten könnte, war, dass der Ratgeber ein Interesse an diesem Fall hatte. Doch irgendwie passte das alles nicht zusammen.

Ach, Alex, wenn du mir wenigstens einen Hinweis liefern könntest …

»In Ordnung, ich werde die Spurensicherung benachrichtigen«, sagte Dräger schließlich. »Das Mädchen wurde ins Krankenhaus gebracht?«

Madame Rosi nickte.

»Und dürfte ich Ihre Mädchen kurz sprechen? Ich wüsste gern, ob ihnen irgendwas aufgefallen ist.«

»Ja … ja, natürlich dürfen Sie. Gehen Sie am besten mit ihnen ins Büro.«

Dräger wandte sich nun den Mädchen zu. »Meine Damen, ich möchte Sie nacheinander im Büro von Madame Rosi sprechen. Wenn wir fertig sind, dürfen Sie nach Hause gehen.«

Dräger und Madame Rosi verzogen sich ins Büro. Wenig später wurde Alexandra hereingerufen, die sich in der vorherigen Schocklage wieder einigermaßen erholt hatte.

Da Olga immer noch abwesend mit den Bändern ihrer Schuhe spielte, nutzte ich die Gelegenheit und sah mich im Studio ein wenig um.

Gestern hatte ich die Bilder an den Wänden nur beiläufig bemerkt, doch jetzt schaute ich sie mir näher an.

Sie zeigten Aufnahmen von Ballerinen – natürlich. Zuerst dachte ich, dass es Bilder aus Madame Rosis Jugend seien, doch dann erkannte ich an den Bildunterschriften, dass es sich um verschiedene Frauen handelte.

Offenbar führte die Tanzschule so etwas wie eine »Hall of Fame«, denn bei den Ballerinen handelte es sich um erfolgreiche Absolventinnen. Unter dem Namen stand jeweils die Rolle, mit der sie es an eine große Bühne gebracht hatte.

Vor der Aufnahme einer Ballerina, die offenbar ein Kostüm aus »Schwanensee« trug, blieb ich stehen. Ihr Gesicht war nicht genau zu erkennen – da die Aufnahme an einer ziemlich hellen Stelle des Studios hing, war sie schon recht verblasst. Man erkannte zwar noch deutlich ihre Augen, aber ihre Nase war komplett verschwunden und ihr Mund ein schmaler Strich. Der Federkranz um ihr blondes Haar war nur noch eine verwaschene Masse, dafür war das Kostüm etwas besser zu erkennen.

Irgendwie erinnerte mich die Aufnahme an alte Bilder, die meine Mutter mir in der Kindheit gezeigt hatte. Fotos, die mit schlechten DDR-Filmen gemacht worden waren.

»Das da ist Katja Maranoff«, sagte eine Stimme hinter mir, ehe ich die Unterschrift lesen konnte.

Ich hatte nicht bemerkt, dass Marika Tschernow hinter mich getreten war, und blickte mich erschrocken um.

»Sie war eine der besten Schülerinnen dieser Schule«, fuhr Olgas Mutter fort, ohne mich anzusehen. »Eine der besten Tänzerinnen in der Gegend. Als ihre Karriere beendet war, wurde sie Tanzlehrerin. Meine Olga hat in der Anfangszeit noch mit ihr trainiert. Ich würde wagen zu behaupten, dass sie von ihr mehr gelernt hat als von Madame Rosi.«

Ich wandte mich um. Offenbar hatte ich sie verwundert angesehen, denn sogleich hob sie beschwichtigend die Hände.

»Verstehen Sie mich bitte nicht falsch, Madame Rosi ist eine sehr gute Lehrerin. Nicht umsonst konnte sie aus einem so mittelmäßigen Talent wie Sandrine Ravier eine Tänzerin formen, die beim Casting für ›Schwanensee‹ alle anderen ausgestochen hat. Doch ich bin sicher, dass Katja noch viel bessere Ergebnisse erzielt hätte.«

Die Tür des Tanzsaals öffnete sich.

»Olga, würden Sie bitte mitkommen?«

Meine Schulkameradin hob den Kopf und blickte beinahe Hilfe suchend zu ihrer Mutter. Diese nickte ihr stumm zu und folgte ihr dann ins Büro der Tanzlehrerin. Immerhin.

Ich richtete meinen Blick wieder auf Katja Maranoff. Warum hatte Frau Tschernow sie zur Sprache gebracht? Und warum unterrichtete sie nicht mehr hier? War etwas passiert?

Ich war schon fast versucht, die Mädchen, die noch im Tanzsaal waren, zu fragen, aber das traute ich mich dann doch nicht. Stattdessen verließ ich ebenfalls den Tanzsaal. Wenn der Kommissar mit mir sprechen wollte, sollte er das, wenn möglich, nach Olga tun, denn ich hatte keine Lust, allein nach Rotensand zurückzufahren. Im Gang kam mir die Reinigungskraft entgegen, die ein wenig verwundert wirkte.

»Was ist hier los?«, fragte sie mich, während sie sich aus ihrer Jacke schälte.

»Es hat einen Zwischenfall beim Training gegeben«, erklärte ich.

»Und was macht die Polizei hier? Ist jemand verletzt worden?«

Dafür, dass sie gestern noch so getan hatte, als würde sie mich nicht verstehen, sprach sie jetzt ziemlich deutlich – und war sehr neugierig.

»Madame Rosi wird Ihnen nachher bestimmt erklären, was hier los war«, entgegnete ich, denn ich wollte nicht in den Verdacht geraten, Tratsch zu verbreiten. Aber vielleicht konnte mir die Frau weiterhelfen …

»Sagen Sie …«, begann ich, während mich die Frau seltsam musterte.

»Ja?« Sie zog die Augenbrauen hoch.

»Haben Sie vielleicht Sandrine Ravier gekannt? Haben Sie sie irgendwann mal tanzen gesehen?«

Der Blick der Frau wurde verwirrt. »Ja, natürlich habe ich sie tanzen gesehen. Sie war manchmal schon etwas früher hier. Madame Rosi hatte ihr die Schlüssel zum Studio gegeben, damit sie jederzeit üben konnte.«

»Wie war sie so? War sie nett oder frech oder schüchtern?«

»Sie war vor allem eine wunderbare Tänzerin.« Bei diesen Worten verklärte sich der Blick der Frau ein wenig, so als würde sie selbst davon träumen, eine begnadete Tänzerin zu werden. »Es ist ein Jammer, dass sie so jung sterben musste.«

»Ja, das ist es«, entgegnete ich und spürte dabei, dass es der Frau irgendwie unangenehm war, darüber zu sprechen.

Na gut, sie kannte mich nicht, und ich würde jemand Wildfremdem auch nicht alles erzählen, was sich im Tanzstudio, in dem ich arbeitete, ereignet hatte.

»Ich muss los«, sagte sie schließlich und zog einen Schlüssel aus ihrer Hosentasche. »Ich muss nach den Heizungen sehen.«

»Okay, dann … vielen Dank.«

Die Frau wandte sich ab, ohne etwas zu erwidern, und verschwand hinter einer der Türen.

Im nächsten Augenblick öffnete sich die Tür zu Madame Rosis Büro.

Olga sah geschafft aus. Ihre Mutter schüttelte dem Kommissar noch einmal die Hand, dann schob sie sie aus dem Raum.

»Ah, Clara, gut, dass Sie hier sind«, rief Dräger, der mich natürlich gesehen hatte. »Kommen Sie doch bitte rein. Laut Madame Rosi waren Sie auch zu dem Zeitpunkt hier, als Lotta Henning ihren Unfall hatte.«

Unfall? Das war es ganz sicher nicht.

Ich blickte mich zu Olga um. »Wartet ihr bitte auf mich?«, fragte ich, worauf sie nickte.

Dann verschwand ich hinter der Tür.

Das Büro von Madame Rosi war ziemlich altmodisch eingerichtet, fast wie das einer Tanzlehrerin aus dem 19. Jahrhundert.

Es gab einen alten Schreibtisch und einen mindestens genauso alten Stuhl anstelle eines modernen Drehstuhls. Das Bücherregal an der Wand links von mir wirkte, als würde es jeden Moment unter seiner Last zusammenbrechen.

Auf einer Figurine auf der gegenüberliegenden Seite war ein wunderschönes Tanzkostüm mit Tutu drapiert. Unzählige Glitzersteinchen waren über den meerblauen Stoff verteilt. Gehörte es Madame Rosi? In welchem Stück hatte sie damit getanzt?

»Clara, ich höre gerade von Madame Rosi, dass Sie einen Artikel über das Tanzstudio schreiben wollen.«

Ich schaute den Kriminalhauptkommissar verwundert an, doch dann ging mir auf, dass er so tun wollte, als wüsste er nicht, warum ich hier war. Aber weshalb? Gestern Nachmittag hatte er mich ja schon aus dem Studio beordert, um mit mir zu reden …

»Ja, das möchte ich. Für unsere Schülerzeitung.«

Dräger hatte sein Laptop nicht dabei, dafür lag ein Schreibblock vor ihm, auf dem er sich schon einiges notiert hatte. Leider konnte ich seine krakelige Handschrift nicht entziffern.

»Clara Hansen ist Schülerin im Rotensand-Gymnasium«, erklärte er der Tanzlehrerin, die sich ebenfalls zu fragen schien, weshalb ich befragt wurde. »Haben Sie von den Vorfällen dort gehört? Die Zeitungen waren eine Zeit lang voll davon.«

»Sie meinen die Morde an den Schülerinnen?« Madame Rosi zog ein nachdenkliches Gesicht.

»Ja, die Morde.«

»Davon habe ich tatsächlich gelesen.«

»Was mich interessieren würde, ist, ob es eine Verbindung zwischen Sandrine Ravier, Lotta Henning und dem Internat gibt.«

Tja, offenbar wollte er dasselbe wie ich.

»Clara, Sie verfügen doch über eine gute Beobachtungsgabe«, fuhr Dräger fort. »Immerhin waren Sie maßgeblich an der Aufklärung des Mordes an Ihren Mitschülerinnen beteiligt.«

Die Tanzlehrerin zog die Augenbrauen hoch. Das hatte sie offenbar nicht gewusst. Aber warum band Dräger es ihr auf die Nase? Wollte er, dass sie wusste, dass ich vielleicht nicht nur wegen des Artikels hier war? Hatte er mir nicht geglaubt, dass ich meine Ermittlungen nicht fortführen würde?

Wenn ja, war mein Beinahe-Onkel ein wirklich toller Polizist.

»Sehr beachtlich«, sagte Madame Rosi nun. »Allerdings bezweifle ich, dass zwei Besuche in meinem Studio ausreichen, um alle Zusammenhänge hier genau zu erfassen.«

»Möglicherweise nicht. Aber dennoch würde ich gern wissen, was Sie bisher im Studio gesehen haben.«

Okay, ich verstand. Er hatte es mir nicht abgekauft.

»Na ja, die Ballerinen scheinen hier alle großem Druck ausgesetzt zu sein.« Das war offenbar falsch, denn Madame Rosi schnaufte und sah mich so an, als könnte ich es vergessen, dass sie Korrektur für mich las. »Eines der Mädchen hat angeblich sogar mit eingewachsenen Zehennägeln getanzt.«

»Wer?«, platzte es aus Madame Rosi heraus.

Dräger hob begütigend den Arm.

»Das tut nichts zur Sache, nicht wahr?«

Madame Rosi presste die Lippen zusammen.

»Also, was haben Sie noch beobachtet?«

»Es gibt Rivalitäten zwischen den Mädchen. Alle scheinen sehr gelassen und kühl mit dem Tod von Sandrine Ravier umzugehen.«

»Was ist mit Ihrer Klassenkameradin?«

»Olga?«, fragte ich, worauf er nickte. Wen sollte er auch sonst meinen? »Die sagte, dass sie Sandrine kaum gekannt hätte. Wie einige andere auch. Sie hatte immer nur das Tanzen im Sinn und hat sich wohl kaum mit den anderen unterhalten.«

»Kommen wir doch noch mal auf die Rivalitäten zurück. Haben Sie da etwas Spezielles beobachtet?«

»Nun ja, Lotta, also das Mädchen, das sich verletzt hat, hat Olga in der Umkleide ein wenig angemacht. Sie glaubte, dass Olga scharf auf die Rolle bei ›Schwanensee‹ ist, aber …« Mein Blick blieb an Madame Rosi hängen, und gleichzeitig fiel mir wieder ein, dass Madame Rosi ja mit Olgas Mutter bekannt war und dass sie ihr brühwarm erzählen würde, dass ihre Tochter sich weigerte, berühmt zu werden.

»Aber das ist sie nicht«, beendete Madame Rosi meinen Satz. Ich starrte sie erschrocken an. Der Blick der Ballettlehrerin wirkte unergründlich.

»Keine Angst, ich weiß, wie es um Olga steht. Und Sie wissen es offenbar auch. Die Einzige, die es wohl noch nicht weiß, ist ihre Mutter.«

Ich konnte darauf nichts sagen. Auch Dräger blickte überrascht drein.

»Es ist ein Jammer«, fuhr Madame Rosi fort. »Olga ist überaus talentiert. Ich unterrichte sie jetzt schon sehr lange und habe all ihre Schritte beobachtet. In der ersten Zeit war sie noch Feuer und Flamme fürs Ballett. Doch das hat sich in den vergangenen drei Jahren geändert. Sie ist noch immer gut und würde es ohne Weiteres durch das Casting schaffen. Oder an eine gute Ballettschule. Aber ihr fehlt die Leidenschaft. Sie tanzt technisch perfekt, aber seelenlos. Sie will etwas anderes.«

»Das soll vorkommen«, entgegnete Dräger. »Interessen verschieben sich. Besonders bei so jungen Leuten.«

»Sandrine war die verkörperte Leidenschaft«, fuhr Madame Rosi fort, ohne sich um seine Worte zu kümmern. »Wenn sie tanzte, war es wie Magie. Sie hätte eine ganz Große werden können.« Eine Träne lief aus ihrem linken Auge und perlte über ihre Wange. »Und dann kommt so ein Schwein daher und schneidet ihr die Füße ab!«

Sie atmete zitternd und wischte sich die Tränen von der Wange.

»Olga tanzt nur noch, weil es ihre Mutter will. Und wahrscheinlich geht es Marika wie mir: Sie sieht das Talent des Mädchens und weiß, dass sie eine große Karriere vor sich haben könnte. Gleichzeitig spürt sie den Widerwillen ihrer Tochter und ist wütend darüber. Noch kann sie Olga voranpeitschen, aber sie weiß genauso wie ich, dass das nicht mehr allzu lange so weitergehen wird. Irgendwann wird sich Olga vollständig von ihrer Mutter lösen und dann sind all die Jahre ihres Trainings passé.«

Schweigen folgte ihren Worten. Dräger betrachtete sie nachdenklich. Ich fragte mich, was ich hier eigentlich zu suchen hatte. Ich konnte nicht wirklich etwas zum Fall beitragen. Und was ich beizutragen hatte, konnte ich nicht sagen.

Da kam mir ein absurder Gedanke.

Wollte Dräger vielleicht, dass ich etwas von der Sache mitbekam? Dann konnte er mir genauso gut die Ermittlungsakte geben.

»Tut mir leid, wenn ich nichts mehr beizutragen habe«, durchbrach ich die Stille. Draußen warteten noch mehr Mädchen auf ihre Befragung und es wurde auch schon langsam dunkel. Außerdem fuhren die Busse nur in großen Abständen. »Ich bin nur wegen des Artikels hier und konnte nicht ahnen, dass so etwas passieren würde.«

»In Ordnung«, sagte Dräger und legte seinen Stift, mit dem er sich eifrig Notizen gemacht hatte, beiseite. »Vielen Dank für Ihre Hilfe. Und sollte Ihnen noch etwas einfallen …«

»… gebe ich Ihnen Bescheid.«

Damit verabschiedete ich mich von Dräger und Madame Rosi.

Beim Verlassen des Büros lief ich der Reinigungskraft in die Arme, die gerade begonnen hatte, die Fenster zu putzen. Wir wechselten kurz einen Blick und ein Lächeln, dann ging ich an ihr vorbei nach draußen.

In mir brodelte es.

Eine Ballerina war tot, eine weitere schwer verletzt. Und ich kam mir vor, als trüge ich eine unsichtbare Fessel, die es mir verbot, mit Dräger so zu sprechen, wie ich gern wollte.

Der Ratgeber rieb sich bestimmt vor lauter Freude die Hände.

Weder Olga noch ihre Mutter waren zu sehen. Na toll, offenbar hatten sie nicht gewartet. Und ich hatte keine Ahnung, ob noch ein Bus fuhr. Aber erst einmal musste ich etwas anderes erledigen.

Ich zog mein Handy hervor, dann wählte ich Alex' Nummer. Ich hätte ihm auch nachher erzählen können, was passiert war, aber ich musste es gleich loswerden.

»Du glaubst nicht, was eben passiert ist!«, platzte ich heraus, kaum, dass sich Alex gemeldet hatte.

»Was?«, fragte er, während es hinter ihm klapperte. Offenbar war er in der Mensa.

»Ich war doch eben beim Training fürs Vortanzen. Und da hat tatsächlich jemand einer der Favoritinnen Glasscherben in die Spitzenschuhe getan.«

»Was?«, fragte Alex ungläubig.

»Du hörst richtig, Glasscherben! In der Polsterung ihrer Spitzenschuhe! Zunächst ging das ja noch gut, aber dann …«

Ich schilderte Alex das Blut, die Schreie und das darauffolgende Chaos.

»Vielleicht sollten wir uns mal Black Swan anschauen«, schlug Alex vor. »Was meinst du dazu?«

»Ist das dein Ernst?« Nach dem Erlebnis hatte ich wieder große Lust, dem Ratgeber zu schreiben, dass er mich mal kreuzweise konnte. Aber natürlich würde ich das wegen Alex nicht tun.

»Ja klar, warum nicht? Ich habe von meinen Eltern so ein Abo für eine Internetvideothek geschenkt bekommen. Das nutze ich viel zu selten, weil Tobias nicht so auf Filme steht.«

»Und wo sollen wir uns den anschauen? Ist Tobias noch immer nicht da?«

Ich war sicher, dass wir, wenn wir uns zum Filmschauen in seinem Zimmer trafen, sicher alles tun würden, aber nicht Natalie Portman beim Tanzen zuzusehen.

»Nein, der ist immer noch nicht da«, entgegnete er. »Aber jetzt kennst du ja mein Zimmer. Und nach dem Film könnten wir uns vielleicht darüber Gedanken machen, welche von Madame Rosis Elevinnen so durchgeknallt sein könnte, dass sie ihre Konkurrentinnen aus dem Weg räumen will.«

Mir kam wieder Olgas Mutter in den Sinn. So wie sie an der Bushaltestelle geredet hatte, verabscheute sie die anderen Mädchen zutiefst. Vielleicht steckte sie ja hinter den Vorfällen … Klar, sie sollte bis gestern in München gewesen sein – aber was, wenn das nicht stimmte und nicht mal Olga was davon wusste?

Als ich aufblickte, sah ich zwei Personen die Straße überqueren. Olga und ihre Mutter. Offenbar hatten sie doch auf mich gewartet. Oder war ihnen nur der Bus vor der Nase weggefahren? Kaum zu glauben, dass sich jemand wie Marika Tschernow keinen Leihwagen nahm.

»Okay«, sagte ich. »Wir treffen uns nachher. Jetzt muss ich Schluss machen, Olga kommt gerade auf mich zu.«

»Gut, dann bis nachher! Und pass auf dich auf!«

Ich schob das Handy in die Tasche, gerade noch rechtzeitig, bevor Olga in Hörweite war.

»He, Clara, möchtest du mit uns fahren? Meine Mum hat ein Taxi bestellt. Jetzt fährt kein Bus mehr, also …«

»Klar«, antwortete ich. »Vielen Dank.«

Olga sah mich zerknirscht an. »Das war heftig, nicht wahr?«

»Richtig heftig«, entgegnete ich. »Irgendwer scheint es ziemlich auf eure Füße abgesehen zu haben.«

»Ja, scheint so.« Sie erschauerte.

»Du würdest das Tanzen am liebsten sein lassen, habe ich recht?«

Olga nickte. »Ja. Aber meine Mum ist da, und sie hat schon angedroht, dass sie die ganze Zeit bis zum Vortanzen da sein wird, also werde ich müssen.«

»Und wenn dir … wenn dir auch irgendwas passiert?«,

fragte ich weiter. Wer auch immer der Killer war, wenn er nicht aus Olgas Umfeld stammte, würde er sie vielleicht auch ins Visier nehmen. »Hat deine Mutter denn keine Angst, dass dir irgendwas zustoßen könnte? Immerhin bist du jetzt die große Hoffnung von Madame Rosi, und derjenige, der Sandrine auf dem Gewissen und Lottas Schuhe präpariert hat, könnte sich vielleicht auch gegen dich wenden.«

»Das ist ihr doch scheißegal, hörst du? Scheißegal!« Olga brach in Tränen aus. »Sie will doch nur, dass ich das mache, was sie verpasst hat. Ich bin ihr vollkommen egal!«

Ich ging zu Olga und nahm sie in meine Arme. Schluchzend lehnte sie sich an mich. Jetzt erkannte ich erst, wie schlimm das Verhältnis zwischen ihr und ihrer Mutter wirklich war. Schlimmer noch als das, was ich an der Bushaltestelle beobachtet hatte.

»Schon gut«, flüsterte ich. »Mir bist du nicht egal. Und ich verspreche dir, ich werde auf dich aufpassen. Wenn du magst, kannst du mir sogar deine Schuhe geben.«

Olga sagte dazu nichts, sie schluchzte einfach weiter. Ihr gesamter Körper zitterte.

»Olga!«, peitschte da die Stimme ihrer Mutter über die Straße.

Ich hatte plötzlich eine furchtbare Wut auf diese Frau, aber ich versuchte, mich wieder einzukriegen. Konnte sie ihre Tochter nicht einmal in Ruhe lassen? Offenbar hatte Olga recht, ihre Mutter scherte sich einen Dreck um das, was sie wollte.

Schließlich tauchte Frau Tschernow neben uns auf. Ihre Miene wirkte mitleidslos. Olga kümmerte sich nicht um sie,

sie schluchzte weiter. Offenbar hatte sich in der vergangenen Zeit einiges an Frust und Enttäuschung bei ihr angestaut.

»Was ist los?«, fragte Frau Tschernow verständnislos.

»Ihr geht es nicht gut«, versuchte ich zu erklären. »Die Sache mit Lotta nimmt sie sehr mit. Immerhin ist das schon das zweite Mädchen aus dem Ballett, das angegriffen wurde.«

Marika Tschernows Mund klappte auf, doch das, was sie eigentlich sagen wollte, blieb in ihrem Mund. Jedenfalls hatte ich das Gefühl.

Stattdessen sagte sie schließlich: »Das Taxi ist da. Ihr solltet kommen, der Fahrer kann nicht ewig warten.«

»Ist gut«, sagte ich, strich Olga beruhigend über den Rücken und löste sie dann vorsichtig von mir.

»Hast du gehört? Wir müssen los. Nachher können wir noch weiterreden, wenn du magst, ja?«

Olga nickte und wischte sich mit einer fahrigen Handbewegung die Tränen vom verquollenen Gesicht. Dann ließ sie sich von mir zum Taxi führen.

23

Marika Tschernow saß vorn neben dem Fahrer, ich hinten bei Olga. Diese lehnte mit leerem Blick an meiner Schulter. Ich selbst war geschafft und wünschte den Ratgeber zur Hölle. Wenn er wirklich auch der Ratgeber des Mörders war, hatte er es verdient zu schmoren, und zwar richtig. Knast war eigentlich noch viel zu gut für ihn! Aber wie sollten wir ihn fassen? Ich fühlte mich so furchtbar hilflos, dass ich große Lust hatte, selbst loszuheulen. Irgendwas musste ich doch tun können! Hatte ich vielleicht etwas übersehen?

Genau genommen hatte ich ja noch keinen Anhaltspunkt. Alles passierte rasend schnell. Am Sonntag war Sandrine gestorben, heute, am Donnerstag, nun der Anschlag auf Lotta. Und wer weiß, was noch alles geschehen würde …

Als wir die Stadt verließen und in Richtung Rotensand fuhren, erschien mir die Dunkelheit plötzlich erdrückend. War es so, wenn man lebendig begraben wurde?

Nein, da hatte man sicher nicht so viel Platz, keinen Menschen neben sich und auch keine blinkenden Lichter. Aber dennoch legte sich die Schwärze schwer auf meine Seele.

Plötzlich summte etwas in meiner Tasche. War das Alex?

Ich zog mein Handy hervor.

Scheiße!

Auf dem Display leuchtete eine Mail von einem Trash-Absender. Ich hätte sie am liebsten erst später geöffnet, aber ich wusste ja nun, dass der Ratgeber ungeduldig war.

> Na, kluges Mädchen, wie geht es mit der Ermittlung voran?

Na, wie wohl, du Arschloch? Ich spürte, wie sich mein Körper versteifte. Glücklicherweise schien Olga zu schlafen, denn sie bemerkte es nicht.

Da mein rechter Arm durch sie blockiert war, tippte ich mit der linken Hand die Antwort.

> Der Zweiten sind vorhin die Füße zerstochen worden.
> Wie viele sollen es noch werden?

Ich drückte auf Absenden, behielt das Handy aber in der Hand, denn ich war sicher, dass er rasch antworten würde.

Und richtig!

> Wie viele es werden, liegt ganz an dir. Und ich würde dir raten, dich zu beeilen, bevor noch ein Schwan blutig im See liegt.

Mit so einer Antwort hatte ich beinahe gerechnet. Sollte ich darauf wieder antworten? Immerhin forderte er ja nichts Besonderes von mir – außer, mich zu beeilen. Dennoch tippte ich eine Antwort.

> Keine Sorge, ich beeile mich. Und ich weiß jetzt auch, wo ich den Hebel wirklich ansetzen muss, damit es aufhört. Nicht immer ist das Offensichtliche richtig, nicht wahr? Und nicht immer kommt der Mörder allein auf Ideen.

Die Nachricht verschwand im Äther. Ich wartete auf den *Mailer Daemon,* doch der blieb aus. Er hatte es bekommen. Sollte er sich denken, was er wollte.

Ich wartete noch ein paar Minuten, doch eine Antwort kam nicht. Entweder lachte er sich gerade kaputt oder er bekam doch ein bisschen Angst. Ich hatte ihn nicht bedroht, aber da er nicht dumm war, wusste er vielleicht, dass er gemeint war.

Ich war sicher, wenn wir den Ratgeber hatten, würde das Morden aufhören.

Schließlich tauchte der Campus von Rotensand vor uns auf. Die Scheinwerfer des Taxis streiften das hohe Tor und das Gebüsch, von dem es eingefasst wurde. Das restliche Licht verlor sich auf dem leeren Schulhof. An den hell erleuchteten Fenstern huschten hier und da Leute entlang, alles ging seinen Gang. Schon irgendwie komisch. Noch vor ein paar Wochen war hier alles in heller Aufregung gewesen, und nun nahm niemand so richtig Notiz von dem Drama, das sich nur ein paar Kilometer von hier entfernt abspielte.

Ich hatte geglaubt, dass Olgas Mutter mit in die Schule kommen würde, doch offenbar waren wir beiden die Einzigen, die ausstiegen.

»Ich ruf dich nachher an«, sagte Marika Tschernow kühl, worauf ihre Tochter nickte. Offenbar kannte sie so was schon.

»Vielen Dank fürs Mitnehmen«, sagte ich zu Frau Tschernow, woraufhin diese kurz nickte. Dann instruierte sie den Fahrer. Ich stieg aus.

Olga, die bereits auf dem Weg zum Tor war, wirkte niedergeschlagen. Konnte ich verstehen, so »warmherzig«, wie ihre Mutter zu ihr war.

Als hinter uns das Taxi davonbrauste, wandte sie sich nicht um.

Gern hätte ich etwas zu ihr gesagt, aber irgendwie wollte mir nichts einfallen. Das Verhalten ihrer Mutter war ziemlich bescheuert, doch es war ihre Mutter, und mir stand es nicht zu, über sie zu urteilen.

»Was machst du jetzt?«, fragte ich, als wir auf dem Weg zu ihrem Wohnhaus waren. Olga zuckte mit den Schultern, sah mich aber nicht an.

»Ich werde tanzen müssen, egal, was passiert. Aber jetzt stelle ich mich erst einmal unter die Dusche, um diesen Tag abzuwaschen.« Sie hielt inne und sah mich an.

»Danke, dass du da warst.«

»Jederzeit«, entgegnete ich und nickte ihr zu. Sie schob den Taschengurt auf ihrer Schulter zurecht und verschwand dann in ihrem Wohngebäude.

Ich blieb noch eine Weile draußen stehen und blickte mich um. Das Wohngebäude, in dem die Lehrer und Angestellten untergebracht waren, die nicht selbst eine Wohnung in der Nähe hatten, war hell erleuchtet. Lauerte in einem von ihnen der Ratgeber?

Der Tag war wirklich ziemlich heftig gewesen. Am liebsten würde ich mich ins Bett verkriechen, aber Alex wartete mit dem Black Swan auf mich. Also ging ich zu meinem Wohngebäude und hoffte, dass Susanne etwas anderes zu tun hatte, als mich zu fragen, wo ich denn so lange abgeblieben war.

24

Sie kauerte im Keller, starrte in die Dunkelheit, auf die unzähligen Regale mit den Kostümen, und kaute dabei abwesend auf ihren Fingernägeln herum. Vor ihrem inneren Auge sah sie sich selbst tanzen, auf einer Bühne, die größer war als alle, die sie je betreten hatte. Dabei trug sie ein schneeweißes Kostüm, auf dem Hunderte Diamanten glitzerten. Die Augen aller Zuschauer waren auf sie gerichtet, während sie sich bewegte – und da kam auch schon ihr Prinz! Verzückt stand er am Rand der Bühne und sah sie verliebt an. Ja, das war echte Liebe. Und sie wusste, sie würde ihm immer gehören.

Das plötzliche Anspringen des Heizkessels riss sie aus ihren Gedanken fort. Das Kostüm, der Lichterglanz, die Musik und das Publikum verschwanden. Sie war vollkommen allein. Vor ihren Füßen lag der Brief, den sie heute Nachmittag im Postkasten gefunden hatte. Rotbart hatte ihr geschrieben.

In unregelmäßigen Schreibmaschinenlettern teilte er ihr mit, dass er herausgefunden hatte, wer die Rolle der Schwanenprinzessin erhalten sollte. Man würde zwar ein Casting durchführen, aber eigentlich stünde die Besetzung fest.

Der Name der Frau hatte sich in Odiles Netzhäute gebrannt: Sonja Hartmann!

Auch Sonja war bei dem Casting gewesen – und hatte gegen Sandrine Ravier verloren. Im Gegensatz zu dem Mädchen war sie eine Profitänzerin, die offenbar schon seit Jahren darauf wartete, wieder eine große Rolle zu bekommen.

Odile kannte sie. Und sie wusste auch, dass sie gut war. Gut genug, um alle anderen Bewerberinnen aus dem Rennen zu schlagen. Gegen Sandrine hatte nicht ihre Technik versagt, nein, ihr Alter hatte ihr das Engagement verdorben. Natürlich wollte jeder Regisseur eine blutjunge Odile – Sonja war bereits sechsundzwanzig. Aber jetzt, wo die junge Odile tot war und auch die ehrgeizige Lotta nicht zum Casting antreten konnte, würde sie gewinnen. Oder, besser gesagt, sie hatte bereits gewonnen.

Den ganzen Nachmittag lang hatte sie überlegt, was sie tun sollte. An Sandrine hatte sie leicht herankommen können, immerhin hatten sie sich gekannt. Und was war nun mit Sonja? Sie kannten sich nur flüchtig. Richtigen Kontakt hatten sie nie zueinander. Am Theater sahen sie sich hin und wieder, doch Sonja ging ihr aus dem Weg …

Dann fiel Odile etwas ein. Sie wusste, wo Sonja wohnte! Vielleicht war es doch alles einfacher, als sie dachte.

Mach schon, Odile, tönte eine kleine Stimme durch ihren Kopf. Geh zu ihr und töte sie. Diesmal muss es kein großer See sein, in dem der Schwan stirbt, es reicht eine Badewanne.

Und dann wird dir keine mehr den Prinzen nehmen.

Der Gedanke gefiel ihr und trieb sie auf die Beine. Noch heute Nacht würde sie zuschlagen. Noch heute Nacht …

25

»Unheimlich«, sagte Alex, während der Abspann über seinen Computerbildschirm flimmerte. »Was meinst du, hat sie überlebt? Oder sich wirklich umgebracht? Irgendwann habe ich nicht mehr so richtig durchgeblickt.«

»Geht mir genauso«, entgegnete ich. Der Schluss war wirklich verwirrend. Und während wir Natalie Portman dabei zugesehen hatten, wie sie sich selbst fertiggemacht hatte, hatte ich mich gefragt, wer von den Ballerinen in Madame Rosis Tanzstudio am besten in ihre Rolle passen würde.

Lotta schied aus, denn sie hatte sich wohl nicht selbst Glasscherben in die Spitzenschuhe getan. Olga vielleicht? Sie tat desinteressiert, aber außer ihr schien niemand zu wissen, dass sie eigentlich nicht tanzen wollte. Oder machte sie mir etwas vor? War sie die Verbindung zum Ratgeber?

»Könntest du vielleicht diesem Dr. Bakker doch noch ein wenig mehr auf den Zahn fühlen?«, fragte ich, worauf Alex mich verwundert ansah.

»Wie kommst du denn jetzt darauf?«

»Na ja, ich werde das Gefühl nicht los, dass es irgendeine

Verbindung zwischen unserer Schule und dem Ballettstudio gibt.«

»Ja, diese Verbindung ist Olga.«

Ich sah ihn an. Mein Innerstes sträubte sich dagegen, das Mädchen, mit dem ich mich so nett unterhalten hatte und von dem ich mir vorstellen könnte, dass sie meine Freundin werden würde, zu verdächtigen. Aber jetzt, wo wir gerade die Story einer gespaltenen Ballerina-Persönlichkeit gesehen hatten, war ich mir auf einmal nicht so sicher. Was, wenn ihre Mutter mehr als eine ehrgeizige Ex-Ballerina war? Wenn sie es durch Psychotricks schaffte, den schwarzen Schwan in ihrer Tochter zu erwecken?

»Genau, Olga.«

»Aber ich denke, ihr kommt gut miteinander aus?« Alex war sichtlich von den Socken.

»Ja, das tun wir. Aber wer weiß, was alles in ihr steckt?« Mein Blick fiel auf den Bildschirm, auf dem gerade der Abspann lief.

»Du meinst doch nicht etwa …?« Alex schüttelte den Kopf. »Nein, ich bin sicher, sie ist keine Odile.«

»Woher willst du das wissen?« Ich setzte mich aufrecht aufs Sofa und sah Alex an. »Ihre Mutter war heute da. Hast du sie jemals kennengelernt?«

»Ich habe sie bei der einen oder anderen Schulveranstaltung gesehen.«

»Und mit ihr gesprochen?«

»Nein.« Alex wirkte verwirrt.

»Ich hatte heute das Vergnügen und ich kann dir sagen, die Frau ist nicht gerade charmant. Ihre Tochter soll ihr den

Traum vom Erfolg im Ballett erfüllen, den sie selbst nicht haben konnte.«

»Du meine Güte«, entgegnete Alex.

»Sie setzt Olga ziemlich unter Druck. Olga selbst würde gern etwas anderes machen, aber sie beugt sich dem Diktat ihrer Mutter. Keine Ahnung, was das in ihrer Seele anrichtet.«

»Aber wäre es dann nicht eher so, dass wir Olgas Mutter näher unter die Lupe nehmen sollten?«, gab Alex zu bedenken. »Immerhin scheint sie die Verrückte zu sein.«

»Und wenn sich das auch auf Olga auswirkt? Klar, sie hat schockiert gewirkt, als Lotta zusammengebrochen ist. Aber da war sie vielleicht Odette. Und in der Nacht ist sie möglicherweise Odile.«

Alex schüttelte den Kopf. »Das glaube ich nicht. Wirklich nicht. Auch wenn sie unter Druck steht, sie hat keine zwei verschiedenen Persönlichkeiten. Aber bei ihrer Mutter bin ich mir nicht sicher.«

»Was, dass sie zwei Persönlichkeiten hat?«

»Nein, ich bin mir nicht sicher, ob sie nicht etwas mit der Sache zu tun hat. Sie ist plötzlich aufgetaucht, eigentlich wohnt sie in München. Was, wenn sie schon ein wenig früher angereist ist? Wenn Olgas Verhältnis zu ihr nicht besonders gut ist, telefonieren die beiden sicher auch nicht ständig. Sie kümmert sich nicht darum, wo sich ihre Mutter gerade aufhält. Also könnte ihre Mutter doch schon mal hergefahren sein, um die Konkurrentinnen ihrer Tochter auszuschalten.«

Das war möglich, klang sogar sehr plausibel – doch was hatte sie mit dem Ratgeber zu tun? Woher könnte er wissen, dass sie hinter den Morden steckte?

Während ich auf den Bildschirm des Laptops blickte, verketteten sich plötzlich die Gedanken in meinem Kopf.

»Clara?«, fragte Alex irgendwann. »Alles in Ordnung?«

»Wie weit bist du mit deinen Erkundigungen über Dr. Bakker?«, fragte ich, ohne meinen Blick von dem Bildschirm abzuwenden.

»Noch nicht besonders weit. Aber ich habe herausgefunden, dass er morgen nicht da ist. Da könnte ich vielleicht einen Blick in sein Büro werfen.«

»Am helllichten Tag?«

Das erschien mir ziemlich riskant. Aber offenbar würden wir ohne einen Blick in seine Akten nicht auskommen.

»Ich habe gesehen, dass an seiner Tür ein Zettel hängt, wonach er morgen nicht da ist und alle Sprechzeiten verschoben werden. Das ist die Chance!« Er grinste mich breit an.

»Aber sei trotzdem vorsichtig«, entgegnete ich. Mir gefiel es ganz und gar nicht, dass er sich in dieselbe Situation manövrieren wollte wie ich vor ein paar Wochen. »Und bring nur ja nichts durcheinander. Wenn er der Ratgeber ist, schwebst du in größter Gefahr. Und falls du nichts über ihn findest, schau in seinem Aktenschrank nach einer Akte über Olga. Vielleicht war sie wegen seelischer Beschwerden bei ihm in Behandlung. Aber bitte, bitte sei sehr, sehr vorsichtig!«

Alex zog mich in seine Arme. »Wenn du so ernst bist, kannst du echt gruselig sein, weißt du das?«

»Es wird noch viel gruseliger, wenn dich dieser Typ erwischt.« Ich sah ihm in die Augen. »Gib auf dich acht, ja? Versprichst du mir das?«

»Ich verspreche es«, antwortete er und küsste mich.

Freitag
26

»... Thursday I don't care about you, it's Friday, I'm in love ...«, trällerte Robert Smith von The Cure aus Susannes Radiowecker. Seit wann stand sie denn auf die Achtziger?

Ich öffnete meine Augen, die sich verklebt anfühlten, dann wurde mir klar, dass Sonnenlicht mein Zimmer flutete.

Erschrocken griff ich nach meinem Handy. Zehn vor acht!

»Oh nein!« Verdammt, ich hatte vergessen, meinen Handywecker zu stellen – und ich kam zu spät!

Ich schleuderte das Handy von mir und schnappte mir meine Brille. Dann sprang ich wie der Blitz aus dem Bett, griff nach sauberer Unterwäsche und rannte ins Bad.

»Was ist denn los?«, fragte Susanne schläfrig.

Ich hatte ganz vergessen, dass sie am Freitag die ersten beiden Stunden freihatte.

»Verschlafen!«, schrie ich aus dem Bad und machte mich an die Katzenwäsche, denn zum Duschen und Haarewaschen reichte die Zeit nicht mehr. Verdammt, und ich würde auch kein Frühstück bekommen!

Fünf Minuten später war ich aus dem Bad raus, schlüpfte in die Klamotten von gestern und schnappte meine Tasche. Neuer Rekord! Obwohl ich eigentlich vorgehabt hatte, den Freitag ruhig zu beginnen und mich ein bisschen hübscher zu machen, denn heute wollte Alex nach Hause zu seinen Eltern und ich wollte ihm noch mal einen netten Anblick bieten.

Eine Minute vor dem Klingelzeichen stürmte ich in unseren Physikraum. Natürlich waren schon alle da, auch Herr Thoms, der wie immer seinen weißen Kittel trug, als sei er ein Arzt. Er hatte einen Versuchsaufbau vor sich auf dem Lehrertisch, also würde es heute wieder heftiges Mitschreiben bei einem Experiment geben.

Als ich an meinem Tisch angekommen war, warf er mir einen missbilligenden Blick zu. Ich lächelte ihn an, und im gleichen Augenblick, als das Läuten ertönte, zog ich meine Bücher aus der Tasche. Ha!

Glücklicherweise war Herr Thoms immer so sehr von seinem Stoff eingenommen, dass er darauf verzichtete, mein Beinahe-Zuspätkommen zur Sprache zu bringen. Nach der Begrüßung machte er sofort mit seinem Vortrag weiter, und jeder, der ihn kannte, wusste, dass es jetzt besser war, seinen Hefter aufzuschlagen und mitzuschreiben.

Das gab mir immerhin die Gelegenheit, wieder ein bisschen zur Ruhe zu kommen und wach zu werden. Mein Magen knurrte, aber da ich in der Pause ohnehin an der Cafeteria vorbeimusste, würde ich mir dort schnell etwas mitnehmen.

Ich versuchte also, so viel wie möglich von den Ausführungen über Schwingungen mitzuschreiben, als plötzlich mein Handy summte.

Das konnte nichts Gutes bedeuten. Ich zog es hervor und checkte den Nachrichteneingang. Es war eine Mail – aber diesmal nicht von einer Trash-Adresse. Sie kam von Alex.

Das musst du dir anschauen!, schrieb er. Darunter befand sich der Link zu dem Video eines Nachrichtensenders.

Mein Magen begann zu ziepen. Hatte der Mörder wieder zugeschlagen? War jetzt noch eine andere Ballerina verletzt worden?

Oder hatte Alex etwas gefunden, was zum Ratgeber führte? Ich platzte beinahe vor Neugierde.

Leider konnte ich in der Stunde schlecht ein Nachrichten-Video abspielen.

»Clara, würden Sie bitte Ihr Handy weglegen und wieder dem Unterricht folgen?«

Verdammt, unser Physiklehrer hatte seine Augen überall. Und mich wegen meines späten Auftauchens wohl auf dem Kieker.

»Ja, Herr Thoms«, entgegnete ich also schnell und ließ das Handy wieder verschwinden.

Den Rest der Stunde brachte ich damit zu, mechanisch mitzuschreiben und mich gleichzeitig zu fragen, was für eine Nachricht Alex für mich hatte.

Als es endlich vorbei war, schmerzte mir der Arm, ich hatte einen Bärenhunger, und weil ich mir unbedingt Alex' Nachricht anschauen wollte, hatte ich wohl auch kaum Zeit, einen Zwischenstopp in der Cafeteria einzulegen.

Rasch packte ich meine Sachen zusammen und hoffte inständig, dass Herr Thoms nicht noch irgendwas zu mir sagte.

Aber unser Physiklehrer war glücklicherweise so mit dem

Abbauen seiner Gerätschaften beschäftigt, dass er nicht mehr an mich dachte.

Draußen in den Gängen herrschte das übliche Wirrwarr. Überall standen Leute. Verdammt, gab es in diesem riesigen Schulgebäude denn keinen Ort, an dem man in Ruhe ein Video anschauen konnte?

»Hi, Clara, heute Nachmittag haben wir Redaktionssitzung!«, flötete mir Linh von der anderen Seite des Ganges her zu. »Du kommst doch, oder?«

»Natürlich!«, entgegnete ich, und dabei fiel mir ein, dass ich eigentlich noch gar nicht viel für meinen Artikel hatte. Wie war das noch mal, sie wollten einen Entwurf oder so?

Keine Ahnung. Wichtiger war, dass ich vor der Sitzung noch Alex verabschieden musste. Alles andere würde ich mir, wenn nötig, aus den Fingern saugen.

»Okay, dann bis nachher!«, hörte ich noch, dann bog ich um die Ecke und lief zu den Toiletten. Diese waren überraschenderweise leer. Ich verschwand in einer der Kabinen, setzte mich auf den Klodeckel und zog mein Handy hervor. Endlich!

Das Vorschaubild des Videos war noch nicht besonders aussagekräftig, doch die Überschrift sprach von einem grausamen Mord in Bergen.

Mich überlief es eiskalt, als ich das Video startete.

Da es ein seriöser Nachrichtensender war, begann alles mit einer Anmoderation. Ein geschniegelt aussehender Reporter berichtete, dass am heutigen Morgen die Leiche einer jungen Frau gefunden worden war.

Das dazugehörige Bild zeigte ein dreistöckiges Wohnhaus,

von denen es Dutzende in Bergen gab. Laut dem Reporter war die junge Frau – eine Tänzerin, die am örtlichen Theater arbeitete – tot in ihrer Badewanne aufgefunden worden. In ihrem eigenen Blut.

Man ging von einem Eifersuchtsdrama aus, denn die Frau, von der ein altes Foto gezeigt wurde, hätte sich vor Kurzem von ihrem Freund getrennt, der, wenn man Aussagen von Nachbarn glaubte, rasend vor Eifersucht gewesen sei.

Natürlich stünden die Ermittlungen noch am Anfang, und der Reporter versprach, so bald wie möglich mit dem zuständigen Ermittlungsbeamten zu sprechen.

Wer das wohl sein würde …

Ich fragte mich, ob Dräger auch an ein Eifersuchtsdrama glaubte.

Dann war das Video, das dem Zuschauer noch einen Blick auf die Polizeiwagen und das Fahrzeug der Gerichtsmedizin zeigte, auch schon wieder zu Ende.

Ich atmete tief durch. Obwohl weder die Tote noch der Tatort gezeigt worden waren, kam ich mir vor, als wäre ich dabei gewesen. Ich schloss die Augen und lehnte mich gegen den Spülkasten.

Plötzlich fiel mir wieder die Mail des Ratgebers ein.

> Wie viele es werden, liegt ganz an dir. Und ich würde dir raten, dich zu beeilen, bevor noch ein Schwan blutig im See liegt.

Genau das war passiert. Okay, die Frau schien nicht zu Madame Rosis Tanzstudio zu gehören. Ging es bei den Morden nicht um Konkurrenz im Tanzstudio, sondern tatsächlich um die Rolle? Hatte Alex recht und Frau Tschernow beseitigte nach und nach die Konkurrentinnen ihrer Tochter – obwohl ihre Tochter gar kein Star werden wollte?

Ich brauchte ein paar Minuten, um meine Gedanken zu sortieren. Dann schrieb ich Alex eine Antwort: Treffen wir uns nach der sechsten Stunde am gleichen Ort? Das Video hat mir eben voll in den Magen gehauen.

Okay, nach der sechsten, kam die Antwort nur wenige Augenblicke später. Dann werde ich versuchen, es wiedergutzumachen. Aber jetzt kümmere ich mich erst mal um unseren Freund.

Der Ratgeber! Dass er in das Büro von Dr. Bakker einsteigen wollte, hatte ich ganz vergessen!

Pass auf dich auf!, tippte ich schnell, dann ertönte das erste Läuten, das das Ende der Pause markierte. Ich schob mein Handy in die Tasche, schnappte meine Tasche und verließ das Klo.

27

Odile saß am Fenster und ärgerte sich über sich selbst. In der vergangenen Nacht war sie so sehr damit beschäftigt gewesen, ihre Konkurrentin aus dem Weg zu räumen, dass sie nicht bemerkt hatte, dass die Schlinge begonnen hatte, sich um sie zuzuziehen.

Früh am Morgen hatte sich Rotbart bei ihr gemeldet. Er war völlig außer sich gewesen, als er in den Nachrichten von dem Mord an der Ballerina gehört hatte.

»Das war verdammt knapp!«, hatte er sie angefahren. »Du hättest erwischt werden können!«

Wie sich herausgestellt hatte, war kurz nachdem sie vom Tatort verschwunden war, ein Freund der Toten aufgetaucht und hatte die Leiche gefunden. Hätte sie zehn Minuten länger gebraucht, wäre der Mann auf sie getroffen – ihn hätte sie nicht so einfach aus dem Weg räumen können.

»Wir werden darüber sprechen!«, hatte Rotbart gesagt und dann aufgelegt.

Odile war in Tränen ausgebrochen. Und nun saß sie hier und hielt fast schon ängstlich nach ihm Ausschau.

Eigentlich hatte er sich heute sowieso mit ihr treffen wollen, doch jetzt würde er verdammt sauer sein.

Ja, vielleicht würde er ihr sogar seine Hilfe entziehen. Das wäre eine Katastrophe, denn wie sollte sie die Dämonen, die in ihr wüteten, in den Zaum bekommen? Wie sollte sie den Prinzen zurückgewinnen?

Es war schon eine Weile her, dass sie sich getroffen hatten. Das letzte Mal, als feststand, dass er auf herkömmlichem Wege nichts mehr tun konnte.

Nach dem Casting war sie dann vollkommen zusammengebrochen. Da hatte er sie angerufen. Und seitdem war ihr Kontakt immer übers Telefon oder per Post gelaufen.

Sie fragte sich, ob er sie noch erkennen würde. Andere Leute ließen sich nichts anmerken, aber sie fand, dass sie vollkommen abgebaut hatte. Ihre Augen hatten jeglichen Glanz verloren, sie war dünner geworden. Noch konnte sie es gut verschleiern, aber irgendwann würde es auffallen.

Warum kann ich mich nicht in einen Schwan verwandeln?, fragte sie sich auch jetzt wieder. Warum kann ich nicht einfach meine Schwingen ausbreiten und davonfliegen?

Plötzlich setzte sich jemand zu ihr. Der Mann trug einen unauffälligen beigen Trenchcoat, wie Polizisten in Fernsehserien. Sein Gesicht war hart.

Odile kannte es nur zu gut. Dass sie ihn Rotbart nannte, passte auch irgendwie nicht zu ihm, denn er trug keinen Bart. Dafür ging von ihm eine Aura aus, die sie unweigerlich in ihren Bann zog. Vielleicht war es auch gar nicht der Prinz, den sie wollte. Vielleicht wollte sie einfach nur dem Zauberer gefallen?

»Guten Morgen, Odile«, sagte er ohne eine Spur Gefühl in seiner Stimme.

»Guten Morgen«, erwiderte sie zaghaft und begann, an den Ärmeln ihrer grauen Häkelstrickjacke zu zerren. Diese hatte sie manchmal auch bei ihrem Balletttraining getragen.

»Ich muss dir nicht sagen, dass ich ziemlich sauer auf dich bin«, begann er, stockte aber, als die Kellnerin erschien und ihn nach seinem Wunsch fragte. Er orderte ein Stück Apfelkuchen und einen großen Kaffee.

Für das Lächeln, das er der Kellnerin schenkte, hätte sie diese am liebsten umbringen wollen. Aber sie senkte nur den Blick. Rotbart ging sicher nicht ständig hierher. Die Kellnerin war nur eine flüchtige Bekanntschaft.

»Aber du hast doch gesagt, dass ich …« Odile presste die Lippen zusammen. Hier in aller Öffentlichkeit durfte sie natürlich nicht sagen, dass er ihr geraten hatte, das abzutöten, was sie unglücklich machte. Es auszumerzen.

»Ja, das habe ich gesagt.«

Irrte sie sich oder klang er jetzt wirklich etwas versöhnlicher?

»Aber ich habe auch gesagt, dass du vorsichtig sein sollst. Wir spielen hier ein Spiel, und ich möchte nicht, dass es vorzeitig beendet wird.«

Odile nickte schuldbewusst. Ja, das hatte er ihr gesagt. Sie spielten ein Spiel. Ein Spiel, das langsam gespielt werden musste und nicht durch hektische Aktionen beendet werden durfte. Wenn die Polizei sie erwischte, war es zu Ende.

»Du musst das wie eine Aufführung sehen«, erklärte er ihr nun erneut. »Der tote Schwan war der erste Akt, das Mädchen mit den Scherben das Zwischenspiel und jetzt hat der zweite Akt begonnen. Allerdings hast du jetzt die Inszenierung verdorben.« Er hielt inne, als könnte er spüren, dass die Kellnerin mit seiner Bestellung kam. Wieder bedachte er sie mit einem charmanten Lächeln, als sie den Teller und die Tasse vor ihm abstellte.

Odile fragte sich, wie sie das Tablett halten sollte, wenn sie keine Hände mehr hätte. Es würde sicher leichter sein, ihr die Hände abzusägen als damals Sandrine Raviers Füße …

Doch dann kam sie wieder zu sich. Die Kellnerin gehörte nicht zum Spiel. Die Sache mit der schlechten Inszenierung, die Rotbart ihr vorwarf, konnte sie vielleicht wieder geradebiegen. Aber wenn sie Unbeteiligte mit hineinzog, würde er sich vielleicht ganz von ihr zurückziehen.

»Was kann ich tun, damit du nicht mehr böse auf mich bist?«, fragte sie, als die Kellnerin wieder verschwunden war.

»Ich bin dir nicht böse«, gab Rotbart zurück und probierte dann von dem Apfelkuchen. »Mmmh, der ist sehr gut. Du solltest ihn mal versuchen.«

Odile schüttelte den Kopf. »Ich habe keinen Hunger.«

»Das ist nicht gut, das weißt du. Du brauchst Kraft für das, was bevorsteht. Wir sind noch nicht am Schlussakt angekommen. Es gibt noch viel zu tun.«

»Und was?«, fragte Odile, denn irgendwie würde sie gern wissen, was sie noch tun musste, damit ihre Seele endlich wieder Frieden hatte.

Doch Rotbart verweigerte ihr eine Antwort, denn er aß jetzt.

Odile sah ein, dass es vielleicht besser gewesen wäre, den letzten Mord genauso gewissenhaft vorzubereiten wie den an

Sandrine Ravier. Sie hatte sich von ihrer Leidenschaft hinreißen lassen. Sie hatte einen Fehler gemacht. Aber beim nächsten Mal würde ihr das nicht passieren.

Als Rotbart seinen Kuchen verdrückt hatte, wischte er sich mit der Serviette über den Mund und blickte auf.

»Soweit ich weiß, wird demnächst das Casting wieder aufgenommen werden. Jetzt, da die Favoritin tot ist, werden sie sich ein anderes Mädchen suchen müssen.«

Odile verzog das Gesicht. Sie war die Einzige, der die Ehre gebührte, diese Rolle zu tanzen. Aber wahrscheinlich würde es eine andere werden. Wieder einmal.

»Bist du sicher, dass sie weitermachen werden?«, zweifelte Odile. Drei Ballerinen waren bereits ausgeschieden. Es war möglich, dass die Veranstalter aufgaben.

»Sie werden weitermachen. Das Casting ist am Montag, du hast also noch einiges zu tun. Ich könnte dir ja einen Tipp geben, wer diejenige sein wird, für die sie sich entscheiden.«

»Wer?«, fragte Odile. Ihre Hände krallten sich ins Tischtuch.

Rotbart zog einen Stift aus seiner Manteltasche und griff nach einer der Papierservietten aus dem metallenen Halter. Dann notierte er etwas und reichte ihr die Serviette.

Odile öffnete sie mit zitternden Händen. Sie las einen Namen und sah Rotbart daraufhin verwundert an. »Die?«

»Ich bin sicher.«

»Wirklich?«

»Du weißt, ich habe meine Kontakte überall. Sie hat eine große Fürsprecherin. Ich bin sicher, dass sie dieses Mal durchkommen wird. Und sie wird man auftreten lassen, wenn du nichts unternimmst.«

In Odile brodelte es. Sie hätte mit jedem Namen gerechnet, aber nicht mit dem. Wütend zerknüllte sie die Serviette.

»Ich werde sie …«

»… diesmal ein wenig subtiler behandeln«, vollendete Rotbart ihren Satz und brachte sie damit wieder zur Räson. »Stell dir vor, wenn sie am Ende aus Verzweiflung über den Verrat des Prinzen wirklich stirbt. Das wäre dein Meisterwerk.«

»Und dann werde ich endlich tanzen können?«

Ein unergründliches Lächeln huschte über sein Gesicht. »Dann wirst du tanzen. Für immer und ewig.«

Odile lehnte sich auf ihrem Stuhl zurück. Ein unendliches Glücksgefühl breitete sich in ihrer Brust aus. Nur noch einmal musste sie töten und dann würde sie tanzen können. Dann würde sie den Prinzen bekommen und mit ihm glücklich werden.

Sie war schon drauf und dran, Rotbart dafür zu danken, doch dann fiel ihr etwas ein.

»Da … da ist dieses komische Mädchen«, begann sie, denn sie hielt es für wichtig.

»Welches Mädchen?«, fragte Rotbart, während er seelenruhig seinen Kaffee schlürfte.

»Na, das Mädchen, das über das Ballettstudio schreiben will. Das Mädchen, das mit dem Polizisten gesprochen hat. Gestern wollte er sie wieder sprechen.«

»Und?«

»Ich habe mitbekommen, dass sie schon einmal jemanden überführt hat. Diesen Jungen, der die Mädchen in dem Internat umgebracht hat …«

»Woher weißt du das?«

»Ich habe es gehört. Und ich habe nachgeforscht. Sie hat den Mörder überführt. Und sie kennt den Polizisten.« Sie hielt kurz inne. In ihrem Verstand herrschte ein furchtbares Durcheinander. Wenn sie es doch ordnen könnte!

»Hast du noch mehr mitbekommen?«

»Nein, sie … sie hat mit ihm gesprochen, aber ich bin sicher, dass sie nicht weiß, wer ich bin. Obwohl ich die ganze Zeit über da war und sie auch gesehen habe.«

»Gut. Das ist gut. Was sie angeht, brauchst du dir keine Sorgen zu machen. Es läuft alles so, wie es soll.«

»Ist sie denn auch Teil des Spiels?«, fragte Odile und begann nun wieder, an den Ärmeln ihrer Strickjacke zu zupfen.

»Ja, das ist sie. Doch ich werde dafür sorgen, dass du deinen Plan in Ruhe ausführen kannst.«

»Und was hast du vor?«, fragte Odile, während sie fühlte, wie ihre Niedergeschlagenheit verging.

»Ich werde mich um *ihren* Prinzen kümmern. Und dir Gelegenheit geben, endlich Frieden zu finden.«

Damit erhob er sich.

Odile hätte ihn gern gefragt, was das alles zu bedeuten hätte. Aber sie wusste, dass er es ihr nicht verraten würde.

»Ich rufe dich an«, sagte er nur, legte einen Geldschein neben den leeren Teller und verschwand.

28

Bis zur sechsten Stunde saß ich wie auf heißen Kohlen. Der Unterricht flog an mir vorbei. Ich konnte nur an Alex denken und daran, dass er jetzt irgendwie versuchte, in Dr. Bakkers Büro einzusteigen. So viel konnte passieren! Vielleicht hatte Bakker das Internat nicht verlassen. Vielleicht würde ein Lehrer Alex erwischen. Oder der Hausmeister.

Als endlich das befreiende Klingeln ertönte, schnappte ich meine Sachen und lief, so schnell ich konnte, zum Brunnen im hinteren Park. Alex war noch nicht da.

Während ich mich an den Brunnenrand lehnte, raste mein Herz wie verrückt. Was Alex wohl rausgefunden hatte?

Um mich abzulenken, schweifte mein Blick zum alten Trakt, in dem sich Marc Feldten zuweilen aufgehalten hatte. Eine Gänsehaut überlief mich. Marc war hinter Gittern, aber der Ratgeber frei … Er konnte noch alles Mögliche anstellen.

Als mich jemand an der Schulter berührte, zuckte ich zusammen und schrie auf.

»He, seit wann bist du denn so schreckhaft?«, fragte Alex und lachte.

»Immerhin kann man nicht wissen, wer alles hinter einem auftaucht«, entgegnete ich und umarmte ihn.

»Dann solltest du wachsamer sein.« Alex küsste mich. »Am Wochenende bin ich nicht hier, dann musst du allein gut auf dich achten.«

»Das mache ich, versprochen!«

Wir küssten uns erneut, während ringsherum die restlichen Blätter von den Bäumen wehten.

Wir setzten uns auf den Brunnen und sahen dem Blätterwirbel eine Weile zu.

»Also, hör zu«, begann Alex schließlich. »Ich habe etwas sehr Interessantes herausgefunden.«

»Du warst tatsächlich in Bakkers Büro?«

»Es war nicht einfach, kann ich dir sagen. Die hüten ihre Schlüssel viel besser als sonst. Also nichts mehr mit Schublade und so.«

»Und wo lassen sie die Schlüssel jetzt?«

»In einem abgeschlossenen Schrank, vor dem die Sekretärin sitzt. Ich habe in der Nähe des Fensters gewartet, bis sie aus dem Raum gegangen ist, dann bin ich reingeklettert und …«

»Das hast du doch nur erfunden«, entgegnete ich, denn ich war sicher, dass es aufgefallen wäre, wenn ein Schüler durch das Fenster des Sekretariats kletterte.

»Okay, ein wenig. Aber ich war in Bakkers Büro. Ich habe dem Hausmeister gesagt, dass ich etwas dort vergessen hätte und es unbedingt brauchte. Er hat mir den Schlüssel gegeben.«

Diese Worte jagten mir einen ziemlichen Schreck in die Glieder.

»Du hast den Hausmeister gebeten?«

»Ja, und er hat es mir erlaubt. Aber angestellt hat er sich – ›nur ja nichts anrühren‹, hat er mindestens dreimal gesagt. Ich habe auch nicht lange herumgesucht, sondern gleich in seinem Aktenschrank nachgesehen. Und jetzt rate mal, wer dort tatsächlich eine Akte hat!«

Ich konnte es immer noch nicht fassen, dass er den Hausmeister gefragt hatte. Vielleicht würde er Bakker davon erzählen und dann brach hier die Hölle los!

»He, du rätst ja gar nicht«, sagte er, als meine Antwort ausblieb.

»Ich … ich bin nur … Du hättest das nicht tun sollen!«

»Aber du wolltest doch, dass ich Informationen beschaffe!«

»Nicht um jeden Preis! Wenn der Hausmeister jetzt dem Bakker Bescheid gibt?«

»Was soll er ihm denn sagen? Dass er einem Jungen die Schlüssel gegeben hat, weil dieser etwas in seinem Büro vergessen hätte?«

»Denk dran, der Hauswart kennt uns alle!«

»Ja, aber trotzdem glaube ich nicht, dass er so dicke mit dem Schulpsychologen ist, der sich draußen fast nie sehen lässt. Unser Hauswart hasst hier beinahe jeden, Ausnahmen ausgenommen.« Er zog mich wieder an sich und küsste mich auf die Stirn. Ich wusste nicht genau, was ich sein sollte – sauer, weil Alex unsere Ermittlungen gefährdet hatte, oder stolz, weil er den Mut gehabt hatte, den Hausmeister zu fragen.

»Mach dir keine Sorgen, es wird schon nichts passieren. Und du findest doch auch, dass es besser ist, wenn wir Bescheid wissen, oder?«

Ich nickte.

»Und, was hast du herausgefunden?«

»Olga war tatsächlich bei Dr. Bakker zu einer Beratung.«

So etwas hatte ich befürchtet. »Und?«

»Offenbar ging es um eine Essstörung. Wir an der Schule haben nichts davon mitbekommen, aber wie es aussah, hatte sie eine Zeit lang mit Bulimie zu kämpfen.«

»Wegen des Balletts?«

Alex zuckte die Schultern. »Ich hatte keine Zeit, die Akte näher zu studieren, ehrlich gesagt war es mir auch ein bisschen peinlich, denn eigentlich mag ich Olga.«

Plötzlich hörte ich das Blut in meinen Ohren rauschen. Mein Herz begann zu rasen. War Olga die Mörderin? Das war kaum vorstellbar, denn sie wollte die Rolle nicht. Oder bezweckte sie etwas anderes damit? Wollte sie die Aufführung, zu der sie ihre Mutter drängen wollte, zu Fall bringen? Wollte sie sich so aus der Welt des Balletts davonschleichen?

Ich rief mir ihr Bild vor Augen. Sah so eine Mörderin aus?

Allerdings bestand aber auch die Möglichkeit, dass ihre Mutter dahintersteckte. Wenn die Ballerina vom Stadttheater gestern Abend ermordet worden war, konnte Olga nichts damit zu tun haben, denn die war ja hier und hatte sich gewiss kein Taxi in die Stadt genommen. Aber Marika Tschernow war in einem Taxi davongefahren …

»Hör mal, du erzählst niemandem davon, okay?«, legte ich Alex ans Herz, denn ich wollte nicht, dass hier irgendwer Olga etwas von meinen Ermittlungen erzählte.

»Wo denkst du hin?«, entgegnete Alex entrüstet.

»Ich mein ja nur. Das, was in den Akten steht, geht uns eigentlich nichts an.«

»Ich weiß«, gab er zurück. »Und es war mir auch furchtbar peinlich. Aber denk dran, das hilft uns vielleicht bei der Aufklärung des Falls.«

Ich nickte. Ja, es stimmte. Möglicherweise hatten wir das Bindeglied zwischen dem Ratgeber und Sandrine Ravier gefunden. Und vielleicht sogar den Ratgeber, auch wenn es schwierig werden würde, Bakker irgendwas nachzuweisen. Ich konnte nicht einfach zu Dräger gehen und behaupten, dass er die Mörder anstiftete – nur weil Olga und auch Marc Feldten bei ihm in Behandlung waren.

»Ich verspreche, ich werde niemandem etwas erzählen«, sagte Alex und erhob sich dann. »Was machst du jetzt mit deinem Wissen?«

»Ich werde versuchen, Olgas Mutter etwas besser unter die Lupe zu nehmen.«

»Weißt du denn, wo sie wohnt?«

»Sicher in einem Hotel. Fragt sich nur, in welchem.«

»Du könntest Olga fragen. Wenn sich die Gelegenheit ergibt.«

»Wenn sich die Gelegenheit ergibt«, echote ich und nickte. Sicher ergab sich die Gelegenheit. Wir hatten zwar gestern Abend nicht darüber gesprochen, aber ich wollte auf jeden Fall zu dem Casting am Montag gehen. Wer weiß, was da geschehen würde.

Vielleicht wäre es besser, Dräger zu benachrichtigen. Wenn irgendwas passierte, konnte er gleich eingreifen.

Allerdings bedeutete das auch, dass ich zugeben musste, gelogen zu haben. Aber wenn dadurch ein Leben gerettet werden konnte, war es mir nur recht.

»Du fährst nachher um drei, nicht wahr?«, fragte ich nun. Um vier begann die Redaktionssitzung. Vielleicht konnte ich ihn dazu überreden, noch ein wenig länger zu bleiben.

»Ja, um drei.« Ein Lächeln huschte über sein Gesicht. »Ich vermisse dich jetzt schon.«

»Aber jetzt bist du ja noch bei mir.«

»Trotzdem.« Er küsste mich und hielt mich dann lange an seiner Brust. Ich war in diesem Augenblick durchaus gewillt, die nächsten beiden Stunden so mit ihm stehen zu bleiben. Aber genauso wie er hatte auch ich noch Unterricht.

»Sehen wir uns nachher noch mal?«, fragte ich, als das Läuten ertönte und wir wieder ins Schulgebäude mussten.

»Natürlich!«, entgegnete er. »Wieder hier?«

»Wenn du magst.«

Wir küssten uns und gingen dann Arm in Arm über den Schulhof.

29

Während der zwei Stunden, die so schleppend vorübergingen wie schon der ganze Tag, fragte ich mich, wie ich es anstellen sollte, an Olgas Mutter ranzukommen. Ich wurde das Gefühl nicht los, dass sie etwas mit den Morden zu tun hatte.

Als es schließlich läutete und alle, die keine AG mehr hatten oder der Redaktionssitzung der Schülerzeitung beiwohnen mussten, schreiend und lachend nach draußen stürmten, ging ich in die Mensa, um mir einen kleinen Snack zu holen. Für ein richtiges Mittagessen reichte es nicht, denn das würde die Zeit, die ich mit Alex hatte, nur unnötig reduzieren. Schade, dass er an diesem Wochenende zu seinen Eltern musste. Nicht dass wir viel Zeit gehabt hätten, irgendwas Romantisches oder so zu unternehmen. Aber es wäre schön gewesen, ihn die ganze Zeit über bei mir zu haben. Und vielleicht hätten wir ja auch wieder …

Ich weiß auch nicht, aber seit ich mit Alex geschlafen hatte, hatte ich noch mehr Lust auf ihn. Und da waren noch viele andere Gefühle, die ich noch nicht so richtig einzuordnen wusste – aber musste das denn auch sein?

Mit meinem Baguette in der Tüte lief ich zum Brunnen. Alex wartete bereits auf mich.

»He, wo warst du denn? Ich dachte schon, du würdest mich versetzen.«

Ich hielt ihm die braune Papiertüte hin. »Hier. Hälfte – Hälfte. Ich kann dich doch nicht ohne Wegzehrung losschicken.«

Alex zog das Baguette hervor und teilte es. Lächelnd reichte er mir die größere Hälfte.

»Warum so?«, fragte ich, denn er war ja derjenige, der noch einen Weg vor sich hatte – ich konnte mir jederzeit in der Mensa noch etwas holen.

»Weil meine Mutter heute Abend garantiert wieder ein großes Essen auf den Tisch zaubert. Es muss doch gefeiert werden, wenn die Männer der Familie wieder da sind!«

»Dein Vater war also auch weg?«

»Geschäftsreise. Wahrscheinlich wird er zu müde sein, um das Essen anständig zu würdigen, aber das kann meine Mutter nicht zurückhalten.«

»Du hast es gut«, sagte ich und biss in meine Baguettehälfte. Erst jetzt merkte ich, wie viel Hunger ich eigentlich hatte.

»Na ja, hat alles Vor- und Nachteile. Manchmal geht mir meine Mutter mit ihrer Fürsorglichkeit auf den Keks. Aber seit ich dich kenne, bin ich mehr denn je froh, sie zu haben. Ich habe es früher immer für selbstverständlich gehalten, aber jetzt …«

»Dann habe ich ja ziemlich gute Karten, wenn du mich deiner Mutter mal vorstellst, wie?« Ich knuffte ihn in die Seite. »Immerhin wird sie meinetwegen noch mehr geschätzt.«

»Ich werde es meine Mutter zu gegebenem Anlass wissen

lassen.« Er steckte seine Hälfte ein und schlang die Arme um mich.

»Das ist unfair!«, bemerkte ich kauend, doch er küsste mich trotzdem.

»Du schmeckst köstlich«, beschied er dann, ließ mich aber schlucken und machte dann erst weiter.

»Du wirst mir fehlen.« Er sah mir tief in die Augen. Diese schienen irgendwie noch schöner geworden zu sein. Ich konnte mir kein Augenpaar vorstellen, das noch schöner war als seines.

»Du mir auch«, entgegnete ich und spürte wieder das vertraute und wohlige Kribbeln in meiner Magengrube.

Wir hielten uns eine Weile, dann sah Alex auf seine Uhr.

»Ich muss«, sagte er und löste sich von mir. Auf einmal fühlte ich mich wie mitten in einem Schneesturm. Ich wollte seine Wärme bei mir behalten, doch die Herbstluft zog sie aus meinen Kleidern und meinem Körper.

»Schreibst du mir, wenn du zu Hause bist?«, fragte ich.

»Natürlich. Und sobald mich meine Eltern freigegeben haben, auch den ganzen Abend.«

»Pass auf dich auf, ja?«

»Ich bin sicher, dass auf dem Weg keine streitlustigen Medizinbälle lauern werden.«

Wir küssten uns noch einmal, dann begleitete ich ihn zum Tor. Gern wäre ich auch noch bis zur Bushaltestelle mitgegangen, aber bis ich von dort zurück wäre, hätte die Redaktionssitzung angefangen.

Außerdem hatte es etwas für sich, mich nach ihm zu sehnen, denn so hatte ich wenigstens etwas Schönes, an das ich denken konnte, wenn ich am Wochenende mit den Ballerinen nicht weiterkam.

In den Redaktionsräumen warteten natürlich die Schüler der Oberstufe schon wieder auf uns »Kleine«.

»Hallo!«, rief ich ihnen zu und begab mich dann an meinen Platz, den ich bei der letzten Sitzung ergattert hatte. Damit es nicht ganz so aussah, als hätte ich nicht viel für meinen Artikel getan, zückte ich meinen Block, in dem neben den Infos, die ich von Olga erhalten hatte, auch meine Überlegungen zu dem Mordfall standen.

Da mich die anderen nicht weiter zu beachten schienen, begann ich, ein paar Dinge aufzuschreiben. Dass Olga bei Dr. Bakker in Behandlung war, dass wieder eine Ballerina ermordet worden war und dass Olgas Mutter für mich mehr und mehr auf die Liste der Verdächtigen rückte.

Darin vertiefte ich mich so sehr, dass ich gar nicht merkte, wie jemand hinter mir auftauchte. Ich zuckte zusammen, als sich eine Hand auf meine Schulter legte.

»Oh, entschuldige!«, rief Linh und wich erschrocken zurück. Hatte sie etwa geglaubt, dass ich am Hinterkopf Augen hatte? »Ich wollte dich nicht stören.«

»Tust du nicht«, log ich und zwang mich zu einem Lächeln. »Was gibt's?«

»Ich würde gern wissen, wie du mit deinen Recherchen vorankommst. Deine Idee, übers Ballett zu schreiben, finde ich super.«

»Ja, nicht? Schade, dass es hier an der Schule keine Ballett-AG gibt.«

»Das finde ich auch, ich gehe wahnsinnig gern ins Ballett!« Linh sah aus, als wollte sie gleich vor Freude in die Hände klatschen. »Irgendwann soll das auch schon mal angedacht gewesen sein, aber letztlich hat die Schule dieses Vorhaben nicht weiterverfolgt. Vielleicht ändert sich das mit deinem Artikel.«

»Dann soll ich den Artikel wirklich schreiben?«

Eigentlich wollten sie erst darüber abstimmen, wenn die ersten Entwürfe da wären.

»Natürlich! Deine Idee hat uns so gut gefallen, dass wir der Meinung sind, du solltest gleich den richtigen Artikel schreiben. Wenn es daran noch etwas zu ändern gibt, machen wir das schon.«

Ich war baff.

»Okay, danke!«, sagte ich, worauf mich Linh wie ein Honigkuchenpferd anstrahlte.

»Wir sind so froh, dass du dich für die Zeitung gemeldet hast. Die meisten Ideen der anderen sind nicht wirklich gut, aber du hast genau ins Schwarze getroffen.«

Hatte ich das? Linh tat zwar so, als wäre ich die nächste Anwärterin auf den Pulitzerpreis, aber ich bezweifelte, dass der Ballettartikel der große Wurf werden würde. Wahrscheinlich lag es an Linhs Begeisterung fürs Ballett. Wenn sie wüsste, was ich inzwischen mitbekommen hatte …

Ich bedankte mich jedenfalls noch mal und war froh, als Linh wieder zu den anderen ging.

Nach und nach füllte sich der Redaktionsraum. Ich blickte nicht auf, sondern versuchte, meine Anhaltspunkte mit Linien zu verbinden. Das gab ein lustiges Durcheinander auf dem Papier und auch in meinem Kopf, und letztlich war die Einzige, die als Verdächtige infrage kam, Marika Tschernow, Olgas Mutter.

Doch ich war noch immer nicht zufrieden.

Dann setzte sich jemand neben mich und riss mich aus meiner Kritzelei.

Als ich neben mich schaute, traute ich meinen Augen nicht. Melanie saß da und sah mich an.

Ein bisschen erwartete ich, dass sie wieder irgendeine Gemeinheit vom Stapel ließ, aber danach schien ihr nicht zumute zu sein.

»Hi!«, sagte sie nur und ignorierte mein Staunen.

»Du bist bei der Zeitung?«, fragte ich, denn bei der ersten Sitzung hatte ich sie nicht gesehen.

»Ja, siehst du doch!«, entgegnete sie. »Ich konnte bei der ersten Sitzung nicht dabei sein, meine Mutter hatte mich wieder zum Psychologen geschickt. Aber ich hatte mich gemeldet.«

Es wunderte mich sehr, dass sie die Sache mit dem Psychologen einfach so zugab. Aber offenbar gingen sehr viele Schüler hier zu Dr. Bakker. Und dadurch wusste er viel mehr, als er vielleicht sollte …

»Okay, dann viel Spaß«, sagte ich, denn was sollte ich dazu auch meinen? Seit dem Vorfall war sie ruhig geworden; ihre Mobber-Clique gab es nicht mehr.

»Ich dachte vielleicht, ich schreibe über diese Vereinigung zur Unterstützung von Verbrechensopfern«, fuhr sie fort.

»Den Weißen Ring?«, fragte ich, erstaunt über ihre Auswahl. Damit hätte ich nicht gerechnet.

»Ja, genau! Was meinst du, wird Linh das gefallen?«

»Sicher«, antwortete ich und meinte es durchaus ehrlich.

Der Weiße Ring toppte einen oberflächlichen Artikel übers Ballett um Längen.

»Ich weiß nicht … würdest du den Artikel vielleicht gegenlesen, wenn du ein bisschen Zeit hast?«

»Ich?«, fragte ich verwundert.

»Ja, du. Du bist besser in Deutsch als ich, also …«

»Okay, ich mach's.«

Noch vor einigen Wochen hätte ich so eine Bitte für vollkommen unmöglich gehalten.

»Tut mir leid, dass ich es dir so schwer gemacht habe«, sagte sie dann, völlig unvermittelt.

Ich schaute sie verdattert an.

»Ich möchte, dass du das weißt.«

Damit wandte sie sich wieder ihren Notizen zu.

Offenbar war Melanie doch ganz nett. Und auf einmal war ich mir nicht mehr sicher, ob eine Freundschaft zwischen uns ganz ausgeschlossen war.

Wir hatten uns gezankt, geprügelt, gemeinsam Strafarbeit abgeleistet und dann einem Mörder gegenübergestanden. Sie hatte viel Schlimmes getan, Leute verletzt, ein Mädchen in den Selbstmord getrieben. Aber vielleicht verdiente sie eine zweite Chance.

Aber darüber konnte ich mir später Gedanken machen.

Da alle Teilnehmer – oder jene, die nicht gleich nach der ersten Sitzung verschreckt das Handtuch geworfen hatten – da waren, eröffnete Linh die Sitzung.

30

Eine Stunde später wurden wir ins Wochenende entlassen. Nicht ohne den Hinweis, dass es eine Halloween-Party geben würde. Aber darauf hatte ich keine Lust. Alex war nicht da, mir glühte der Kopf, und ich freute mich darauf, am Wochenende in Ruhe über die Morde nachdenken und recherchieren zu können. Vielleicht ergab sich ja noch eine ungeahnte Möglichkeit.

Draußen lief mir Olga über den Weg. Sie ging ein wenig gebeugt und wirkte in Gedanken versunken.

»He, Olga!«, rief ich ihr zu und winkte.

Sie blieb stehen und drehte sich nach mir um. Sie war blass. Dunkle Ringe standen unter ihren Augen. Es sah aus, als hätte sie die gesamte Nacht durchgemacht. Mit schwerfällig wirkenden Schritten kam sie auf mich zu.

»Alles in Ordnung mit dir?«, fragte ich, worauf sie den Kopf schüttelte.

»Nein. Meine Mutter ist mir wieder auf den Geist gegangen. Als sie heute Morgen von dem Tod dieser Ballerina gehört hat, ist sie beinahe ausgeflippt vor Freude.«

»Was?« Ich konnte nicht fassen, was Olga mir da erzählte.

»Heute Morgen kam es in den Nachrichten. Sie wurde gestern gefunden, tot in einer Badewanne. Auch ihr hatte man die Füße abgeschnitten.«

Ich starrte sie entsetzt an.

»War es jemand von euch?«, fragte ich dann, als wüsste ich von nichts.

»Nein, eine Ballerina vom Stadttheater. Sie war die zweitbeste beim Casting. Wir wären nicht gegen sie angekommen, nicht mal Lotta.«

Die beste und die zweitbeste beim Casting waren tot. Die derzeit beste und ehrgeizigste Schülerin von Madame Rosi lag mit zerstochenen Füßen im Krankenhaus.

Meine Bauchdecke flatterte plötzlich.

Es gab nur eine Frau, die vielleicht ein Interesse daran haben konnte – Olgas Mutter. Und wenn sie nun wirklich die Frauen umgebracht hatte?

In Windeseile ratterten die Fakten durch meinen Verstand:

Marika Tschernow kannte Madame Rosi und hatte vielleicht Zugang zum Tanzstudio.

Marika Tschernow hatte ein großes Interesse daran, dass ihre Tochter in dem Stück tanzte.

Marika Tschernow kannte vielleicht auch die andere Balle rina.

Marika Tschernows Kontakte konnten sogar so weit reichen, dass sie wusste, wer die besten Chancen hatte.

Und sie hatte von allen die meisten Verbindungspunkte auf dem Zettel.

Und dann war es auch möglich, dass sie Dr. Bakker kannte.

»Olga, ich muss dich jetzt was fragen«, begann ich und wusste dabei nicht, ob es eine gute Idee war, das zu tun. Aber ich wollte auf keinen Fall, dass noch eine Ballerina wegen dieses Open Air sterben musste. »Wie gut weißt du über deine Mutter Bescheid? Wie weit würde sie gehen, um dich in dieses Stück zu bringen?«

Olgas Augen weiteten sich. Natürlich hatte sie verstanden, worauf ich anspielte.

»Du glaubst also, dass meine Mutter hinter den Morden steckt?« Sie schnaufte und schüttelte ungläubig den Kopf.

»Nein, das nicht, aber es ist schon komisch, dass sie … dass sie hier auftaucht und plötzlich ein Mädchen Glasscherben in ihren Spitzenschuhen hat und kurz darauf eine Ballerina tot ist.«

Olga schnappte nach Luft und blickte dann gen Himmel.

Scheiße, dachte ich. Ich hätte den Mund halten sollen.

»Du kannst doch so was nicht behaupten!«, flippte Olga plötzlich aus. »Meine Mutter hat einen Knall, ja, aber sie ist keine Mörderin. Und dass ich das, was sie tut, nicht mag, gibt dir noch lange nicht das Recht, irgendwelche Verdächtigungen gegen sie auszusprechen.«

»Okay, okay, entschuldige!« Ich hob beschwichtigend die Hände, doch Olga hatte jetzt keine Lust mehr, mit mir zu sprechen. Wütend stapfte sie an mir vorbei zu ihrem Wohnhaus. Ich lehnte mich gegen den Brunnen.

Verdammt, warum hatte ich die Klappe nicht halten können?

Jetzt würde sie mich beim Casting bestimmt nicht mehr sehen wollen.

Wütend kickte ich einen Stein aus dem Gras. Und jetzt? Ich konnte wohl kaum alle möglichen Hotels der Gegend abklappern, um herauszufinden, wo Olgas Mutter wohnte. Und eine Beschattungsaktion war ohne eigenes Auto auch großer Käse.

Ein dumpfes Grollen von oben riss mich aus meinen Gedanken. Im gleichen Augenblick trafen mich die ersten Regentropfen. Es war wohl besser, reinzugehen und in meinem Zimmer weiterzugrübeln.

31

Regen schlug gegen das Glas. Die herabperlenden Tropfen verwischten ihre Sicht, die Lichter der Straße wurden von den nassen Spuren auf dem Glas verzerrt. Ähnlich verzerrt sah es in ihrem Kopf aus. Das Gespräch mit Rotbart war eigentlich sehr gut gelaufen. Er hatte ihr in Aussicht gestellt, dass sie ihre letzte Konkurrentin endgültig auslöschen dürfte.

Als sie wieder zu Hause gewesen war, hatte sie sich leicht und beschwingt gefühlt. Doch dann hatte eine dunkle Kralle nach ihrem Verstand gegriffen. In ihrer Vorfreude hatte sie gar nicht mehr darauf geachtet, dass ihr eine Sache, die Rotbart zu ihr gesagt hatte, gar nicht passte.

Das fremde Mädchen.

Das Mädchen aus dem Internat.

Das Mädchen, das sie in Ruhe lassen sollte.

Doch irgendwie konnte sie das nicht.

Irgendwas war an dem Mädchen, das sie beunruhigte. Sie hatte mit dem Polizisten gesprochen. Seit dem Mord war sie ständig in der Tanzschule. Was, wenn sie es auf den schwarzen Schwan abgesehen hatte?

Wenn sie ihr die Chance nahm, den Prinzen zu gewinnen?

Die ganze Zeit über hatte sie gegrübelt, was sie tun sollte – ohne Ergebnis. Ihr Verstand sagte ihr, dass es besser wäre, Rotbart nicht zu hintergehen. Doch was, wenn er unrecht hatte? Wenn er die Gefahr nicht sah?

Mach keinen Unsinn, sagte sie zu sich selbst. Eine Stimme, die sich wie die von Rotbart anhörte, fügte hinzu: Lass das Mädchen in Ruhe, aber sei dennoch wachsam. Wenn sie dir irgendwie in die Quere kommt, machst du sie unschädlich. Ansonsten konzentrierst du dich auf deinen Plan.

Ja, das würde sie tun.

Odile wandte sich vom Fenster ab und ging zu dem Schreibtisch, einem der wenigen Stücke, die sie aus ihrem früheren Leben mitgenommen hatte. Damals hatten ihr alle Türen offen gestanden. Sie hätte ein Star werden können. Aber das Schicksal war unerbittlich gewesen. Es hatte ihr ihren Prinzen weggenommen und sie in eine schwarze Grube geworfen.

Sie zog eine der Schubladen auf und betrachtete die Spritzen darin. Rotbart hatte sie ihr gegeben, samt den Mitteln, die sie brauchte, um die Mädchen zu betäuben. Er hatte ihr auch gesagt, welche Dosis davon tödlich sein würde.

Nach einer Weile nahm sie zwei Spritzen heraus und zog darin die Lösung auf. Dann steckte sie sie in ihre Handtasche. Jetzt begann das Warten. Drei Tage noch, dann würde es vorbei sein.

32

Halb zehn und noch immer keine Nachricht von Alex. Das machte mich zutiefst nervös. Mein Abendbrot lag schwer wie ein Stein in meinem Magen und meine Hände waren eiskalt. Warum schrieb er nicht? War ihm vielleicht irgendwas zugestoßen?

Wieder checkte ich mein Handy. Keine SMS, keine Mail. Eigentlich müsste er doch schon längst zu Hause angekommen sein!

»He, hast du Lust, ins Kino zu gehen?«, rief Susanne, als sie durch die Zimmertür polterte. »Heute Abend spielen sie in der Aula irgendeinen alten Schinken, *Die Insel des Dr. Moreau* oder so. Als Vorbereitung auf die Halloween-Party am Wochenende. Ich weiß ja, du hast es nicht so mit Partys, aber wollen wir uns den gemeinsam anschauen?«

Die Insel des Doktor Moreau? Das war doch nicht ihr Ernst, oder? Diesen alten Gruselschinken hatte ich irgendwann mal im Dritten Programm gesehen. Sicher, es war ein Klassiker, aber wer glaubte denn, dass sich eine Generation, die so was wie SAW 1-5 schaute, davor noch gruselte? Abgesehen davon hätte ich nicht erwartet, dass unsere Schule noch so einen alten Filmprojektor hatte.

»Ähm … ich weiß nicht«, entgegnete ich und schielte wieder auf mein Handy. Natürlich rührte sich dort nichts.

»Ach, komm schon! Du kannst doch an einem Freitagabend nicht hier herumsitzen!« Susanne sah aus, als würde sie mich gleich am Arm ziehen.

»Als ob ich das nicht schon oft gemacht hätte!«

»Klar, aber heute Abend ist Kino!«, entgegnete sie, als hätte sie noch nie eines von innen gesehen. »Ich weiß ja, dass du dich nicht für viele Dinge in der Schule interessierst …«

»Na, hör mal!«, protestierte ich, aber Susanne redete weiter.

»… aber es gibt außer Halloween noch einen besonderen Grund dafür, dass heute eine Kinoaufführung stattfindet.«

»Und der wäre?«, fragte ich.

»Die Technik-AG hat es geschafft, den Projektor, der so lange im alten Trakt gestanden hat, wieder in Gang zu bekommen. Pünktlich. Sie haben ihn restauriert, stell dir das mal vor! Es ist total cool, so retro! Und endlich ist etwas, das im alten Trakt herumsteht, mal nützlich!«

Wie war das noch mal mit der Halloweenparty? Mir fiel wieder ein, dass ich es für einen guten Ort dafür gehalten hatte …

»He, hörst du mir überhaupt noch zu?« Susanne schnippte vor meinem Gesicht. Wenn ich eines nicht abkonnte, dann das.

Allerdings wusste sie das nicht und für meine momentane Abwesenheit hatte ich das wohl auch verdient.

»Ja, na klar!«, entgegnete ich. »Okay, okay, ich komme mit.

Aber wenn ich bei dem Streifen einschlafe, gibst du mir morgen in der Mensa ein Stück Kuchen aus.«

»Das könnte dir so passen!«, entgegnete Susanne und lächelte mich breit an. Dann verschwand sie in Richtung Schrank.

Ich warf wieder einen Blick aufs Handy. Noch immer keine Nachricht. Also gut. Alex war jetzt schon eine Stunde überfällig mit einer Nachricht. Ich beschloss, ihm zu schreiben. Mach dich nicht verrückt, versuchte ich mir einzureden, während ich die kurze Nachricht tippte. Es wird schon nichts passiert sein. Jedenfalls nicht mit Alex. Er wird sich bestimmt bald melden. Vielleicht war ja auch irgendwas mit seiner Mutter oder seinem Vater. Vielleicht war er auch einfach müde und ist in seinem Zimmer eingepennt.

Es würde gut sein, wenn ich mich ein wenig beim Kino mit Susanne ablenkte. Und wenn ich mich schon nicht gruselte, konnte ich vielleicht nachdenken.

Samstag
33

Eigentlich hätte ich noch ein wenig länger schlafen wollen, doch als das nervtötende Klingeln losging und mich aus einem Traum von Alex an der Ostsee schreckte, war es noch immer dunkel. Ich hätte mein Handy vielleicht doch nicht auf laut stellen sollen.

Doch dann fiel mir wieder ein, aus welchem Grund ich es getan hatte. Den ganzen Abend über war eine Meldung von Alex ausgeblieben. Ich hatte ihm zweimal geschrieben, aber keine Antwort erhalten. Da ich keine Whatsapp-Stalkerin sein wollte, die alle fünf Minuten nachfragte, warum jemand nicht antwortete, hatte ich es schließlich sein gelassen und gehofft, dass mich der Nachrichtenton aus dem Schlaf reißen würde.

Murrend klaubte ich es vom Nachttisch. Die Nummer, die anrief, war mir unbekannt, anhand der Vorwahl sah ich aber, dass jemand aus der näheren Umgebung anrief. Vom Festnetz. Alex vielleicht?

Mir fiel wieder ein, dass er sich gestern nicht wie versprochen gemeldet hatte. War sein Handy kaputt gegangen?

»Ja, hallo?«, meldete ich mich und versuchte, mich wach zu bekommen. Wenn es Alex war, wollte ich nicht wie eine verschlafene Nachteule klingen.

»Clara, sind Sie das?«

Es war nicht Alex. Die Frauenstimme war mir unbekannt.

»Wer ist da?«, fragte ich.

»Alex' Mutter. Frau Norden. Ich rufe an, weil Alex gestern Abend nicht wie vereinbart nach Hause gekommen ist und wohl auch nicht auf sein Handy schaut. Ich versuche schon seit gestern Abend, ihn zu erreichen. Ist er vielleicht noch in der Schule?«

Alex war nicht zu Hause angekommen?

Schlagartig richtete ich mich auf.

»Ähm … tut mir leid, aber er ist gestern Nachmittag losgefahren, schon so gegen drei. Oder besser gesagt, gegen drei ist er zum Bus gegangen.«

Stille am anderen Ende. Ich konnte mir vorstellen, was in Frau Norden vorging. Meine Eltern wären sicher auch ausgeflippt, wenn ich mal nicht nach Hause gekommen wäre. Und ehrlich gesagt stand ich selbst auch kurz vor dem Ausflippen. Was, wenn sich der Ratgeber nicht an unsere Abmachung gehalten hatte? Oder hatte er etwa die Regeln geändert?

»Frau Norden?«, fragte ich in den rauschenden Äther.

»Ja … entschuldigen Sie bitte, ich dachte nur …« Hinter ihr ertönte eine Männerstimme. Während sie mit mir sprach, versuchte ihr Mann wahrscheinlich, Alex zu erreichen.

»Ich werde es auch noch mal versuchen«, versprach ich. »Und sollte ich ihn hier auf dem Campus sehen, gebe ich Ihnen sofort Bescheid.«

»Gut, das ist wirklich gut«, antwortete Frau Norden ein wenig verwirrt. »Haben Sie meine Telefonnummer?«

»Ja, hier auf dem Display. Sobald ich etwas weiß, melde ich mich.«

Am liebsten hätte ich ihr ans Herz gelegt, die Polizei zu benachrichtigen, aber wahrscheinlich hatte sie das schon getan.

»Gut, vielen Dank.«

»Ähm, könnten Sie mir bitte auch Bescheid geben, wenn Sie etwas erfahren?«, fragte ich, denn dass sie mich angerufen hatte, hieß ja, dass sie von mir und Alex wusste.

»Natürlich. Also, bis dann!« Ich legte auf.

Erst jetzt fiel mein Blick auf das Bett gegenüber. Susanne war nicht mehr da, die Tagesdecke fein säuberlich über das Bettzeug gebreitet. Ein Zettel lag darauf.

Ich erhob mich, trat neben das Bett und las ihn.

»Bin zum Tagesausflug nach Stralsund. Komme heute Abend wieder.«

Hatte sie mir gestern davon erzählt? Vielleicht. Aber da war ich zu beschäftigt damit gewesen, mich um Alex zu sorgen.

Und jetzt war alles nur noch schlimmer geworden. Gestern hätte ich mir noch einreden können, dass er mich einfach nur vergessen hatte – aber jetzt hatte ich die Gewissheit.

Ich stellte den Klingelton des Handys so laut es ging ein und verschwand dann im Bad. In Rekordzeit duschte ich, ließ meine Haare so, wie sie waren, und lief los. Meinen knurrenden Magen ignorierte ich, denn ich war sicher, keinen einzigen Bissen herunterbekommen zu können.

Ich musste Alex suchen. Vielleicht gab es ja irgendeine Spur, etwas, das er hinterlassen hatte.

Oder hatte er sich vielleicht, ohne mir etwas zu sagen, an die Spuren des Ratgebers geheftet? Hatte er vielleicht etwas gesehen, was er nicht sehen sollte?

Auf dem Weg zur Mensa versuchte ich verzweifelt, Alex zu erreichen. Doch immer wieder ging nur die Mailbox ran. Außerdem blieben auch meine SMS unbeantwortet.

Ich musste Dräger anrufen und mich auf die Suche nach Alex machen. Mittlerweile kannte ich mich mit dem Weg zum Bus ja schon ziemlich gut aus. Und vielleicht würde in dem nächsten Bus, der fuhr, derselbe Fahrer sitzen wie gestern Nachmittag …

Auf dem Weg zum Haupthaus stellte sich mir jemand in den Weg. Robbie. Den konnte ich jetzt gerade gebrauchen!

»Du meine Güte, du hast ja ein Tempo drauf!«, sagte er, und erst jetzt wurde mir klar, dass er mir schon seit einer Weile hinterhergelaufen sein musste.

»Was gibt es, Robbie?«, fragte ich und hoffte, dass er hörte, wie genervt ich war.

»Hast du heute Nachmittag vielleicht schon was vor?«, fragte er, während sich sein Gesicht rötete.

Ich zog verwundert die Augenbrauen hoch. Alex war verschwunden und er fragte mich nach einem Date? Das war doch nicht möglich!

»Ja, ich habe etwas vor«, entgegnete ich mürrisch, verkniff mir aber hinzuzufügen, dass ich meinen Freund suchen wollte. »Danke, dass du fragst – aber nein, danke!« Damit stapfte ich davon.

»Aber …«, rief Robbie mir hinterher, doch ich wollte nicht auf ihn hören.

Als ich das Haupthaus betrat, fiel mir ein, dass ich ihn vielleicht zum Suchen hätte einspannen können. Aber das hätte nicht nur bedeutet, dass ich die Zeit mit ihm würde verbringen müssen – ich würde ihn womöglich auch in Gefahr bringen.

In meiner Tasche summte es. Es war Alex' Nummer! Verdammt, wo steckte er nur?

»Du kannst dich auf was gefasst machen, wenn du wieder herkommst!«, fuhr ich ihn an, nachdem ich abgenommen hatte.

Die Antwort war Schweigen.

»Hallo?«, fragte ich in den rauschenden Äther und bekam auf einmal furchtbare Angst. »Das ist nicht witzig, Alex!«

»Alex?«, fragte eine dunkle, irgendwie verzerrt klingende Stimme.

Mein Mund wurde schlagartig trocken und mein Herz begann zu rasen.

»Wer ist da?«, fragte ich panisch.

»Wenn du deinen Prinzen wiedersehen willst, geh zum alten Friedhof neben dem Dorf Rotensand. An einem der Gräber findest du eine Nachricht. Lies sie genau durch und folge den Anweisungen.«

»Aber …«

Die mysteriöse Stimme hatte bereits aufgelegt, ein lautes Tuten dröhnte durch mein Ohr.

Ich starrte das Handy in meiner Hand ungläubig an. Hatte ich soeben mit dem Ratgeber gesprochen? Aber warum hatte er Alex entführt? Hatte er mitbekommen, dass er Nachforschungen angestellt hatte?

Wären die Ereignisse der vergangenen Tage nicht gewesen,

hätte ich das für einen schlechten Scherz gehalten – aber niemand scherzte damit, jemanden in seiner Gewalt zu haben. Das hatte die Stimme zwar nicht behauptet, aber der Satz »Wenn du deinen Prinzen wiedersehen willst« sagte doch alles!

Für einen Moment war ich vor Panik und Angst wie gelähmt. Meine Knie zitterten und mein Mund war trocken. Was sollte ich tun? Mein Verstand sagte mir, dass es gut wäre, die Polizei zu verständigen oder zumindest den Direktor. Nach den Mordfällen an unseren Mitschülerinnen würde er es nicht als Spinnerei abtun, wenn ich ihm sagte, Alex sei verschwunden.

Und was war mit seinen Eltern? Oh Gott, die hätte ich beinahe vergessen! Sollte ich ihnen sagen, was los war? Würden sie mir glauben?

Aber was, wenn der Ratgeber Alex umbrachte?

Ich blickte auf das Handy, das ich immer noch in der Hand hielt? Was sollte ich tun?

Dräger anrufen, entschied mein Verstand. Ich musste Dräger anrufen. Und dann zu Sontheim. Nein, nicht zu Sontheim, der konnte nichts tun, sagte ich mir. Dräger war wichtiger.

Mit zitternden Fingern rief ich Drägers abgespeicherte Nummer auf und wählte.

Es klingelte. Einmal, zweimal, dreimal … Dann klickte es. Doch es ging nicht Dräger dran, sondern seine Mailbox. Verdammt, wo steckte er? War er am Samstag nicht im Dienst oder was?

Als es piepte, zuckte ich zusammen.

»Ja, hallo, Herr Dräger, hier ist Clara. Clara Hansen«, plapperte ich hysterisch in den Hörer. »Ich habe einen anonymen

Anruf erhalten, dass Alex Norden entführt wurde. Ich bin jetzt auf dem Weg zum Friedhof in Rotensand, wo ich eine Art Erpresserbrief abholen soll. Bitte machen Sie sich auf die Suche nach Alex!«

Ich legte auf, als ich Schritte hinter mir hörte. Rasch verstaute ich das Handy in der Tasche und lief, ohne mich umzudrehen, los. Atemlos erreichte ich den Fahrradverleih der Schule. Es war irre, der Forderung des Ratgebers nachzukommen, aber genauso bescheuert war es, hierzubleiben und auf die Polizei zu warten. Dräger konnte genauso gut von Alex' Mutter benachrichtigt worden sein.

Um diese Jahreszeit standen die Drahtesel fein säuberlich aufgereiht, niemand wollte mehr auf ihnen irgendwohin.

Leider war der Verleih unbesetzt. Der Hausmeister, der ihn betrieb, war nicht da.

»Scheiße!«, heulte ich auf und sah mich ratlos um. Wo war er nur? Im hinteren Park? Im verwilderten Schulgarten? Warum musste das Gelände nur so groß sein?

Mein Blick fiel auf das Schloss.

Es war zwar klein, aber eines von diesen Sicherheitsschlössern, die man nicht knacken konnte. Aber was war mit den Fenstern? Vielleicht schloss ja eines davon nicht?

Während ich noch rätselte, nahm ich eine Bewegung im Augenwinkel wahr. Ich wandte mich um.

Tatsächlich kam der Hausmeister auf mich zu.

»He, Mädchen, warum rennst du denn so?«, fragte er mich.

War ich wirklich gerannt? Kann sein. Aber warum fragte er?

»Ich hab gesehen, wie du vorhin losgerannt bist. Ist alles in Ordnung?«

Nein, es war nichts in Ordnung. Aber konnte ich es ihm erzählen? Vielleicht war er sogar der Ratgeber?

Irgendwie hatte ich das Gefühl, dass ich jetzt niemandem mehr trauen konnte.

»Ich brauche dringend ein Fahrrad.«

»Bei dem Wetter?«, wunderte sich der Hausmeister.

Ja klar, wer wollte denn schon auf schmierigen Radwegen seinen Hals riskieren? So blöd konnte nur ich sein!

»Ja«, antwortete ich. Musste man neuerdings erklären, wo man hinwollte?

»Na gut, wie du willst.« Der Hausmeister zog sein Schlüsselbund aus der Tasche und öffnete die Tür.

»Geben Sie mir irgendeines«, sagte ich. Wenn ich mit irgendeinem alten Drahtesel stürzte, machte das wohl nicht so viel aus.

»Von wegen!«, gab der Hausmeister aus den Tiefen des Fahrradschuppens zurück. »Ich gebe dir ein vernünftiges, damit du dir nicht die Gräten brichst da draußen.«

Gern hätte ich ihm gesagt, dass er sich damit beeilen sollte, aber ich hielt mich zurück. Immerhin war er besorgt um meine Sicherheit. Und bisher hatte er mir doch eigentlich auch noch keinen Grund gegeben, ihm zu misstrauen.

Unruhig trampelte ich auf der Stelle. Der Hausmeister räumte und räumte. Hin und wieder hörte ich das protestierende Bimmeln einer Fahrradglocke.

Ich schaute auf mein Handy. Der Anruf war jetzt zehn Minuten her. Ob es ein Zeitlimit für das Finden der Nachricht gab? Davon hatte der Anrufer nichts gesagt, aber es konnte sein, dass sich diese Regeln auch verschoben …

Schließlich erschien der Hausmeister mit einem cool aussehenden Mountainbike. Ich hatte gar nicht gewusst, dass wir so etwas hatten.

»Hier, das sollte bei dem Wetter gehen.«

Ich musste ihn überrascht angestarrt haben, denn er setzte hinzu: »Wir haben das erst vor Kurzem bekommen. Sieh also zu, dass du nicht allzu viel daran kaputt machst.«

»Das kann ich Ihnen nicht garantieren«, entgegnete ich mit einem schiefen Lächeln. Ich schämte mich jetzt fast schon, dass ich ihn für einen Moment verdächtigt hatte.

Der Hausmeister zuckte mit den Schultern. »Tja, wenn du es nicht heil wiederbringst, ziehen sie es dir wohl von deinem Lohn ab …«

Mit diesen Worten hängte er das Schloss wieder ein und verschloss es. Ich schwang mich in den Sattel. »Danke!«, rief ich dem Hausmeister zu, als ich das Rad wendete.

»Nichts zu danken. Pass gut auf dich auf, Mädel!« Er winkte kurz, dann verschwand er hinter dem Schuppen. Ich trat in die Pedale.

Ein paar Mitschüler, die mir entgegenkamen, starrten mich ein wenig ungläubig an. Wegen des Fahrrads oder wegen der Tatsache, dass ich bei dem Matsch überall überhaupt rausfahren wollte?

Ich blickte gen Himmel. Die Wolken wirkten bedrohlich. Wenn ich Pech hatte, würde ich unterwegs einen kräftigen Herbstregenguss abbekommen. Aber das war egal. Ich hatte Dräger eine Nachricht hinterlassen. Und jetzt würde ich nachschauen, was der Ratgeber wollte.

34

Die Wege waren tatsächlich furchtbar glitschig. Kurz nachdem ich das Internat hinter mir gelassen hatte, rutschte ich mit dem Hinterreifen aus. Glücklicherweise konnte ich mich mit den Beinen abfangen und Schlimmeres verhindern, doch der Schmerz, der in meine Fußsohlen stach, trieb mir kurz die Tränen in die Augen. Verdammt, warum war ich noch nicht alt genug, um ein Auto zu fahren?

Doch Jammern half mir in dieser Situation nicht. Ich musste zu diesem Friedhof kommen!

Der Gedanke, dass Alex in der Gewalt des Ratgebers war, peitschte mich voran. Was konnte er von mir wollen? Was würde in der Nachricht stehen?

Dann fragte ich mich, was mein Vater getan hätte, wenn ich entführt worden wäre. Es war komisch, doch … wollte der Ratgeber, dass ich dasselbe durchmachte wie er? Dass ich mich genauso hilflos fühlte, dass er mir genauso mein Versagen vor Augen halten konnte?

Und wenn ich in seinen Augen versagte, wie würde man Alex auffinden? Mit Möwenflügeln an den Schultern?

Irgendwie wurde ich das Gefühl nicht los, dass Dräger mir etwas verschwiegen hatte.

Doch dann drängte ich jeglichen Gedanken beiseite, denn nun ging es am Steilufer entlang, und ich hatte keine Lust, den Abhang hinunterzustürzen. Es gab hier zwar ein Geländer, aber durch dieses konnte man leicht durchrutschen. Wenn mir etwas zustieß, wäre Alex verloren, denn bis der Ratgeber geschnallt hatte, dass ich seine Nachricht gar nicht finden konnte, hatte er ihm sicher schon etwas angetan.

Schließlich hatte ich den Großteil der gefährlichen Strecke hinter mir. Jetzt musste ich nur noch durch den Wald mit den kahlen Bäumen. Da ich kein Cross-Champion war, hielt ich es für besser abzusteigen.

Schon im Sommer sah es hier nicht besonders einladend aus. Die meisten Bäume waren abgestorben, ihre Stämme weiß und rindenlos. Warum man sie hier stehen ließ, wusste ich nicht. Immerhin konnte dieser Anblick doch wohl nicht die Touristen erfreuen.

Während ich mein Fahrrad über den steinigen Pfad schob und versuchte, nicht irgendwo hängen zu bleiben, legte sich ein bedrückendes Gefühl auf meine Brust. Damals, als ich mit Alex hier entlanggefahren war, war mir nicht aufgefallen, wie dumpf alle Geräusche geklungen hatten. Das Knirschen des Bodens unter meinen Füßen, das Rasseln der Fahrradkette und das Knacken der Äste, wenn der Wind sie berührte. Hin und wieder raschelte es irgendwo. Alles klang ebenso wie mein eigener Atem in Watte gepackt.

Dazu kam, dass ich mich plötzlich irgendwie beobachtet fühlte. Meine Nackenhaare stellten sich auf, meine Hände wurden schweißfeucht. Vielleicht spielte mein Verstand verrückt – wäre ja auch kein Wunder nach allem, was heute passiert war, doch was, wenn der Ratgeber hier lauerte? Wenn er sicherstellen wollte, dass ich auch wirklich zum Friedhof fuhr?

Plötzlich fühlte ich mich wie in einem Horrorfilm. Nicht wie auf der schwarz-weißen Insel des Dr. Moreau, sondern in einem dieser fiesen modernen Schocker, in denen die Frauen ständig kreischend umherrannten und irgendwelche blutigen Hände am Bildrand erschienen.

Ich hielt das sonst für Quatsch, aber jetzt fühlte es sich ziemlich real an. Tolles Halloween!

Ich war fest davon überzeugt, dass ich, wenn ich mich umdrehte, etwas Schreckliches hinter mir sehen würde – und wahrscheinlich würde da nichts sein, nur diffuses Licht zwischen toten Baumstämmen.

Eine neuerliche Angstwelle ließ mein Herz so stark rasen, dass ich fast keine anderen Geräusche mehr wahrnahm.

Ich schob das Rad schneller, versuchte dabei, die Steine unter mir im Auge zu behalten, denn irgendwo gab es hier einen gefährlichen Absatz, der sicher schon einige Radfahrer hatte stürzen lassen. Und gleichzeitig musste ich gegen meine weichen Knie ankämpfen; irgendwie wollten sie ihren Dienst nicht mehr versehen.

Ich versuchte, an Alex zu denken und an meinen Vater, daran, wie er hier vielleicht auch nach Laura, dem Möwenmädchen, gesucht hatte. Meiner Tante. Ich versuchte, mir vorzustellen, dass mein Vater irgendwie bei mir war und mir beistehen würde. Das alles half nur bedingt. Schließlich wurde das Gefühl, dass der Blick zweier Augen auf meinen Rücken gerichtet war, ja, regelrecht daran festklebte, übermächtig, und ich drehte mich doch um.

Kurz meinte ich, einen Schatten zwischen den Bäumen zu erblicken. Ein Geräusch ließ mich zusammenschrecken. Doch dann erkannte ich, dass es nur ein Vogel war, der aufflatterte.

Und wenn nun jemand auf dem alten Friedhof lauerte? Möglicherweise Olgas Mutter?

Plötzlich wurde mir schwindelig. Daran hatte ich nicht gedacht. Was, wenn Olga ihrer Mutter erzählt hatte, dass ich sie verdächtigte? Was, wenn sie daraufhin entsprechende Schritte eingeleitet hatte? Vielleicht war es ja gar nicht der Ratgeber gewesen, der sich an Alex' Handy gemeldet hatte. Wenn der Anrufer es nötig gehabt hatte, seine Stimme zu verzerren, war er womöglich eine Frau …

Als ich mich wieder im Griff hatte, lief ich so schnell wie möglich auf das Ende des kahlen Waldstücks zu. Die Straße, die sich daran anschloss, bestand größtenteils aus Kopfsteinpflaster, das gefährlich feucht glänzte, doch ich hielt mich einfach auf dem Sandstreifen daneben und trat in die Pedale.

Da es bergauf ging, schmerzten meine Lungen bald, und ich verfluchte, dass ich so was von gar nicht fit war. Doch dann endlich hatte ich es geschafft. Es ging wieder bergab und vor mir tauchte das Dorf auf. Wo mochte hier der Friedhof sein?

Das Klappern meines Fahrrads hallte laut von den Hauswänden wider. Ein Hund, der das mitbekam, warf sich wütend gegen den Zaun. Andere Hunde stimmten mit ein, aber sie schienen zusammen mit einem Krähenschwarm, der über die Häuser zog, die einzigen Lebewesen hier zu sein, die um diese Zeit draußen waren.

Natürlich gab es hier keinen Wegweiser, doch da ich annahm, dass sich der Friedhof in der Nähe einer Kapelle befand, suchte ich danach – und wurde fündig.

Die Dorfkirche von Rotensand war nur wenig größer als ein normales Wohnhaus und hatte auch keinen Turm. Dafür gab es einen Glockenstuhl auf dem Platz davor. Einen Friedhof fand ich hier aber nicht. Dafür sah ich eine alte Frau, die gerade damit beschäftigt war, ein paar kahle Büsche rings um die Kirche zu schneiden.

»Ähm, entschuldigen Sie bitte«, sprach ich sie an, worauf sie innehielt und sich umsah. Sie war bestimmt schon weit über achtzig und trug ein Wollkopftuch. Ihr Mantel schlotterte ein wenig um ihren dünnen Körper. Ihr Blick war nicht gerade freundlich und die Rosenschere wirkte in ihrer Hand irgendwie gefährlich.

»Was willst du wissen?«, schnarrte sie, nachdem sie mich von Kopf bis Fuß gemustert hatte.

»Wo kann ich hier bitte schön den Friedhof finden?«

Die Frau sah mich an, als fragte sie sich, was ich dort zu suchen hatte. Doch dann deutete sie mit der Hand hinter sich.

»Fahr noch ein Stück weiter da lang, der Friedhof liegt ein wenig außerhalb des Dorfes. Aber dass du dir ja nicht einfallen lässt, dort irgendwas kaputt zu machen oder zu zertrampeln!«

Sah ich etwa wie ein Vandale aus? In den Augen der alten Frau sicher mit meinen Boots, den schwarzen Klamotten und dem Beanie auf dem Kopf. Meine Brille schien da gar nichts rauszureißen.

»Keine Sorge, ich will wegen eines Geschichtsprojektes dorthin und werde keinem Grabstein ein Haar krümmen.«

Ich stieg wieder auf, ehe die Alte fragen konnte, ob ich aus diesem versnobten Internat käme. »Haben Sie vielen Dank!«

Sie murmelte mir etwas hinterher, das ich nicht verstand.

Ich preschte die Dorfstraße hinunter und mit mir fuhr die Angst, jeden Moment auf den feuchten Pflastersteinen auszurutschen – einen Sandstreifen gab es hier nicht, nur knubbelige Grasbüschel, die noch schlimmer waren als holprige Steine.

Beinahe wäre ich an dem Friedhof vorbeigefahren, denn auf den ersten Blick wirkte das von Bäumen und Gebüsch umstandene Gelände wie ein Garten. Doch dann entdeckte ich das hohe Eisentor und bremste.

Friedhöfe jagten mir sonst eigentlich keinen Schrecken ein, sondern erfüllten mich mit tiefer Trauer. Doch dieser Friedhof wirkte wie aus einem Horrorfilm entsprungen. Das schienen auch die Bewohner Rotensands so zu sehen, denn hier war niemand, der die Gräber pflegte, wie es anderenorts der Fall war. Traurig wucherten Erika und verblühte Studentenblumen in den Grabeinfassungen.

Hinter den neueren Gräbern mit den sehr ähnlich aussehenden schwarzen Steinen gab es noch einige ältere Gräber mit eisernen Kreuzen oder Engeln. Jetzt, wo ich am Tor stand, wirkte er irgendwie größer als von außen, und es schien, als würden die nur noch teilweise belaubten Baumkronen alles Licht unter ihnen aufsaugen. Schwer und schwarz hockten Krähen in den Ästen, ihr Krächzen echote über den Platz.

Während ich mich umsah, fühlte ich mich wie von einem großen Stein niedergedrückt.

An welchem Grab sollte ich suchen? Der Anrufer hatte nicht gesagt, wo sich die Nachricht befand.

Ich zog mein Handy hervor. Nichts. Weder hatte Dräger versucht zurückzurufen noch hatte sich der Ratgeber gemeldet.

Da blieb mir wohl nichts anderes übrig, als jeden Grabstein einzeln anzuschauen.

Während ich versuchte, den Gedanken an Alex aus dem Kopf zu bekommen, ging ich durch die Grabreihen und betrachtete die Steine. Namen zogen an mir vorbei, Lebensdaten. Während manche Menschen fast hundert geworden waren, hatten andere schon sehr früh das Zeitliche gesegnet. Ein Junge, dessen Grab zu den besser gepflegten gehörte, war mit sechzehn Jahren gestorben. Woran? Hatte er eine Krankheit gehabt oder einen Unfall? Hatte er sich vorstellen können, so früh zu sterben?

Alex wurde bald achtzehn. Sicher konnte er sich nicht vorstellen zu sterben – aber wer weiß, welcher Hölle sein Entführer ihn gerade aussetzte.

Nachdem ich drei Reihen ergebnislos durchforstet hatte, wandte ich mich der westlichen Seite zu.

Noch immer fragte ich mich, ob Olgas Mutter hinter der Entführung steckte. Wenn ja, musste ich wohl nach einem Schwan auf einem Grab suchen. Doch wer schmückte ein Grab schon mit einem Schwan?

Und würde Marika Tschernow wirklich so raffiniert handeln, wenn es ihr lediglich darum ging, ihre Tochter in die »Schwanensee«-Aufführung zu heben? Sie die Odette tanzen zu lassen?

Das nächste Grab war größtenteils mit Schieferplatten abgedeckt und mit einem schmutzig weißen Engel geschmückt. Wie angewurzelt blieb ich stehen. Nicht nur, dass an einen der

Engelsflügel eine Plastiktüte mit einem weißen Zettel geklebt war. Es war die Grabinschrift, die mich wie ein Faustschlag in den Magen traf.

Laura Dernsing
geb. 16.3.1940
gest. 1.7.1998

Laura Dernsing war im Vergleich zu meiner Tante Laura 58 Jahre alt geworden, dennoch war ich sicher, dass es kein Zufall war, dass die Nachricht hier klebte.

Laura und 1998. Der Ratgeber wusste, dass ich diese Fakten kannte. Immerhin hatte er mich selbst auf die Spur des Möwenmädchens geschickt. Vielleicht ging er davon aus, dass ich auf diese Weise nach dem Grab gesucht hatte.

Ich war ja so dumm! Wie hatte ich auch nur einen Moment lang annehmen können, dass hinter der Entführung und der Nachricht Marika Tschernow stecken könnte! Vielleicht hatte sie wirklich etwas mit den Morden an den Mädchen zu tun, aber das hier war eindeutig auf dem Mist des Ratgebers gewachsen.

Ich löste die Tüte vorsichtig vom Engelsflügel. Dabei hatte ich wieder das Gefühl, dass mich jemand beobachtete. Ich blickte mich um, sah aber außer Grabsteinen und eisernen Kreuzen nichts. Das hieß allerdings nur, dass der Friedhof ein guter Ort war, um sich zu verstecken und sicherzustellen, dass derjenige, den man erpresste, auch auftauchte.

Also gut. Ich war hier. Und wenn ich den Ratgeber erwischte, konnte er sein blaues Wunder erleben.

Aber erst einmal faltete ich den Brief auseinander. Er war mit einer altertümlichen Schreibmaschine verfasst, und ich war sicher, dass meine Fingerabdrücke darauf die ersten waren, die das Papier abbekam, denn gewiss hatte der Verfasser Handschuhe getragen, als er ihn geschrieben und eingetütet hatte.

Hallo, kluges Mädchen,

ich muss sagen, dass du mich diesmal ziemlich enttäuschst. Und das sogar in zweierlei Hinsicht. Zum Ersten glaubst du doch nicht wirklich, dass du herausfinden könntest, wer ich bin! Dass dein kleiner Freund mir nachspioniert, hätte ich ja fast erwartet - doch ich habe nicht geglaubt, dass du so dumm sein würdest, ihn nicht zurückzuhalten. Und zweitens: Der Mörder läuft noch immer frei herum. Ich hatte dir doch geschrieben, dass es an dir liegt, ob noch ein Schwan blutig im See liegt - und genau das ist geschehen. Nimmst du meine Hinweise neuerdings nicht ernst? Außerdem habe ich nicht das Gefühl, dass du weißt, in welche Richtung du dich wenden sollst. Das lässt in mir Langeweile aufkommen. Du weißt es vielleicht nicht, aber ich hasse Lange-

weile. Und ich hasse es, wenn mir jemand nachschnüffelt.
Also werde ich dir einen Anreiz geben, etwas schneller zu ermitteln.
Du kannst dir vielleicht denken, was der Anreiz ist. Ja, ich habe deinen kleinen Freund in meiner Gewalt. Er wartet an einem geheimen Ort darauf, dass du endlich herausfindest, wer all die Schwäne tötet.
Mach dir keine Mühe, die Polizei zu benachrichtigen, wahrscheinlich werden das seine Eltern bereits getan haben. Konzentriere dich lieber auf deinen Fall und beeile dich.
Zwei Tage hast du noch, dann werde ich dafür sorgen, dass er für immer von der Bildfläche verschwindet - und das sogar wortwörtlich.
Die Polizei, deine Eltern, deine gesamte Schule und du - niemand wird ihn finden, wenn du versagst.
Doch solltest du Erfolg haben, werde ich ihn freilassen - vorausgesetzt, du findest den wahren Schuldigen auf Anhieb.

Hier also die genauen Regeln:
Ich werde die unten stehende Mail-

adresse bis Montag um 20:00 Uhr online schalten. Bekomme ich von dir bis dahin keine Nachricht, werde ich sie schließen, dann kannst du mich nicht mehr erreichen.
Außerdem werde ich nur eine Antwort von dir gelten lassen. Du nennst mir den Namen des Schuldigen - ist er richtig, werde ich dir sagen, wo du deinen Freund finden kannst. Ist die Antwort falsch, werde ich dir nicht antworten, sondern die Adresse einfach schließen. Dasselbe gilt, wenn auf dieser Adresse etwas anderes eingeht oder versucht wird, sie ausspionieren zu lassen.

Jeden Fall deines Versagens werde ich damit ahnden, deinen Freund vom Leben zum Tode zu befördern, wie es bei den Klassikern so schön heißt.
Enttäusche mich nicht.

Der Ratgeber

Fassungslos starrte ich auf das Papier, genau genommen auf die Trash-Mail-Adresse, die unten aufgeführt war. Offenbar hatte er sie bereits in dem Augenblick angelegt, als er den Brief geschrieben hatte.

Die Zahlen und Buchstaben verschwammen vor meinen

Augen. In meinen Ohren dröhnte es. Ich konnte nicht mal genau sagen, ob es mein Atem, mein Herzschlag oder eine beginnende Panikattacke war.

Während Tränen über meine Wangen kullerten, lief mein Verstand Amok und bombardierte mich mit Fragen, obwohl ich noch nicht einmal glauben konnte, dass ich diesen Brief in der Hand hielt.

Wo hatte der Ratgeber ihn entführt? Wohin hatte er ihn gebracht? Und wo sollte ich suchen?

Die Minuten meiner Ratlosigkeit dehnten sich. Ich wusste einfach nicht, was ich tun sollte. Die Polizei wusste Bescheid, aber sie wusste nichts von dem Brief. Wenn ich diesen zu Dräger brachte, würde ich damit wertvolle Zeit verlieren. Natürlich konnte er mir helfen, den Mörder zu finden – doch wer sagte mir, dass es der richtige Name war, den er zutage fördern würde?

Nein, ich musste selbst etwas tun. Auch wenn das vielleicht die blödsinnigste Alternative war. Ich musste herausfinden, ob Marika Tschernow wirklich etwas mit den Morden zu tun hatte.

Doch wo konnte ich sie finden? Wo wohnte sie in Bergen? Olga konnte ich doch ganz sicher nicht noch einmal damit belästigen, oder? Und was hätte ich ihr sagen sollen?

Ich blickte zum Himmel auf. Die Sonne versank hinter den Bäumen. Bis ich wieder in Rotensand war, war es Abend. Und dann? Sollte ich versuchen, in Olgas Zimmer einzubrechen? War sie am Wochenende überhaupt in Rotensand, oder hatte ihre Mutter sie zu sich zitiert, um sie für das Casting am Montag zu trainieren?

Das Casting! Dass die Mailadresse nur bis Montag um 20:00 Uhr online war, war sicher kein Zufall. Wahrscheinlich hielt sich der Mörder oder die Mörderin beim Casting auf! Und Marika Tschernow war möglicherweise die Mörderin – oder jene, die einen Mörder angeheuert hatte!

Auf einmal wusste ich, was ich zu tun hatte! Schnell faltete ich das Schreiben zusammen und schob es in die Tasche, dann wendete ich das Rad und schob es vom Friedhof.

35

So schnell war ich wahrscheinlich noch nie gefahren! Während ich wütend über das Kopfsteinpflaster raste, konnte ich nur daran denken, wie Alex sich jetzt wohl fühlte. Wo mochte der Ratgeber ihn hingebracht haben? Auf dem Schulgelände befand er sich bestimmt nicht. Aber hatte Alex nicht mal was von einer alten Bunkeranlage in der Nähe gesagt? Vielleicht war er dort?

Wenn sich Dräger doch nur melden würde!

Als ich das Internat völlig abgehetzt erreichte, wurde es bereits dunkel. Wann mochte der letzte Bus in die Stadt fahren?

Es war kompletter Irrsinn, was ich vorhatte, aber eine andere Möglichkeit sah ich nicht. Ich musste nach Bergen, wenn möglich ins Tanzstudio. Oder zu Madame Rosi. Ich musste dorthin, wo alle Fäden zusammenliefen.

Den Hausmeister um diese Uhrzeit ausfindig zu machen, war beinahe ein Ding der Unmöglichkeit und hätte mich zu viel Zeit gekostet, also brachte ich das Fahrrad zum Verleih und lehnte es einfach an die Wand. Dann rannte ich zum Wohnhaus. Wenn ich in die Stadt wollte, brauchte ich ein wenig Geld, außerdem ging mein Akku zur Neige. Wenn ich es schon nicht schaffte, das Handy hier noch aufzuladen, wollte ich wenigstens das Ladegerät mitnehmen, damit ich es in einem Lokal aufladen konnte.

Der Gedanke, die Nacht außerhalb des Internats zu verbringen, behagte mir irgendwie gar nicht, außerdem hätte ich mich abmelden müssen. Aber irgendwie würde ich das schon hinbekommen. Und notfalls konnte ich sicher im Bahnhof übernachten.

An meiner Zimmertür angekommen, stockte ich. Der Fernseher lief. Also war Susanne schon wieder da. Was sollte ich ihr sagen? Die Wahrheit? Oder war es besser, ihr eine Geschichte aufzutischen? Inzwischen kannte sie mich schon so gut, dass sie sicher merken würde, wenn ich log. Außerdem gab es niemanden, wegen dem ich mitten in der Nacht aus dem Internat fortmusste. Niemanden außer Alex.

Ich atmete tief durch und drückte dann die Klinke herunter. Klar, Susanne würde glauben, dass ich einen Knall hatte – wirklich zurückhalten würde sie mich aber nicht können.

»Hey, da bist du ja wieder!«, rief Susanne, die sich ein Kissen auf den Bauch gelegt hatte. Das tat sie immer, wenn das monatliche Übel sie überfallen hatte. »Wo hast du denn die ganze Zeit gesteckt?«

Ich drückte die Tür hinter mir ins Schloss. Okay. Das war eine Ausnahmesituation. Und wen, wenn nicht Susanne, konnte ich hier als so was wie eine Freundin betrachten? Wenn es hart auf hart kam und ich den Mörder fand, wenn irgendwas Unvorhergesehenes passierte, würde ich sicher froh sein, wenn ich jemanden eingeweiht hatte.

»Susanne, pass auf, ich muss dir was sagen«, begann ich ernst und eilte dann in meine Zimmerecke, um meine Geldbörse und das Ladegerät in meinen kleinen schwarzen Rucksack zu stecken. »Ich muss jetzt nach Bergen und werde wahrscheinlich über Nacht nicht wiederkommen.«

Susannes Mund klappte erschrocken auf. Hätte ich vielleicht einen anderen Einstieg wählen sollen?

»Du fragst dich jetzt sicher, warum«, fuhr ich fort, ehe sie mir diese Frage stellen konnte. »Alex ist entführt worden! Heute Morgen rief seine Mutter an, dass er gestern Abend nicht nach Hause gekommen ist.«

»Deshalb hast du also ständig auf dein Handy geschielt.«

Ich nickte. »Ja, er hatte sich melden wollen, aber das hat er nicht getan. Ich fürchte also, dass er bereits gestern auf dem Heimweg entführt wurde.«

Von jemandem, der sich bestens mit den Heimatorten der Schüler auskannte.

»Auf jeden Fall habe ich kurz darauf eine Nachricht von dem Entführer bekommen. Er will, dass ich etwas erledige. Wenn ich es nicht tue, wird er Alex umbringen.«

Meine Mitbewohnerin sog erschrocken die Luft ein. »Und was will er von dir?«

»Darüber darf ich nicht sprechen. Fakt ist aber, dass ich nach Bergen fahren und versuchen werde, ins Tanzstudio von Madame Rosi zu kommen. Ich werde mich dort umsehen, und je nachdem, was ich finde, erst morgen früh wiederkommen. Sollte ich mich bis morgen Mittag nicht wieder bei dir gemeldet haben, alarmierst du bitte die Polizei, ja?«

Susanne starrte mich ungläubig an. Aber nachdem sie es vor

ein paar Wochen selbst mit dem Mörder zu tun bekommen hatte, zweifelte sie nicht wirklich an dem, was ich erzählte.

»Hat das was mit den Ballettmorden zu tun?«, fragte sie nach einer Weile. Ich musste zugeben, dass sie ziemlich clever war, denn ich hatte ihr nichts davon erzählt. »Immerhin hast du doch mit dieser Olga aus der Oberstufe rumgehangen, und ich habe gesehen, dass du Sachen vom Ballett runtergeladen hast.«

Brachte es noch was, das abzustreiten?

»Eigentlich wollte ich übers Ballett schreiben, aber dann hat es diesen Unfall mit einer der Tänzerinnen gegeben und …« Ich blickte auf die Uhr. Viel Zeit hatte ich nicht mehr.

»Hast du seiner Mutter schon Bescheid gegeben?«, hakte Susanne nach.

Ich schüttelte den Kopf.

»Nein, aber Dräger. Es ist wichtig, dass er auf der Suche nach ihm ist. Und es ist genauso wichtig, dass du ihn benachrichtigst, wenn ich mich nicht mehr melde.« Ich zog das Kärtchen, das ich von Dräger bekommen hatte, unter meiner Schreibtischunterlage hervor. »Hier ist seine Nummer. Ich muss jetzt los, ich darf keine Minute verlieren.«

Susanne nahm die Visitenkarte und war offenbar viel zu überfahren von dem, was ich erzählt hatte, dass sie nicht einmal versuchte, mich zurückzuhalten.

»Soll ich dem Rektor Bescheid geben?«, fragte sie nur, als ich zur Tür eilte.

Ich schüttelte den Kopf. »Jetzt noch nicht. Melde dich erst bei Dräger. Der Rektor kann uns nicht helfen. Im Gegenteil, vielleicht wird dann alles noch schlimmer.«

Damit stürmte ich aus dem Zimmer.

Im Hausgang schulterte ich meinen Rucksack und rannte nach draußen. Die Luft schien schneidender geworden zu sein. Aber die Kälte tat meinem pochenden Kopf gut.

Ich schob mich durch das Tor und lief in Richtung Bushaltestelle. Ein paar Straßenlampen warfen ihr orangefarbenes Licht auf den feuchten Boden. Es behagte mir irgendwie nicht, den unbeleuchteten Feldweg zu nehmen, aber mir blieb nichts anderes übrig. Sicher kam man auch auf anderem Weg zur Bushaltestelle, aber dieser hier war kürzer.

Hohes, feuchtes Gebüsch streifte meine Hände, in Nullkommanix waren meine Hosen durchnässt. Schweiß lief mir den Rücken hinab und sammelte sich in meinem Hosenbund. Mit der Feuchtigkeit kam die Kälte, doch ich versuchte, sie nicht zu beachten. Stattdessen versuchte ich, meine Umgebung zu scannen. Mit den Augen kam ich nicht weit, also versuchte ich es mit den Ohren. Doch ich hörte nur meine Schritte und ein diffuses Rascheln, das entweder von mir selbst oder von irgendwelchen Tieren kam, die bei Dämmerung aktiv wurden.

Hatte der Ratgeber hier auf Alex gelauert? Oder hatte er ihn in seinem Heimatort abgefangen?

Schließlich tauchte eine einsame Straßenlampe in der Ferne auf. Die Bushaltestelle! Jetzt konnte ich nur noch hoffen, dass auch ein Bus kam.

Ich schritt schneller aus und erreichte schließlich den kleinen Gehweg mit dem Haltestellenzeichen.

Dort zog ich erneut das Handy aus der Tasche. Nichts. Verdammt, schaute Dräger nicht in seine Nachrichten? Oder war er gerade damit beschäftigt, Alex zu suchen?

Ich nutzte das Licht meines Handys, um den Fahrplan an dem Haltestellenschild zu entziffern. Dafür, dass es zu Beginn des Schuljahres einen neuen Fahrplan gegeben hatte, war der Ausdruck ziemlich verwaschen. Aber immerhin war die Zeile »Ab 18:00 Uhr« nicht leer. Es sollte am Samstag einen Bus um 18:30 Uhr geben. Ich blickte auf meine Armbanduhr. 18:25 Uhr. Also müsste er gleich kommen.

Fröstelnd schob ich das Handy in die Hosentasche und blickte mich um. Nachts wirkte diese Stelle noch verlassener. Doch auch am Tag kam kaum jemand vorbei. Dieser Ort wäre ideal, um jemanden zu entführen. Vielleicht sollte ich wirklich mal den Busfahrer fragen, ob er Alex gesehen hatte.

Ich zuckte zusammen, als ein Lichtkegel die Fahrbahn streifte. Zunächst hielt ich es für ein Auto, dann erkannte ich, dass es der Bus war. Er kam genau pünktlich. Jetzt ging es los. Beim Einsteigen zog ich das Handy aus der Tasche, und nachdem ich meinen Schülerausweis vorgezeigt hatte, hielt ich es dem Busfahrer unter die Nase.

»Haben Sie diesen Jungen gesehen?«, fragte ich, worauf er mich verdattert ansah.

»Wer soll das sein?«, fragte er dann.

»Sein Name ist Alex Norden. Haben Sie ihn am Freitag hier einsteigen sehen?«

Der Mann musterte mich von Kopf bis Fuß. Ich rechnete schon damit, dass er gleich einen ätzenden Spruch ablassen würde, doch dann sagte er: »Letzten Freitag bin ich eine andere Linie gefahren. Aber auch sonst habe ich den noch nie gesehen.«

»Wirklich nicht?«

»Nee. Und jetzt setz dich hin und lass mich fahren. Oder willst du wieder raus?«

Ich schüttelte den Kopf, bedankte mich und ließ mich dann auf den erstbesten Platz plumpsen. Dass der Fahrer Alex noch nie gesehen hatte, wagte ich zu bezweifeln. Entweder schaute er sich die Gesichter seiner Fahrgäste nie an oder er wollte mich nur abwimmeln.

Aber eigentlich war es auch egal, wo der Ratgeber Alex geschnappt hatte. Mit einem Fahrzeug konnte er ihn überall hingebracht haben.

36

Während ich als einer der wenigen Fahrgäste des Abends in Richtung Bergen schaukelte, starrte ich in die Dunkelheit und fragte mich, ob ich irgendwas hätte anders machen können. Hätte ich Alex vor der Entführung bewahren können? Oder vor dem Ball, der ihn getroffen hatte?

Sicher, vor dem Ball schon, wenn ich nicht gezögert hätte. Aber die Sache mit der Entführung? Wäre der Ratgeber wirklich darauf gekommen, wenn er nicht mitbekommen hätte, dass ich mir Sorgen um Alex machte?

Denn eines stand fest: Indem ich nachgegeben habe, hat er gemerkt, dass er mich in der Hand hat, ging es mir durch den Sinn. Um Alex zu schützen, hätte ich nichts mit ihm anfangen dürfen. Aber was konnte man schon dagegen tun, dass man sich Hals über Kopf verknallte?

Außerdem hätte der Ratgeber sicher einen anderen Weg gefunden, mir eins auszuwischen. Wer weiß.

Jetzt ging es aber erst einmal darum, dass ich den Mörder aufspürte. Und ich war sicher, im Tanzstudio von Madame Rosi würde ich eine Spur finden.

Als der Fahrer den Busbahnhof ansteuerte, erhob ich mich und schulterte meinen Rucksack. Unterwegs waren noch zwei Männer und eine ältere Frau eingestiegen. Sie nahmen keine Notiz von mir. Ich beobachtete durch die leicht beschlagenen Scheiben, wie der Bus an die Haltestelle rollte und schließlich stoppte. Die Tür öffnete sich zischend und entließ mich in die Nacht.

Ein seltsames gelbes Licht schwebte über der Stadt. Nieselregen sprühte mir ins Gesicht, als ich in Richtung Zentrum ging. An einer Straßenecke lärmten ein paar Jungen, die sich offenbar bereit machten, zu irgendeiner Party zu gehen. Ich wechselte vorsichtshalber die Straßenseite, denn ich hatte keine Lust, von ihnen in irgendeiner Weise angemacht zu werden.

Ein paar Meter weiter traf ich auf einen Mann im Jogginganzug, der gerade seinen Hund Gassi führte. Er zog an seiner Zigarette, und ich konnte förmlich spüren, wie sein Blick mich verfolgte. Doch er ließ mich glücklicherweise in Ruhe.

Viel mehr war an diesem Ende der Stadt nicht los. Irgendwo röhrte ein getunter Wagen auf, ein zweiter folgte ihm mit lauter Techno-Mucke. Die meisten Hausfenster waren hell erleuchtet. Hinter einigen flimmerte der Fernseher. Ein ganz normaler Samstag – niemand ahnte, was sich im Hintergrund abspielte.

An der nächsten Ecke bog ich ab und lief in Richtung Kirche. Ein paar Wagen sausten an mir vorbei. Zwei späte Einkäufer schleppten ihre Tüten nach Hause. Im Sommer sah es hier sicher anders aus. Da würden die Touristen bis spätabends noch durch die Straßen marschieren oder gerade vom Strand kommen und sich dann noch was aus dem Supermarkt holen.

Als das Tanzstudio vor mir auftauchte, verschwanden alle anderen Gedanken. Mein Kopf klärte sich. Ich musste einen Weg finden, dort reinzukommen!

Offenbar war auch Madame Rosi um diese Uhrzeit nicht mehr da, denn alle Fenster waren dunkel. War vielleicht irgendwo außen ein Schlüssel hinterlegt?

Olga würde das wissen, sagte ich mir und war fast schon versucht, sie anzurufen. Doch dann pfiff ich mich selbst zurück. Wahrscheinlich wird sie dich für verrückt halten oder eh keinen Bock haben, mit dir zu reden. Oder gleich mit der Frau Mama anrücken.

Nachdem ich die so undurchdringlich wirkende Eingangstür eine Weile fixiert hatte, begann ich, das Gebäude zu umrunden. Vielleicht gab es ja doch einen Weg hineinzukommen. Ein offen stehendes Kellerfenster vielleicht. Oder möglicherweise rückte die Putzfrau an. Vielleicht gelang es mir, hinter ihr ins Gebäude zu schlüpfen und mich dann irgendwo zu verstecken …

Doch darauf konnte ich mich nicht verlassen. Also kletterte ich über den hüfthohen Metallzaun und schlich dann durch das Gestrüpp. Ich hoffte sehr, dass ich niemandem auffiel, denn in meinem Aufzug konnte man mich leicht für einen Einbrecher halten. Unter meinen Stiefeln knackten Äste und irgendwas, das sich wie eine Dose anhörte. Während ich versuchte, hinter mich zu lauschen, betrachtete ich die Fenster. Vielleicht war ja eines offen gelassen worden?

In Potsdam hatte mir mal ein Junge aus unserem Heim gezeigt, wie man ein Fenster öffnen konnte, das in Kippstellung war. Man musste lediglich versuchen, den Griff herunterzudrücken, bis er an die Stellung fürs seitliche Öffnen angekommen war. Dann schwang das Fenster auf.

Doch auf der Seite, auf der ich mich gerade befand, hatte ich kein Glück. Alle Fenster waren gut verschlossen. Und ich bezweifelte, dass es auf der anderen Seite anders war. Aber einen Versuch war es wert, bevor ich dazu überging, durch den Schornstein zu klettern.

Auf der Hinterseite angekommen, sah ich eine Feuerleiter, die in den ersten Stock des Hauses führte. Was, wenn die Tür dort oben offen stand? Das wäre zwar ein großes Wunder gewesen – aber versuchen wollte ich es auf jeden Fall mal. Ich stieg die Treppe hinauf, wobei mir ein durchdringender Geruch nach alten Kippen entgegenströmte. Offenbar wurde die Treppe bei den Mitarbeitern der oben gelegenen Büros gern für eine Raucherpause benutzt.

Oben angekommen, drückte ich die Klinke herunter und hatte einen Moment lang das Gefühl, als könnte ich sie öffnen. Aber dann griff das Schloss doch und die Tür ließ sich nicht bewegen.

»Mist«, fluchte ich leise in mich hinein, dann ging ich wieder nach unten. Meine Hoffnung war die andere Seite des Gebäudes. An dieses grenzte jedoch ein hell erleuchtetes Wohnhaus. Außerdem wurde diese Seite von einer Straßenlampe beleuchtet. Mit schwarzen Klamotten auf weißem Untergrund war es nicht gerade leicht, nicht entdeckt zu werden!

Versuchen musste ich es trotzdem. Mich so gut wie möglich hinter dem Gestrüpp haltend, ließ ich meinen Blick über die Fenster schweifen. Mit jedem, das verschlossen war, wuchs meine Panik. Wie sollte ich in dieses verdammte Studio kommen? Würde mir letztlich doch nichts anderes übrig bleiben, als Olga anzurufen? Oder mich bei Madame Rosi zu melden? Die würde sich bestimmt bedanken, wenn ich ihr offenbarte, dass ich bei ihr die Spur des Mörders suchte.

Als ich schon fast wieder vorn angekommen war, entdeckte ich, dass sich eine Spiegelung in den Fenstern von den anderen unterschied. Das Abbild des Nachbarhauses und der Büsche zitterte im Schein der Straßenlampe. So als würde das Fenster beständig auf- und wieder zuklappen. Ich wollte schon hinstürmen, doch da hörte ich Stimmen. Jemand kam die Straße hinauf. Rasch schlug ich mich ins Gestrüpp und duckte mich.

Wenig später tauchten zwei junge Frauen auf. Eine von ihnen hielt ihr Handy wie einen Kompass vor sich, während die andere munter auf sie einplapperte. Soweit ich es verstand, ging es um irgendeinen Typen, den sie angerufen hätte und der sich mit ihr verabreden wollte.

Beinahe wünschte ich mir, ich wäre an ihrer Stelle. Dann würde ich jetzt auch plappernd mit Susanne durch die Gegend laufen und von Alex erzählen oder mich mit ihm treffen. Stattdessen hockte ich hier im Dreck, mein Freund war entführt worden, möglicherweise von unserem durchgeknallten Schulpsychologen, und in der Stadt lief jemand rum, der Ballerinen killte. Na, herzlichen Dank!

Während ich mich noch über mein Leben ärgerte, waren die beiden Schnepfen vorüber, und nach einigen Augenblicken war die Luft wieder rein.

Ich erhob mich und nach einem kurzen Blick in alle Richtungen drückte ich mit dem Finger vorsichtig gegen die Fensterscheibe. Tatsächlich kippte die Scheibe nach hinten.

Irgendwer hatte vergessen, es wieder richtig zu verschließen – und irgendwas schien auch am Klappmechanismus kaputt zu sein. Das war meine Chance. Ich schob die Hand durch den Spalt neben dem Fenster und versuchte, den Griff zu erreichen. Das war nicht gerade leicht, auch musste ich die Straße im Auge behalten, denn was würden die Leute wohl denken, wenn jemand an einem Fenster herumfummelte?

Glücklicherweise tauchte aber niemand auf, und als ich schon das Gefühl hatte, dass ich meine Hand abquetschen würde, gab der Griff plötzlich nach, und das Fenster schwang auf. Allerdings hing es etwas schräg in den Angeln, sodass ich mich beeilen musste, es zu richten, bevor noch etwas abbrach.

Nach einem weiteren Rundblick kletterte ich über das Fensterbrett. Im Lichtschein, der durch das Fenster fiel, entdeckte ich Spinde – offenbar war ich in der Umkleide gelandet.

Doch ich war drin! Ich war tatsächlich drin! Alles dank meines Heimkameraden! Ich schickte ihm ein stilles Dankeschön und machte mich daran, das Fenster wieder einzuhaken.

Als ich es wieder verschlossen hatte, sah ich mich um. Der Umkleideraum wirkte verlassen und ein wenig gruselig. Das Geruchsgemisch verschiedener Deos hing trotz Kipplüftung noch immer in der Luft.

Mein Blick wanderte nach unten. Meine Boots standen auf der hellen Auslegware – und sahen wirklich danach aus, als wäre ich durch den Dreck gelatscht. Aber jetzt war es ohnehin zu spät, sich Sorgen um Fußspuren zu machen, denn ich hatte beim Reinklettern schon den ganzen Boden vollgelatscht.

Auf Zehenspitzen und mit großen Schritten schlich ich durch den Raum. Der Gedanke, in die Spinde zu schauen, kam mir kurz, doch dann sah ich, dass die Türen mit einem Zahlenschloss gesichert waren. Bis ich die möglichen Kombinationen alle durchhatte, würde eine Woche vergangen sein.

Ich verließ also die Umkleide und trat in den Tanzsaal. Das Straßenlampenlicht wurde von den Spiegeln zurückgeworfen, meine Gestalt auf dem Parkett war nichts als ein Schatten. Ich ging zu den Bildern und betrachtete eins nach dem anderen. Worauf ich dabei hoffen sollte, wusste ich nicht so recht. Aber eine kleine Stimme in meinem Innern sagte mir, dass es gut sein würde, alle zu betrachten. Vielleicht steckte ja auch eine ehemalige Absolventin hinter den Morden.

Als ich am Ende der »Hall of Fame« angekommen war, war ich allerdings immer noch nicht schlauer. Die Ballerinen waren alle Musterschülerinnen des Studios, einige von ihnen hatten bei Madame Rosis Vorgängerin trainiert, manche sogar noch zu DDR-Zeiten. Aber das sagte noch nichts darüber aus, was sie sonst so angestellt hatten – und anstellten.

Das Büro, ging es mir durch den Sinn. Ich musste in Madame Rosis Büro. Flüchtig erinnerte ich mich an die Aktenordner und Schachteln, die ich dort gesehen hatte, als ich mit Dräger sprach. Vielleicht fand sich dort etwas.

Auf dem Weg aus dem Tanzsaal war es mir, als hätte ich irgendwas gehört. Augenblicklich erstarrte ich. Hatte doch jemand gesehen, dass ich hier eingestiegen war?

Doch als sich das Knacken wiederholte, wurde mir klar, dass es keine Schritte waren. Das Holz, das hier zuhauf verbaut worden war, arbeitete einfach nur. Das war im Heim auch so gewesen. Ich erinnerte mich noch sehr gut daran, wie ich in meiner ersten Nacht kein Auge zubekommen hatte.

Ich schüttelte den Gedanken ab. Ich musste mich konzentrieren. Viel Zeit hatte ich nicht und dabei musste ich einen Mörder finden. Und ich musste meinen Freund retten.

Ich schlich den Gang entlang zu Madame Rosis Büro.

Bitte, Tür, sei nicht verschlossen, flehte ich leise – und die Tür erfüllte meinen Wunsch. Ich drückte die Klinke herunter und öffnete sie ohne Widerstand.

Das Büro von Madame Rosi war unverändert. Noch immer stand die Figurine mit dem Kostüm dort, noch immer erhoben sich die Schränke und Regale hinter dem Schreibtisch. Viel Platz, um dort die Vergangenheit unterzubringen.

Ich zückte mein Handy und schaltete die Taschenlampenfunktion ein. Mein Blick streifte über die Ordner, in denen Madame Rosi wohl alle Zeitungsberichte über das Studio und ihre Schülerinnen gesammelt hatte. Viele Ordner waren es nicht. Sie durchzusehen, würde nicht mal bis zum Morgen dauern.

Ich streifte mit dem Finger über die Ordnerrücken und griff dann wahllos einen aus der neueren Zeit heraus. Wenn jemand die Aufführung und die Schülerinnen des Studios auf dem Kieker hatte, würde er in keinem Zeitungsausschnitt aus den Fünfzigerjahren vorkommen.

Ich zog mir den Stuhl heran, steckte den Ladeakku meines Handys in den Verteiler, der auf dem Tisch lag, und leuchtete dann den Ordner an.

Ein leicht säuerlicher Geruch strömte mir in die Nase, als ich ihn öffnete. Die Artikel waren an den Rändern vergilbt, doch ansonsten tadellos zu lesen.

Die Artikel stammten aus den Jahren 1999 bis 2006.

1999 bis 2006. In der Zeit wuchs ich von einem einjährigen

Säugling zu einer Grundschülerin heran. Meine Eltern waren da immer noch bei mir, und ich hätte nicht im Entferntesten damit gerechnet, sie irgendwann einmal zu verlieren.

Viel war in der Zeit nicht los gewesen im Studio. Nach der Wende hatte es wohl ziemlich schlecht ausgesehen, doch man hatte das Gebäude saniert und den Betrieb wieder aufgenommen. Es gab auch einen kurzen Bericht über Madame Rosi und darüber, wie sie das Studio übernommen hatte, nachdem sie ihre Karriere als Tänzerin in Berlin beendet hatte.

Doch all das half mir nicht weiter, so interessant es auch war. Ich las weiter. Von Ballerinen, die den Sprung an die große Bühne geschafft hatten – und von neuen Klassen. Dann entdeckte ich einen Namen, den ich schon mal gehört hatte. Katja Maranoff. Sie war die Meisterelevin des Jahres 2001 und gerade zu einem Studium in Berlin zugelassen worden. Leider fehlte das Bild zu dem Artikel, irgendwer hatte es herausgeschnitten. Ich blätterte weiter, und obwohl hin und wieder Berichte über Katja Maranoff kamen, gab es kein Bild zu dem Namen. Das war äußerst merkwürdig. So stolz, wie Madame Rosi auf ihre Elevinnen war, hatte sie doch bestimmt nicht bei einer ihrer besten die Fotos weggelassen!

Hatte jemand die Fotos nachträglich von den Artikeln entfernt? Vielleicht Madame Rosi selbst?

Das glaubte ich nicht. Irgendwie begannen die Alarmglocken in mir zu schrillen.

Ich dachte an Drägers Erzählung zurück, daran, dass mein Vater einen Sinn für das Verbrechen gehabt hatte. Vielleicht hatte ich den auch. Wenn mir nur einfallen würde, was es mit den fehlenden Bildern auf sich hatte …

Dann kam mir etwas anderes in den Sinn. Marika Tschernow, wie sie hinter mir gestanden und mir von Katja Maranoff erzählt hatte. Offenbar hatte sie sie gekannt. Und sie kannte Madame Rosi. Ich hätte Olga fragen sollen, ob ihre Mutter hier auch ausgebildet worden war.

Schließlich kam ich zum Jahr 2006 und damit zum Ende des Ordners. Viel Interessantes war nicht dabei. Es schien auch keine seltsamen Vorgänge gegeben zu haben, die das heutige Verbrechen erklären würden. Elevinnen kamen und gingen. Einige machten Karriere. Andere verschwanden aus dem Gedächtnis.

Ich schob den Ordner wieder an seinen Platz und checkte mein Handy. Keine Nachricht. Die Uhr zeigte 20:17 Uhr. Jetzt hatte ich noch genau zwei Tage Zeit, um den Mörder zu finden.

Ich zog den nächsten Ordner aus dem Regal. 2007 bis 2011. Offenbar war in dem Zeitraum viel passiert, denn der Ordner war ähnlich gut gefüllt wie der erste, den ich mir angesehen hatte.

Ich legte ihn auf den Schreibtisch und klappte ihn auf.

In den Artikeln, die dort abgelegt waren, ging es ähnlich weiter wie auch schon in dem vorherigen. Es wurde von Schülerinnen und deren Erfolgen berichtet. Dann von einer Aufführung, die die Tanzschule gemacht hatte.

Mein Atem ging schneller. Irgendwie hatte ich nicht das Gefühl, dass ich dem Mörder näherkommen würde.

Dann, nachdem ich den Ordner fast zur Hälfte durchgeblättert hatte, stach mir das Bild eines vollkommen zerstörten Autos ins Auge. Das Zeitungspapier unterschied sich von dem bisherigen. Es war eine Zeitung aus Berlin.

»Horror-Unfall auf der A 24« titelte das Blatt.

Während ich mich noch fragte, was dieser Artikel in dem Erfolgsordner zu suchen hatte, streifte mein Blick einen Namen.

»Primaballerina Katja M. wurde bei dem Unfall lebensgefährlich verletzt«, stand dort.

Katja M.? Meinten sie etwa Katja Maranoff, die gesichtslose Frau aus der Hall of Fame?

Ich las weiter.

Natürlich gaben die Journalisten den echten Namen nicht preis, doch aus dem Artikel erfuhr ich, dass Katja M. den Wagen selbst gefahren hatte und von einem Lkw gerammt worden war. Das schwerere Fahrzeug hatte ihren Kleinwagen an einer Seite komplett aufgerissen. Die Verletzte wurde ins Krankenhaus gebracht und notoperiert.

Gebannt blätterte ich weiter. Die Artikel über den Unfall wurden kleiner, aber die Zeitungen befassten sich eine ganze Weile damit. Offenbar war Katja Maranoff tatsächlich nicht irgendeine Ballerina gewesen.

Nach und nach erfuhr ich mehr über ihre Arbeit. So hatte sie zum Zeitpunkt des Unfalls kurz vor der Uraufführung von »Schwanensee« am Staatsballett Berlin gestanden. Es wurde sogar gemunkelt, dass eine Konkurrentin versucht hätte, sie umzubringen. Dieser Vorwurf hatte sich als haltlos erwiesen, es hatte sich herausgestellt, dass der Lkw-Fahrer zwei Promille im Blut gehabt hatte.

In den nachfolgenden Wochen wurde es etwas ruhiger um sie. »Schwanensee« wurde mit der Zweitbesetzung uraufgeführt und ein großer Erfolg. Und dann?

Nur noch einmal berichtete die Zeitung darüber, und zwar gut ein halbes Jahr nach dem Unfall. Anlässlich der Verlängerung der Aufführung von »Schwanensee« wurde das Thema noch einmal aufgegriffen, und der Reporter schrieb, dass der Unfall die hoffnungsvolle Karriere der Katja M. zerstört hätte.

Und wieder waren nirgendwo Bilder zu finden … Hatte Madame Rosi es nicht über sich gebracht, Katja auf den Bildern zu sehen? Oder hatte Katjas Agent oder was auch immer man als Ballerina hatte, es sich verbeten, Bilder von ihr zu bringen? Aber warum waren dann nicht irgendwelche früheren Fotos vorhanden?

Offenbar gab es nur das eine Bild, auf dem das Gesicht verblichen war. Verblichen wie der Ruhm der Katja Maranoff.

Der Unfall hatte ihre Karriere ruiniert.

Während ich auf den Artikel blickte, hatte ich das Gefühl, dass sich in meinem Inneren ein paar Puzzleteile zusammenfügten.

Was, wenn eine ehemalige Ballerina, deren Karriere ruiniert worden war, nun dabei war, andere Ballerinen davon abzubringen, in »Schwanensee« aufzutreten? Was, wenn sie hoffnungsvolle Talente tötete, weil sie es nicht über sich brachte zuzusehen, wie eine andere den Ruhm einheimste?

Das klang furchtbar verrückt, aber was, wenn es stimmte?

Marc Feldten hatte von dem Selbstmord seiner Schwester einen seelischen Schaden davongetragen.

Vielleicht hatte der Wahnsinn der ehemaligen Ballerina ein paar Jahre gebraucht, um sich zu entwickeln. Vielleicht war sie auch nur durchgeknallt, als sie gehört hatte, dass »Schwanensee« neu besetzt werden sollte.

Aber wenn sie in Berlin gelebt hatte, was suchte sie hier? Hatte sie noch irgendeine Verbindung zu Madame Rosi?

Ich musste mit der Ballettlehrerin sprechen! Ich musste wissen, was aus Katja Maranoff geworden war und ob sie hier in der Gegend wieder aufgetaucht war. Und dann würde ich Dräger Bescheid geben. Oder besser gesagt, Madame Rosi würde das tun, denn sie würde sicher nicht besonders froh darüber sein, dass ich bei ihr eingebrochen hatte.

Aber darum wollte ich mir später Gedanken machen.

Ich schnappte mir den Ordner und schob ihn wieder ins Regal zurück. Dann zog ich mein Handy vom Strom ab, steckte es in die Tasche und verstaute den Akku im Rucksack.

Irgendwo im Haus knackte es wieder. Da die Tür immer noch verschlossen war, beschloss ich, den Weg über die Feuerleiter zu nehmen.

Ich trat auf den Gang, orientierte mich kurz und ging dann Richtung Tanzsaal weiter. Wenn mich nicht alles täuschte, musste es da eine Tür geben, die nach oben führte …

Plötzlich meinte ich, hinter mir Schritte zu hören. War noch jemand im Studio? Hatte die Putzfrau vielleicht ihren Dienst angetreten? Aber dann hätte sie doch Licht gemacht. Kurz blieb ich stehen und drehte mich um. Ich meinte einen Schatten zu sehen – im gleichen Augenblick traf etwas Hartes meinen Kopf. Sterne explodierten vor meinen Augen, dann krachte ich auf den Boden. Und ehe ich mitbekam, wer mich da angriff, verlor ich das Bewusstsein.

37

Odile blickte auf den Körper vor sich, dann ließ sie die Brechstange fallen. Sie hatte erwartet, dass das Mädchen Ärger machte – aber nicht damit gerechnet, dass sie in dieser Nacht hier auftauchen würde.

Eigentlich hatte sie nachschauen wollen, ob ihre alten Sachen noch hier waren. Madame Rosi bewahrte immer alles auf – auch die Zeitungsartikel von damals.

Dass das Mädchen aus dem Internat hier aufgetaucht war, konnte nur eines bedeuten – sie war einer Spur nachgegangen. Einer Spur, die vielleicht direkt zu ihr führte. Und sie hatte die Zeitungsartikel gefunden. Wer weiß, wie viele sie schon gelesen hatte!

Also hatte sie ihr eins übergezogen.

Doch was sollte sie jetzt tun? Es wäre leicht, sie ebenso schnell verschwinden zu lassen wie die kleine Ballerina. Doch sie war nicht diejenige, die sie von ihrem Prinzen abhielt.

Mit zitternden Händen klaubte sie ihr Handy aus der Tasche. Rotbart hatte ihr eigentlich verboten, ihn anzurufen, aber das hier war ein Notfall. Da er beim letzten Mal schon böse auf sie gewesen war, wollte sie jetzt keinen Fehler begehen und lieber nachfragen, wie sie sich verhalten sollte.

Nachdem sie die Nummer auf der Anrufliste gefunden hatte, wählte sie. Es klingelte. Odiles Herz begann zu rasen. Was, wenn er jetzt richtig wütend wurde?

Es klingelte ein zweites Mal. Noch immer ging er nicht ran. War er vielleicht nicht da?

Allmählich wurde sie panisch. Sie ließ die Bewusstlose zu ihren Füßen nicht eine Sekunde aus den Augen, da sie jeden Moment damit rechnete, dass diese wieder zu sich kommen würde … da endlich ertönte das dritte Klingelzeichen.

»Hallo?«, fragte eine Männerstimme.

Odile atmete tief durch. »Ich bin's«, meldete sie sich, denn er hatte anhand ihrer Nummer sicher gesehen, wer anrief. »Ich habe ein Problem.«

Stille am anderen Ende. Nicht mal das Rauschen seines Atems. Hatte er wieder aufgelegt?

»Welches Problem?«

Nein, er war noch da.

»Sie war hier … ist hier. Das Mädchen, von dem ich dir erzählt habe. Das mit dem Polizisten gesprochen hat.«

»Und wo ist hier?«, fragte Rotbart ruhig weiter.

»Im Tanzstudio. Ich wollte eigentlich nur … Ich wollte ein paar alte Sachen wegbringen. Und dann habe ich gesehen, dass sie im Büro ist. Sie hat sich alte Zeitungen angesehen …«

»Und du hast was getan?«

»Ich habe sie niedergeschlagen.«

Hatte sich das Mädchen bewegt? Für einen Moment war es Odile so vorgekommen.

»Und jetzt?«

Noch immer war keine Regung in seiner Stimme zu hören.

»Ich weiß nicht, was ich mit ihr tun soll«, entgegnete Odile panisch. »Sie liegt hier, aber … sie ist ja kein Schwan, und ich weiß nicht, was ich machen soll.«

»Du wolltest sie also nicht umbringen?«

»Ich … ich weiß es nicht.«

»Was hält dich ab? Du hast es doch auch bei der Ballerina hinbekommen. Du hast bereits zwei Menschen getötet. Also, was hält dich davon ab, jetzt einen dritten umzubringen?«

»Sie ist keine Ballerina …« Odile bemerkte, dass sich ihre Stimme plötzlich wie die eines kleinen Kindes anhörte. Eines hilflosen Kindes, das etwas angestellt hatte, das es selbst nicht ausbaden wollte. »Und bestimmt suchen sie sie schon …«

Rotbart schwieg. Offenbar hatte sie ihn doch wütend gemacht. Hätte sie das Mädchen vielleicht doch gleich umbringen sollen?

»Hör zu«, sagte er schließlich. »Du wirst das Mädchen runter in den Keller bringen.«

»In den Keller des Studios?«

»Ja. Sorg dafür, dass sie weder schreien noch flüchten kann. Und dass niemand sie findet.«

»Das mache ich!«, versprach Odile und begann, am Nagel ihres linken kleinen Fingers zu knabbern. »Aber was dann?«

»Das lass meine Sorge sein. Du musst dich jetzt darauf konzentrieren, was du mit den Konkurrentinnen beim Casting machen wirst. Du weißt, das ist deine letzte Chance. Du solltest sie gut nutzen, sonst kann ich dir nicht garantieren, dass du mit heiler Haut aus der Sache rauskommst.«

Plötzlich schmeckte Odile Blut. Der Fingernagel war dahin. Und mehr noch. Ein brennender Schmerz durchzog ihre Hand. Doch dieser Schmerz fühlte sich irgendwie gut an, hatte was Erlösendes.

»In Ordnung«, sagte sie, plötzlich wieder seltsam ruhig. »Ich werde mich um sie kümmern.«

»Braves Mädchen. Wenn alles vorbei ist, werden wir dafür sorgen, dass sie niemandem mehr zur Last fällt. Aber erst hinterher.«

Damit beendete er das Gespräch. Odile sah, wie das Display ihres Handys verlosch, dann schob sie das Telefon wieder in die Tasche. Ihr Finger pochte. Wahrscheinlich blutete er auch noch immer, aber sie machte sich nicht die Mühe, etwas darumzubinden. Stattdessen packte sie das Mädchen vor sich unter den Armen und schleifte es in Richtung Kellertür.

Sonntag / Montag

38

Als ich wieder zu mir kam, glaubte ich im ersten Moment, alles nur geträumt zu haben. Ich tastete neben mich, in der Hoffnung, auf mein Nachtschränkchen zu treffen und mein Handy dort liegend vorzufinden. Doch meine Hand stieß gegen etwas Kaltes, das einen scheppernden Laut von sich gab. Als ich die Augen öffnete, war es ringsherum dunkel. Ein modriger Geruch stieg mir in die Nase. Ein stechender Schmerz schoss durch meinen Kopf. Als ich versuchte, mich umzudrehen, merkte ich, dass ich mit meinen Händen an irgendwas gefesselt war. Jetzt fiel es mir wieder ein. Jemand hatte mich im Tanzstudio niedergeschlagen, als ich Madame Rosis Unterlagen durchsucht hatte.

Und ich konnte mir schon denken, wer das gewesen war.

Als ich einen zweiten Versuch startete, mich hinzusetzen, stieß ich mit der Schulter gegen einen Heizkörper. Meine gefesselten Hände konnte ich etwas nach oben bewegen, daraus schloss ich, dass ich entweder an ein Tischbein oder ein Regal gefesselt war.

Als ich schließlich saß, pochte mein Schädel so stark, dass mir schlecht wurde. Einen Moment lang fürchtete ich schon, dass ich mich übergeben müsste. Ich schloss die Augen und kämpfte gegen das Gefühl an. Wenn ich mich wirklich übergab, würde ich wohl dank des Knebels an meiner eigenen Kotze ersticken.

Glücklicherweise gelang es mir nach einigen Minuten, die Übelkeit zurückzudrängen. Der Kopfschmerz blieb jedoch.

Ich war sicher, dass ich mich in irgendeinem Keller befand – wahrscheinlich dem des Tanzstudios. Da ich bestimmt ein paar Stunden geschlafen hatte, war es vielleicht schon Sonntag – möglicherweise tauchte niemand hier auf. Schon gar nicht im Keller.

Angst flutete meinen Bauch und meine Gliedmaßen.

Okay, sie hatte mich nicht gleich umgebracht – aber wer sagte denn, dass sie das nicht nachholte? Wahrscheinlich würde sie in Madame Rosis Büro jetzt alle Spuren, die zu ihr führten, verschwinden lassen.

Verdammt, warum hatte ich nicht besser aufgepasst! Und warum hatte ich die Akten nicht abfotografiert? Sicher, Dräger würde in der Richtung nachforschen können, doch das dauerte und da war immer noch …

Scheiße! Alex war sicher noch immer in der Gewalt des Ratgebers! Und ich musste ihm bis Montag, 20:00 Uhr, mein Ergebnis mailen.

Wie sollte ich das schaffen? Die Angst schnürte mir die Kehle zu. Ich schwitzte und fröstelte gleichzeitig.

Ruhig bleiben, sagte ich mir. Geh die Fakten durch. Konzentrier dich!

Wer hat die Mädchen umgebracht?

Marika Tschernow war von der Liste meiner Verdächtigen zwar noch nicht gestrichen, aber die zweite Person konnte ebenfalls infrage kommen.

Viel hatte ich von meinem Angreifer nicht gesehen, aber er hatte nicht die Statur von Marika Tschernow gehabt. Und er hatte auch nicht wie Olga ausgesehen.

Dennoch hatte ich das Gefühl, ihn zu kennen. Es war zweifelsohne eine Frau gewesen.

Katja Maranoff. Die unglückliche Ballerina. Drei Tage vor der Uraufführung von »Schwanensee« verunfallt und danach nie wieder auf der Bühne gewesen. Ein trauriges Schicksal, das sicher nur schwer zu verkraften war.

Was hatte dieser Weltuntergang mit Katja Maranoff angestellt? Hatte er sie wirklich zur Mörderin gemacht? Oder hatte *jemand* sie zur Mörderin gemacht? Vielleicht ein Mensch, der ihr eingeredet hat, dass sie mit dem Morden ihre Probleme in den Griff kriegen könnte? Dr. Bakker vielleicht? Er war sicher nicht immer schon Schulpsychologe gewesen. Was, wenn er noch andere Patienten gehabt hatte? Vor seiner Zeit am Internat.

Ich ärgerte mich ganz furchtbar, dass ich noch nicht die Gelegenheit gehabt hatte, Nachforschungen über seine Person anzustellen. Aber das würde ich nachholen. Wenn das hier erst mal vorbei war, würde ich mich an ihn hängen wie eine Klette. Sollte er wirklich der Ratgeber sein, würde ich dafür sorgen, dass er niemanden mehr zum Mörder machte – und niemanden mehr entführte. Das Spiel würde aus sein, sobald ich einen Beweis hatte!

Meine Gedanken gerieten ins Stocken, als ich glaubte, Schritte zu hören. Kam jemand hier runter? Wollte er jetzt zu Ende bringen, was er vorhin nicht geschafft hatte? Oder nahte ein Retter? Letzteres hielt ich für unwahrscheinlich. Wenn ich doch nur die blöden Fesseln lösen könnte!

Für einen Moment hielt ich den Atem an. Die Schritte waren verklungen, aber das hieß noch lange nicht, dass nicht jemand in der Nähe war.

Als ich die Luft leise wieder aus meinen Lungen entließ, ertönten die Schritte erneut – doch jetzt schienen sie sich zu entfernen. Noch mal Glück gehabt!

Wieder dachte ich an Alex und erkannte, dass ich wohl mehr Angst um ihn als um mich hatte. Wenn ich doch nur an mein Handy kommen könnte! Meine Hosentasche fühlte sich auf jeden Fall nicht so an, als würde es noch darin stecken. Klar, ich hätte mir das Handy wahrscheinlich auch abgenommen, wenn ich der Mörder wäre und mich beim Schnüffeln erwischt hätte.

Jetzt kamen mir die Tränen. Wenn ich mein Handy nicht wiederbekam, war Alex verloren. Wer wusste, wie viel Zeit mir noch blieb? Und der Ratgeber? Wusste er, dass ich hier unten eingesperrt war? War es vielleicht sein Plan gewesen, mich in eine vollkommen hoffnungslose Situation zu bringen?

So wie damals, als weder Kommissar Dräger noch mein Vater etwas tun konnten, um meine Tante zu retten? Der Gedanke an das, was Dräger mir erzählt hatte, ließ endgültig alle Dämme brechen. Ich heulte, bis sich meine Nase zuzusetzen drohte und ich wegen des Knebels keine Luft mehr bekam. *Blöde Idee.*

Schlagartig versiegten meine Tränen und mein Körper reagierte mit Panik. Ich begann zu zittern, zog krampfhaft die Nase hoch, versuchte zu schlucken, würgte, dann endlich bekam ich wieder Luft. Aber so konnte mein Zustand nicht bleiben.

Als ich wieder einigermaßen ruhig war, versuchte ich, auf die Beine zu kommen. Das gelang mir nicht wirklich, denn als ich die Arme an dem Tischbein – oder was es auch immer war – hochzog, traf ich plötzlich auf ein Hindernis. Tischplatte oder Regalboden? Auf jeden Fall konnte ich es nicht einfach so hochheben.

Mist!

Als ich mich auf die Knie sinken ließ, durchzuckte ein scharfer Schmerz meinen Arm. Verdammt, ich hatte mich an irgendwas geschnitten!

Ich biss die Zähne zusammen, als ich spürte, wie das Blut lauwarm meinen Arm herunterrann.

Vorsichtig tastete ich mit den Fingern nach unten, jedenfalls so weit, wie es mir möglich war. Tatsächlich schien die Stange, an die ich gebunden war, L-förmig zu sein. Als ich ein wenig daran rüttelte, quietschte es – und irgendwas fiel mit einem lauten Klatschen von oben herab.

Jetzt wusste ich, was das war! Ein Regal! Und zwar eines von diesen billigen Metallregalen, die es im Baumarkt gab und die meist in Kellern aufgestellt wurden, wo es nicht darauf ankam, dass sie schön aussahen.

Im Heim hatten wir solche auch mal im Keller aufbauen müssen – und ich hatte da gar nicht mitgezählt, wie oft ich mich an den scharfen Kanten geschnitten hatte!

Vielleicht war dieses Regal scharf genug, um auch die Fessel zu durchtrennen. Ich wusste nicht, womit mir der Angreifer die Hände zusammengeschnürt hatte, möglicherweise mit einem Seil, möglicherweise mit einem Kabelbinder. Beides würde gleichermaßen schwer zu durchtrennen sein – doch den scharfen Kanten des Metalls konnte auf Dauer nur Draht widerstehen. Und ich hoffte sehr, dass sie kein Kabel benutzt hatte …

Mein Herz raste und in meinem Magen brannte es. Doch ich drängte meine Emotionen zurück, denn jetzt konnte ich sie nicht brauchen.

Ich drehte meine Hände ein wenig zur Seite, sodass die Fessel das Metall berührte, dann begann ich, sie vorsichtig daran zu reiben. Ein knirschendes Geräusch ertönte. Irgendwie hörte es sich nicht nach einem Kabelbinder an. Vielleicht war es ja sogar ein Abschleppseil. Wenn ich doch nur ein wenig Licht gehabt hätte!

Ich rieb weiter und versuchte, den Druck zu erhöhen. Dabei hatte ich irgendwie nicht das Gefühl, dass es vorangehen würde. Die Fesseln schnitten in meine Handgelenke und irgendwann wurden mir nicht nur die Hände taub, sondern auch die Arme lahm. Keuchend hielt ich inne. Hatte ich überhaupt irgendwas geschafft? Vielleicht wäre es ja auch besser, das Regal umzukippen und dann dagegen zu treten. Möglicherweise wurde dann vom Lärm jemand auf mich aufmerksam …

Als ich wieder ein wenig Gefühl in den Händen hatte, zerrte ich an dem Regal, doch offenbar hatten sich die Handwerker an die Bedienungsanleitung gehalten und es wirklich an der Wand festgeschraubt.

Nach einer Weile merkte ich wieder, dass mir die Finger taub wurden. Das Regal rührte sich kein Stück – dafür verrutschte jetzt meine Brille. Ich schob sie mit meinem Arm so gut wie möglich wieder hoch. Ein Wunder, dass der Angreifer sie mir gelassen hatte!

Nachdem ich ein wenig verschnauft und mich innerlich dafür verflucht hatte, dass ich hierhergekommen war, machte ich weiter. Das Geräusch der über das Metall schabenden Fessel ging mir nach einer Weile auf die Nerven, auch pochte die Beule an meinem Hinterkopf ganz furchtbar.

Aber ich wollte nur hier raus. Und dann würde ich keine Umwege mehr machen. Mit Madame Rosi würde ich sprechen – in Begleitung von Kommissar Dräger. Ich hätte ihm sagen sollen, dass …

Ein Geräusch ließ mich plötzlich innehalten. Waren das Schritte?

Ja, eindeutig. Sie kamen von der Treppe.

Jemand wollte in den Keller!

Ich erstarrte. Vor meinem geistigen Auge lief ab, was passieren würde, wenn derjenige, der mich nach hier unten verfrachtet hatte, jetzt zurück war, um sein Werk zu vollenden.

Panik überfiel mich. Mein Verstand suchte fieberhaft nach einer Lösung, die es nicht zu geben schien.

Ein Lichtstrahl fiel in den Raum und beleuchtete den Umriss einer Gestalt. Diese war recht schlank und nicht besonders groß. Für einen Moment meinte ich, ein Kopftuch zu sehen. Die Putzfrau! Das musste die Putzfrau sein, der ich im Studio zweimal begegnet war!

Sie war meine Rettung!

Da ich den Knebel immer noch nicht losgeworden war, versuchte ich anderweitig, Laut zu geben, und trat mit dem Fuß gegen den Heizkörper. Die Frau blieb tatsächlich stehen.

Ich gab erneut irgendwelche komischen Laute von mir und trat um mich. Sie musste mich doch hier bemerken!

Plötzlich blendete mich ein Lichtstrahl. Verdammt, warum schaltete sie nicht einfach das Licht ein?

»Du bist also wach!«, stellte sie ruhig fest. Mein Herz stolperte angesichts ihres Tonfalls. So sprach niemand, der überrascht war, einen Menschen im Keller vorzufinden. War es vielleicht doch nicht die Putzfrau, sondern die Person, die mir eins übergezogen hatte? Die Mörderin?

Ich zerrte an den Fesseln, in der Hoffnung, dass sie endlich nachgeben würden. Wenn ich auf die Beine kam, konnte ich mich wenigstens verteidigen. Krempel, mit dem man um sich schlagen konnte, gab es hier sicher genug.

Doch das Regal hinter mir quietschte nur protestierend und die Fesseln quetschten mir weiterhin die Arme ab.

»Hast du gedacht, dass du deine Fesseln so leicht lösen kannst?«, fragte sie, während sie mir weiterhin in die Augen leuchtete. Mir blieb nichts übrig, als mich abzuwenden.

»Nein, diese Fessel bekommst du nicht so leicht auf.« Sie schien das Seil oder was auch immer zu überprüfen, dann senkte sie die Lampe ein wenig. »Aber du hast hier ziemliche Unordnung gemacht. Warum hast du das getan?«

Wenn sie mir den Knebel vom Mund abnehmen würde, würde ich es ihr sagen. Und mehr noch. Doch das tat sie nicht, und angesichts der Angst, die mich durchflutete, wusste ich auch nicht, ob ich einen Ton rausbringen würde.

»Eigentlich müsste ich mit dir dasselbe machen wie mit den anderen. Aber du bist kein Schwan«, sagte sie.

Gestand sie mir gerade, dass sie die beiden Ballerinen umgebracht hatte?

Das hätte mich vor Panik eigentlich ausflippen lassen müssen, doch irgendwie war ich seltsam ruhig. Die Putzfrau. Ob sie wirklich die Mörderin war, musste ich noch beweisen, aber ihr wäre es durchaus möglich gewesen, die Glasscherben in Lottas Schuhe zu schmuggeln.

Nur welches Motiv hatte sie? Etwas passte da noch immer nicht zusammen, aber ich war zumindest sicher, dass sich ein Zusammenhang herstellen lassen würde. Wenn ich nur lebend hier rauskam, würde es mir sicher gelingen.

Die Frau legte ihre Lampe jetzt neben sich ab. Das Licht fiel auf den schmutzigen Heizkörper neben mir und auch auf das Regal. Ich hatte richtiggelegen, es war eines von diesen billigen Metallregalen. Und die Fessel war eine Wäscheleine. Kein Wunder, dass ich sie nicht gleich durchbekommen hatte …

»Wie dem auch sei, du darfst jetzt keine Unordnung mehr machen. Bald werden die Mädchen kommen und proben und du möchtest sie doch nicht erschrecken, oder?«

Ich sah sie jetzt direkt an. Ihr Körper war noch immer nicht viel mehr als ein Schemen, dafür sah ich etwas in ihrer Hand aufblitzen.

Eine Nadel! Diese Irre hatte eine Spritze in der Hand!

Ich versuchte, sie zu treten, doch da spürte ich bereits einen Stich im Arm. Der Schmerz, als sie den Kolben runterdrückte, war gigantisch. Für einen Moment glaubte ich, mein ganzer Arm wäre in Brand gesteckt worden. Tränen schossen mir in die Augen, gleichzeitig stieg Panik in mir auf. Wer weiß, was das für ein Zeug war!

Ich wimmerte leise. Ich wollte nicht sterben, schon gar nicht im Keller eines Ballettstudios. Wenn ich sie richtig verstanden hatte, waren wir immer noch hier.

»Jetzt wirst du ein Weilchen schlafen«, hörte ich die Frau sagen, während ich nur daran denken konnte, dass jetzt irgendein Mittel durch meine Adern raste, das sie mir mit wer weiß was für einer Nadel in den Arm gejagt hatte. »Wenn alles vorbei ist, komme ich wieder und kümmere mich um dich.«

Damit erhob sie sich. Ihre Schritte hallten verzerrt durch mein Ohr. Obwohl ich nicht viel sehen konnte, begann das Bild vor meinen Augen zu flackern und zwang mich schließlich, die Augen zu schließen. Gleichzeitig wurde mein Körper seltsam taub. Fühlte es sich so an, wenn man starb? Hatte die Frau vielleicht gemeint, dass ich sterben würde und sie hinterher meine Leiche wegschaffte?

Eine Antwort darauf konnte mir mein Verstand nicht mehr geben, denn von einem Moment zum anderen gingen bei mir alle Lichter aus.

39

Es war mein erster Schultag. Helles Sonnenlicht fiel durch mein geöffnetes Zimmerfenster, von draußen schauten die prallen Blütenköpfe der Dahlien hinein. Viele Vögel waren bereits fortgezogen, doch die, die noch da waren, zwitscherten laut.

Vollkommen aufgeregt saß ich vor dem Spiegel und beobachtete, wie meine Mutter mir einen französischen Zopf flocht – den hatte ich mir gewünscht. Über der Lehne des Stuhls nebenan hing das rote Rüschenkleid, das ich tragen wollte.

»Sitz still, Clärchen, sonst wird der Zopf schief«, sagte meine Mutter, während sie weiterflocht. Ich zwang mich zur Ruhe. Schon bald würde ich ein Schulkind sein. Schon bald würde ich länger aufbleiben und vor allem die Bücher lesen können, die in den Bücherregalen standen. Auch wenn ich von einigen Kindern gehört hatte, dass Schule doof sei, ich freute mich darauf. Schließlich beendete meine Mutter ihre Flechtarbeit.

»Na, wie gefällt es dir?«, fragte sie und gab mir einen Handspiegel, damit ich auch meine Rückseite sehen konnte. In mein Haar hatte sie kleine rote Seidenblümchen eingeflochten, das gefiel mir am allermeisten.

»Sehr schön!«, antwortete ich glücklich, dann legte ich den Spiegel beiseite und schlüpfte in mein Kleid.

Nachdem meine Mutter mir geholfen hatte, meine roten Lackschuhe anzuziehen, betrachtete ich mich im Spiegel. Nein, ich war kein kleines Kind mehr. Ich war dabei, erwachsen zu werden.

Als ich mein Zimmer verließ, sah ich die Leute, die in der Küche standen. Da waren mein Vater und noch eine andere Frau, die ich bisher nicht kannte. Sie war sehr hübsch, hatte blondes Haar wie meine Mutter und war ein ganzes Stück jünger als sie. Ihr Blümchenkleid wirkte ein wenig altmodisch, darüber trug sie eine kurze hellblaue Strickjacke.

Als sie mich sah, lächelte sie mich an.

»Wie schön, dich endlich mal kennenzulernen«, sagte sie, beugte sich zu mir runter und reichte mir die Hand.

Ich zögerte. Irgendwie erschien mir diese Person vertraut, aber gleichzeitig machte sie mir auch Angst – und das, obwohl sie lächelte.

»Wer bist du?«, fragte ich und rückte ein wenig dichter an meine Mutter heran.

»Sei nicht so schüchtern, Clärchen«, flüsterte diese. »Geh und begrüß deine Tante Laura.«

Tante Laura? Ich hatte noch nie von ihr gehört. Meine Eltern hatten bis zu diesem Zeitpunkt nicht davon gesprochen, dass ich eine Tante hatte. Und jetzt kam sie zu meiner Einschulung?

Mein älteres Ich wusste natürlich, dass dies Laura war, die gar nicht erst die Chance erhalten hatte, mich kennenzulernen, denn sie war mit Möwenflügeln von einem Kreidefelsen gestürzt worden.

Zögerlich reichte ich ihr die Hand. Ihre Finger waren seltsam kalt. Aber noch immer lächelte sie.

»Freut mich sehr, Clara«, sagte sie. »Ich hatte schon geglaubt, dass wir uns niemals treffen würden.«

Ich konnte nichts sagen. Meine Stimme war wie eingefroren. Aber das schien niemanden hier zu kümmern.

»Es wird Zeit, dass wir losfahren«, sagte mein Vater mit einem Blick auf die Uhr. Ich wandte mich zur Küchenuhr um. Die Zeiger standen auf fünf vor acht. Ich wusste, dass die Einschulung um neun stattfinden würde, genug Zeit für die Fahrt in die Nachbarstadt. Aber meine Eltern wollten unbedingt pünktlich sein und möglichst weit vorn sitzen, damit sie mich fotografieren konnten, wenn ich an meinem Platz saß.

Wir gingen zur Tür. Und plötzlich sah ich etwas, das mich stocken ließ.

Der Wagen, mit dem wir fahren würden, war nicht unser Auto. Es war ein schwarzer Kombi mit grauen Gardinen vor den Fenstern und einem Kirchenkreuz auf der Autotür.

»Aber das ist ja ein Leichenwagen!«, stellte ich erschrocken fest und wollte zurück in mein Zimmer laufen. Doch da hatte Tante Laura mich schon an der Hand gepackt.

»Du musst mitkommen«, sagte sie sanft, während ich mich verzweifelt zu meinen Eltern umwandte. Diese machten keine Anstalten, mir zu helfen, also stemmte ich mich mit aller Kraft gegen meine Tante und versuchte, mich von ihr zu lösen.

Das schien im ersten Moment unmöglich, doch dann ließ sie mich plötzlich los. Ich fiel nach hinten, krachte mit dem Kopf auf den Küchenboden – und dann wurde wieder alles dunkel.

Der Traum zerplatzte plötzlich wie ein Luftballon, in den eine Nadel gestochen worden war. Das Erste, was ich mitbekam, war, dass ich wieder atmete. In meinen Halsadern pulsierte das Blut. Dann stellte ich fest, dass mir furchtbar übel war. Diese Übelkeit war es auch, die mich vollends erwachen ließ. An meiner Wange klebte etwas, das ganz furchtbar roch. Hatte ich mich übergeben?

Ich schlug die Augen auf. Ringsherum war es dunkel. Doch es war eine andere Dunkelheit als die, in die ich gefallen war. Diese Dunkelheit konnte ich mit meinen Sinnen wahrnehmen.

Erst ein paar Augenblicke später realisierte ich, dass der Knebel vor meinem Mund verschwunden war. Hatte die Frau ihn mir abgenommen?

Ich mochte vielleicht wie eine Tote geschlafen haben, aber die Erinnerung an das, was geschehen war, war sofort wieder da. Ich war niedergeschlagen worden, im Keller aufgewacht und dann von einer Frau, die ich für die Putzfrau des Ballettstudios hielt, narkotisiert worden.

Halt, dazwischen war noch etwas! Die Frau hatte etwas von einem Schwan gefaselt und davon, dass, wenn sie die Rolle schon nicht tanzen konnte, sie niemand bekommen würde. Sie würde dafür sorgen, dass alle, die es wagten, sterben müssten – und das schon morgen Abend.

Morgen Abend! Da fand das Vortanzen statt! Und da lief auch der Countdown für Alex aus!

Ich wimmerte auf. Ich musste hier raus. Weiß der Geier, wie viel Zeit inzwischen vergangen war. Ich musste hier weg, ich musste die Tänzerinnen und das Theater warnen. Wer weiß, was diese Wahnsinnige vorhatte!

Als ich mich bewegte, schnitten die Fesseln in meine Handgelenke. Verdammt, und ich hing immer noch an diesem billigen Regal. Mühsam rappelte ich mich auf.

Von dem Geruch, der an mir klebte, wurde mir noch übler. Ich versuchte, mich zusammenzureißen. Keine Ahnung, wer den Knebel entfernt und mich damit vor dem Erstickungstod bewahrt hatte, doch mir wurde klar, dass ich diese große Chance nutzen sollte.

Ich setzte mich auf und versuchte, dort weiterzumachen, wo mich die Putzfrau aus der Hölle unterbrochen hatte. Meine Arme kamen mir unendlich schwer vor, auch lief mir schon wieder das Wasser im Mund zusammen. Das Pochen in meinen Schläfen kehrte zurück, und ich fürchtete, jeden Moment ohnmächtig zu werden.

Doch diesmal rettete mich meine eigene Panik davor, das Bewusstsein zu verlieren. Mein Herz donnerte in meiner Brust und sorgte dafür, dass sich mein Verstand klärte. Noch einmal krampfte sich mein Magen zusammen und ich würgte. Doch dann ließ die Übelkeit nach. Ich schloss die Augen und atmete tief durch. Überall in meinem Körper pulsierte es. Doch ich spürte, wie das Leben wieder in mich zurückkehrte. Das hier würde nicht mein Tod sein! Ich würde es schaffen.

Fieberhaft rieb ich die Fessel an dem Metall und ignorierte, dass hin und wieder meine Haut aufgerissen wurde. Der Schmerz trug nur dazu bei, dass ich noch wacher wurde – und wütender. Der Zorn brachte mich dazu, das Pochen in meinen Schläfen zu ignorieren und schneller zu werden.

Da ging plötzlich ein Ruck durch meinen Körper und ich fiel nach hinten!

Geschafft! Ich hatte die Fesseln durchtrennt!

Ich atmete tief durch. Alles in mir schrie danach, mich hinzulegen und auszuschlafen, aber das ging nicht.

Mein Handy. Ich tastete meine Hosentaschen ab. Mist! Ich hatte recht gehabt, die Mörderin hatte es mir abgenommen. Aber um eine Mail an den Ratgeber zu schreiben, brauchte ich kein Handy. Ich brauchte einen Computer.

Schwankend erhob ich mich. Auf einmal fing alles um mich herum an, sich zu drehen. Ich klammerte mich an das Regal, um nicht wieder umzukippen. Was für ein Teufelszeug hatte mir die Putzfrau bloß gespritzt? Meine Knie fühlten sich ganz weich an, und ich kam mir vor, als würde der Boden unter mir schwanken.

Was wollte ich noch mal tun, bevor ich eins über den Kopf bekommen hatte?

Ach ja, mit Madame Rosi sprechen. Ich hatte keine Ahnung, wie spät es war, vielleicht war es schon zu spät. Meine Uhr! Ich lehnte mich gegen das Regal und tastete nach meinem Handgelenk. Sie war immer noch da. Sehen konnte ich nichts, aber ich hatte mir gemerkt, woher der Lichtschein von der Tür gekommen war. In diese Richtung tastete ich mich jetzt voran.

Meine Hände berührten mit weichem Stoff überzogene Figurinen oder etwas, das ich dafür hielt, streiften Kleiderständer und hielten sich an Plastiktüten fest. Schließlich erreichte ich die Wand. Ob ich in der Nähe der Tür war, wusste ich nicht genau, aber ich suchte fieberhaft nach einem Lichtschalter.

Irgendwo musste doch einer sein. Oder war die Glühbirne vielleicht kaputt?

Wieder begann mein Herz zu rasen. Als meine Hände

schließlich auf Plastik stießen, jubelte ich innerlich auf. Ich drückte mit der ganzen Hand dagegen – und plötzlich zuckte ein Licht über die Kellerdecke. Zwei Neonröhren erwachten zum Leben und füllten den Raum mit Licht.

Vor lauter Glück war ich den Tränen nahe. Ich hatte mich von meinen Fesseln befreit und Licht gemacht – die beiden größten Erfolge meines Lebens. Jedenfalls kam mir das in diesem Augenblick so vor.

Ich blickte auf meine Uhr. 17:19 Uhr.

Dann erschrak ich. Die Datumsanzeige stand auf Montag! Hatte ich den gesamten Sonntag und einen Teil des Montags verschlafen? Wann war ich denn wach geworden?

Ich hatte jetzt nicht mal mehr drei Stunden, um die Mörderin zu überführen und dem Ratgeber Bescheid zu geben!

Sofort griff ich nach der Türklinke, doch die Tür war natürlich abgeschlossen. Natürlich. So leicht wollte es mir das Schicksal dann doch nicht machen.

Ich lief zum Heizkörper zurück, in der Hoffnung, dass die Putze meinen Rucksack neben mich geworfen hatte. Tatsächlich wurde ich fündig. Der Rucksack lag neben dem Heizkörper. Das war schon mal was. So hatte ich wenigstens ein bisschen Geld, um mit dem Bus zu fahren und zu telefonieren. Das Ladekabel des Handys fand ich auch darin, aber das war ohne das Handy nutzlos.

Jetzt war ich froh, dass ich vor einigen Monaten einen Suchdienst für mein Handy eingerichtet hatte. Über eine Internetseite konnte ich verfolgen, wo es war. Ich würde es also zumindest wiederfinden. Aber jetzt musste ich hier raus.

Fieberhaft suchte ich nach einem Fenster, schließlich mit

Erfolg. Es war von innen mit Lappen verdeckt, aber immerhin so groß, dass ich hindurchschlüpfen konnte.

Ich zog mir einen Tisch heran und kletterte darauf. Das Fenster klemmte ein wenig, dennoch gelang es mir, es zu öffnen.

40

Odile stand neben der Tür des Umkleideraumes und freute sich, dass sie unsichtbar geworden war. Niemand hatte bemerkt, dass sie gekommen war. Niemand hatte sie durch die Gänge schleichen sehen. Sie war ein Geist, und schon bald würden alle wissen, was es hieß, ihr eine Rolle wegzuschnappen.

Während das Mädchen, das sie in den Keller gesperrt hatte, wohl noch immer schlief, würde sie ihren finalen Schlag führen. Und dann würde ihr niemand mehr ihren Prinzen nehmen können.

Sie hatte ihn gesehen.

Er sah noch immer gut aus. Die Jahre, die vergangen waren, seit sie seine Schwanenprinzessin hätte werden sollen, schienen spurlos an ihm vorübergegangen zu sein. Er war noch immer schlank, sein Gesicht jungenhaft schön. In seinem Haar zeigten sich erste silberne Fäden, doch die sah man nur, wenn man ganz genau hinschaute. Ansonsten konnte man durchaus noch glauben, den fünfundzwanzigjährigen Tänzer vor sich zu haben, der er vor so vielen Jahren gewesen war. Damals, als sie seine Odette hätte werden sollen.

Prinz Siegfried war aber nicht nur hierhergekommen, um zu tanzen. Er saß in der Jury der Audition. Beim ersten Mal und auch jetzt. Zusammen mit dem Regisseur und dem Choreografen suchten sie die neue Prinzessin. Es stand außer Frage, dass er mit der neuen Prinzessin tanzen würde.

Die neue Prinzessin.

Der Hass bohrte sich tief in Odiles Magen. Dazu wird es nicht kommen, sagte sie sich.

Er hatte sie nicht erkannt. Nicht mal zwei Armlängen war er von ihr entfernt gewesen, als er hier eintraf – bei der ersten Audition. Er war grußlos an ihr vorübergegangen. Der Anblick hatte sie wie ein Schlag getroffen. Zunächst hatte sie nicht glauben wollen, was sie sah, dann hatte sie es erfahren. Ihr Prinz war hier, um sich eine neue Prinzessin zu suchen.

Sie hatte sich vorher nicht dafür interessiert, auch wenn sie in der Tanzschule davon gehört hatte, dass es eine neue Aufführung von »Schwanensee« geben würde. Sie hatte einfach die Ohren verschlossen, wie immer, wenn es um dieses Stück ging, denn sie wusste, dass sie nur so den Schmerz aushalten konnte, der bereits seit sieben Jahren anhielt.

Aber dann hatte sie den Prinzen gesehen und es war aus mit ihr gewesen. Albträume hatten sie überkommen und sie hatte keine ruhige Minute mehr gehabt.

Schließlich hatte sie nur einen Ausweg gewusst: den Mann zu kontaktieren, der ihr bei ihrer Rückkehr nach dem Unglück auch schon geholfen hatte.

Er hatte versprochen, ihr wieder zu helfen, diesmal aber anders, als sie es erwartet hätte. Der harmlos scheinende Mann hatte sich in Rotbart verwandelt, sein wahres Ich, und er hatte ihr gesagt, dass das Leid, das ihre Seele zerfetzte, nur zu lindern war, indem sie ihre Konkurrentinnen, die Schwäne, tötete, ihnen keine Gelegenheit gab, ihren Prinzen für sich zu beanspruchen.

Odile hatte getan, was er verlangt hatte – und heute, endlich, würde sie Frieden finden.

Doch während sie im Schatten neben der Tür stand und wartete, war ihr etwas anderes in den Sinn gekommen.

Was, wenn Rotbart sich irrte? Wenn es nicht die Schwäne waren, die sie töten musste, sondern der Prinz?

Hier, in der Dunkelheit, dämmerte ihr allmählich, dass sie so viele Mädchen töten konnte, wie sie wollte, nie würde sie den Prinzen für sich haben. Nein, sie musste ihren Plan ändern. Auch wenn es Rotbart nicht gefiel.

41

Hätte mir irgendwann jemand die Frage gestellt, wie viel ein Mensch aushalten kann, hätte ich ihm keine Antwort geben können. Vielleicht hätte ich ihm gesagt, dass er sehr viel Trauer aushalten konnte, denn damit kannte ich mich aus.

Von körperlichen Belastungen wusste ich nicht viel. Doch jetzt wusste ich, dass man es aushielt, mit einem Schlag auf den Kopf und den Resten von Betäubungsmitteln im Blut durch ein Kellerfenster zu klettern und dann durch die Stadt zu rennen, auf der Suche nach einem Münztelefon. Mein Körper schmerzte und dennoch fühlte er sich seltsam kräftig an. Die Angst um Alex trieb mich an, die Angst, zu spät zu kommen und weder ihn noch die anderen Ballerinen retten zu können.

Ich rannte und rannte und fragte mich, ob es in dieser Stadt überhaupt noch eine Telefonzelle gab. Immerhin ging man davon aus, dass jedermann ein Handy hatte. Sogar Rentner scrollten mittlerweile an Bushaltestellen auf ihren Smartphones herum. Doch was, wenn man wie ich sein Handy verloren hatte? Wenn es einem abgenommen worden war? Dachten die Leute bei der Telekom noch daran, dass so was passieren konnte? Oder verließen sie sich darauf, dass man die Leute nach ihrem Handy fragte, wenn man kein eigenes mehr hatte?

So wie ich jetzt aussah, hatten die Leute bestimmt so richtig viel Bock drauf, mir ihr Handy zu leihen …

Schließlich tauchte aber doch eine Telefonzelle vor mir auf, versteckt zwischen Fliederbüschen, deren Laub bereits dünn geworden war. Ich betete im Stillen, dass der Apparat funktionieren würde, kramte noch im Laufen in meiner Tasche und zog die Geldbörse hervor. Ich nahm alles, was ich an Münzen finden konnte, heraus und riss dann die Tür der Telefonzelle auf. Es stank nach Kotze und Zigarettenkippen, doch das machte mir nichts aus. Ich stank ja selbst wie ein Penner, der wochenlang kein Wasser gesehen hatte.

Mit zitternden Händen kramte ich aus meiner Geldbörse die Visitenkarte hervor, die Dräger mir gegeben hatte und von denen ich zwei besaß.

Ich dachte wieder daran, dass ich eine davon Susanne gegeben hatte. Da mittlerweile mehr als ein Tag vergangen war, hatte sie die Polizei sicher benachrichtigt. Die Frage war nur: Warum war Dräger nicht im Tanzstudio aufgetaucht? Hatte die Putzfrau ihm weismachen können, dass nichts passiert war?

Ich schob ein paar Münzen in den Schlitz und wählte dann.

Es klingelte. Nun mach schon, brummte ich und trat ungeduldig von einem Fuß auf den anderen. Mein Hinterkopf pochte. Jetzt, wo ich stehen geblieben war, wurden die Schmerzen wieder unangenehmer.

Plötzlich knackte es in der Leitung und eine Männerstimme meldete sich. Aus irgendeinem Grund rauschte es dabei so laut, dass ich nicht verstand, was sie sagte.

»Kommissar Dräger?«, fragte ich deshalb in den Hörer.

»Ja, wer ist da?« Dräger klang beschäftigt, aber ich war so froh, dass ich ihn endlich erreichte.

»Hier ist Clara. Clara Hansen.«

»Um Gottes willen, Clara!«, rief er aus. »Wir haben dich schon überall gesucht! Wo bist du?«

»In Bergen«, antwortete ich und schaute auf meine Uhr. Mist, jetzt war es gleich sechs. »Ich war in Madame Rosis Tanzschule und bin niedergeschlagen worden, dann hat mich die Putzfrau betäubt. Sie müssen dringend ins Theater zu der Audition des Balletts! Die Mörderin will dort ein letztes Mal zuschlagen!«

Stille.

Offenbar hatte ich Dräger zutiefst verwirrt. Klar, wenn ich ehrlich war, hörte ich mich auch wie eine Verrückte an.

»Clara, wo sind Sie jetzt?«, fragte Dräger. Ich hätte mit einem Schwall an Vorwürfen gerechnet, aber die würde ich sicher später noch abbekommen.

»In Bergen. In einer Telefonzelle. Gegenüber ist ein Geschäft mit Elektrowaren.« Eine Straße wäre hilfreich gewesen, aber darauf hatte ich nicht geachtet.

»Bleiben Sie da und warten Sie auf uns. Wir werden Sie abholen.«

»Aber bitte beeilen Sie sich! Ich weiß jetzt auch, was mit Alex Norden passiert ist. Bitte, kommen Sie schnell.«

»Das machen wir. Bis gleich.«

Damit legte er auf.

Ich hängte den Hörer wieder ein und verließ die Telefonzelle.

Ein paar Leute, die an mir vorübergingen, musterten mich unverhohlen, wahrscheinlich hielten sie mich für einen Punk oder eine Drogensüchtige. Doch mir war das egal. Ich wollte nur, dass Dräger endlich kam, ich wollte, dass es aufhörte. Und ich wollte Alex unbedingt wiederhaben.

42

Zehn Minuten später wurde ich endlich von vorbeigehenden Leuten und deren abschätzigen Blicken erlöst. Drägers Volvo hielt am Gehsteig und ich stieg ein.

»Hallo«, sagte ich und schnallte mich auf dem Sitz fest. Mir war klar, dass ich mir jetzt etwas anhören konnte. Dräger ordnete sich in den laufenden Verkehr ein, dann sagte er: »Verdammt, Clara, wo warst du? Wir haben dich überall gesucht, seitdem wir den Anruf bekommen haben … Aber dazu später, jetzt erzähl erst mal, was passiert ist.«

»Haben Sie schon ein paar Leute zum Tanzstudio geschickt?«

»Ja, das habe ich, allerdings können die niemanden festnehmen, den sie nicht kennen.«

»Es ist die Putzfrau aus dem Tanzstudio. Ich habe keine Ahnung, wer sie ist, aber möglicherweise handelt es sich bei ihr um eine ehemalige Ballerina.«

»Du meinst Katja Maranoff?«

Ich starrte ihn entgeistert an. »Woher wissen Sie das?«

»Ich bin Polizist«, entgegnete er trocken. »Im Zuge unserer

Untersuchungen haben wir alle Personen, die für das Tanzstudio arbeiten, überprüft – auch die Putzfrau. Allerdings war mir neu, dass die Maranoff neuerdings Mädchen niederschlägt. Was ist dir eigentlich eingefallen, in das Tanzstudio einzubrechen?«

»Ich war sicher, dass ich dort eine Spur finden würde.«

»Und was war mit deinem Versprechen, dich nicht in die Ermittlungen einzumischen?«

»Ich hatte keine andere Wahl«, entgegnete ich. War jetzt der richtige Zeitpunkt gekommen, ihm vom Ratgeber zu erzählen? Immerhin hatte er sich auch nicht an die Regeln gehalten. Warum sollte ich das tun?

»Keine andere Wahl? Was heißt das?« Drägers Stimme wurde lauter. Ich spürte förmlich, wie es in ihm brodelte. Wahrscheinlich würde er mich zu Fuß zum Internat zurückgehen lassen, wenn es nicht gerade um Leben und Tod ginge.

Ich atmete tief durch. Sollte ich ihm von dem Ratgeber erzählen oder nicht?

»Ich habe da so eine Mail bekommen. Schon damals, als die Sache mit dem Krähenmann losging«, begann ich schließlich. Es ging nicht anders. Ich konnte mein Handeln nicht logisch erklären, wenn ich nicht den Ratgeber ins Spiel brachte. »Der Typ schrieb mir unter einer Trashmail-Adresse und forderte mich auf, in dem Fall zu ermitteln. Er hat mir Hinweise gegeben, die mich dazu gebracht haben nachzuforschen. Nachdem der Fall um Marc Feldten vorbei war, hatte ich gedacht, die Sache sei gegessen, doch dann hat er sich wieder gemeldet. Er nennt sich Ratgeber, wissen Sie? Er hat mir am letzten Tag der Ferien geschrieben. Er wollte, dass ich mir etwas anschaue.

Ich war in Bergen, als Sandrine Ravier aus dem Wasser gezogen wurde. Kurz darauf habe ich ihm geschrieben, dass ich mit der Sache nichts zu tun haben will, aber dann drohte er mir damit, dass Alex etwas passieren würde.« Ich machte eine Pause und blickte neben mich.

Dräger mahlte mit seinen Kiefermuskeln. Sein Blick war auf die Straße gerichtet, aber ich konnte förmlich sehen, wie es in ihm brodelte. Doch er ließ mich weiterreden.

»Dann passierte das mit Lotta und der zweiten Ballerina. Kurz darauf verschwand Alex und der Ratgeber rief mich von seinem Handy an. Ich sollte zum Friedhof von Rotensand kommen. Dort fand ich an einem Grabstein die Nachricht.«

Ich zog den Zettel aus der Hosentasche, doch da Dräger ihn sich jetzt nicht anschauen konnte, steckte ich ihn wieder ein.

»Der Ratgeber forderte, dass ich meine Ermittlungen beschleunigen sollte. Auf eine Mailadresse soll ich ihm den Namen des Mörders schicken. Dabei habe ich nur einen Versuch. Und auch nur bis 20:00 Uhr Zeit.«

Ich schaute auf die Uhr am Armaturenbrett des Volvo. Kurz nach halb sieben.

»Oh Gott«, murmelte Dräger entsetzt.

»Leider hat mir diese Putzfrau das Handy abgenommen.«

»Das sollte kein Problem sein«, entgegnete Dräger. »Nur sollten wir uns unserer Sache ganz sicher sein.«

»Ich bin mir sicher, dass diese Putzfrau die Mörderin ist. Und ich kann mir auch schon denken, was das Motiv ist. Sie ist vor einigen Jahren verunglückt, kurz bevor sie die Hauptrolle im ›Schwanensee‹ tanzen sollte. Danach konnte sie nie mehr auftreten. Aber sicher wussten Sie von dem Unfall.«

Dräger nickte. »Ja. Nur erkläre mir eines: Warum sollte eine ehemalige Ballerina junge Ballerinen umbringen, nur weil diese sich für eine Aufführung beim Ballett bewerben?«

»Aus Eifersucht? Weil sie durchgeknallt ist?«, vermutete ich, doch Dräger schüttelte den Kopf.

»Nein, da muss noch etwas anderes im Spiel sein. Irgendwas, das wir übersehen haben.«

Er schwieg, als er an einer Kreuzung links abbog, dann fuhr er fort. »Deutschlandweit wird ›Schwanensee‹ immer an irgendeiner Ballettbühne aufgeführt. Sie kann nicht alle Ballerinen umbringen, die die Odette tanzen. Nein, ich glaube, hier gibt es noch einen anderen Grund.«

»Und welchen?«

»Tja, wenn wir das wüssten, hätten wir Katja schon festgenommen. Dass sie dich angegriffen hat, ist eine Sache, einen Beweis haben wir aber trotzdem nicht.«

»Den werden Sie sicher gleich bekommen, wenn sie versucht, die Ballerinen bei der Audition anzugreifen«, bemerkte ich.

Dräger sagte dazu nichts. Er lenkte den Wagen auf den Parkplatz vor dem Theater, dann stellte er den Motor ab. Ich hielt Ausschau nach Polizeiwagen, doch hier vorn entdeckte ich keinen einzigen. Hatte er seine Leute zu Fuß zum Theater geschickt? Waren sie überhaupt schon da? Oder hatten sie sich auf dem Hinterhof versteckt?

»Eine Sache noch, bevor wir uns an die Arbeit machen«, sagte er, als er sich abschnallte. »Ich bin enttäuscht und furchtbar sauer auf dich, weil du mich so hintergangen hast. Du hast ermittelt, obwohl ich es dir verboten habe.«

»Aber …«, begann ich, doch er ließ keinen Einwand zu.

»Und das Schlimmste ist, dass du mir nicht vertraut hast, obwohl ich dir doch bisher immer geholfen habe. Ja, schon klar, du hattest keine Wahl, du wurdest erpresst, doch nachdem ich dir die Geschichte von deinem Vater und deiner Mutter erzählt habe, hättest du mir dann nicht etwas von der Erpressung sagen können? Hättest du mich nicht gleich nach der Drohung ins Vertrauen ziehen können? Irgendwo da draußen scheint jemand rumzulaufen, der dich kennt und irgendwas von dir will. Der dich vor allem in irgendwelche gefährlichen Fälle zieht. Das dürfen wir ihm nicht durchgehen lassen und damit noch mehr Leute in Gefahr bringen.«

Ich nickte schuldbewusst. Und ein klein wenig schämte ich mich auch. Wenn ich Dräger Bescheid gegeben hätte, wäre die Sache mit Alex vielleicht gar nicht passiert.

Bestimmt hätte Dräger, wenn ich ihn darum gebeten hätte, nicht die Pferde scheu gemacht. Ich war ja so dumm!

»Es tut mir leid«, sagte ich, denn etwas anderes fiel mir im Moment nicht ein.

»Das hoffe ich. Und ich hoffe, du lernst daraus! Wenn ich dir sage, dass du die Finger von einem Fall lassen sollst, dann tust du das demnächst, ist das klar? Ich habe deinem Vater kein dusseliges Versprechen gegeben, dass ich dich beschützen würde, aber verdammt noch mal, genau das werde ich tun. Und jetzt zeig mir diesen Brief.«

Ich zog das Schreiben wieder aus der Hosentasche.

Dräger streifte sich die Handschuhe über, die er in der Hosentasche bei sich trug. Dann las er den Brief.

Mit jeder Zeile verfinsterte sich seine Miene noch mehr.

»Sie haben noch keine Spur von Alex, nicht wahr?«, fragte ich vorsichtig.

»Nein. Woher sollten wir die auch haben, wenn du mir so was hier verheimlichst?«

»Ich sagte ja schon, dass es mir leidtut. Aber ich habe Sie angerufen und Ihnen Bescheid gesagt. Da ging nur Ihre Mailbox ran und Sie haben auch nicht zurückgerufen.«

»Doch, das habe ich. Aber wahrscheinlich warst du da schon in der Gewalt der Putzfrau. Du kannst von Glück reden, dass sie dich nicht wie die anderen Mädchen umgebracht hat.«

»Ich war halt kein Schwan.«

»Was?« Drägers Augen weiteten sich zornig, als würde ich ihn verarschen wollen.

»Das hat sie gesagt. ›Eigentlich müsste ich mit dir dasselbe machen wie mit den anderen. Aber du bist kein Schwan.‹ Dann hat sie mir die Spritze in den Arm gejagt.« Vorsichtig betastete ich die Einstichstelle. In der vergangenen Stunde hatte ich so viele andere Schmerzen gehabt, dass ich gar nicht daran gedacht hatte, mir mal den Arm näher anzusehen.

Die Einstichstelle schmerzte jedenfalls höllisch.

»Sie hat dir also die Morde gestanden?«

»Ja, ich denke, das hat sie.«

Dräger faltete das Papier zusammen und wollte es gerade in seine Tasche stecken, doch ich hielt ihn zurück.

»Das brauche ich noch! Ich muss diesem Typen die Lösung des Rätsels schicken!«

»Okay, aber danach überlässt du es der Spurensicherung, ist das klar?«

»Sonnenklar!«, entgegnete ich und steckte es wieder ein.

43

Schon als Odile den ersten blau-weißen Wagen gesehen hatte, wusste sie, dass etwas nicht stimmte. Zuvor war sie noch so hoffnungsvoll gewesen, doch jetzt erschien es ihr, als würde sie am Rand einer dunklen Grube stehen, in die sie jeden Augenblick fallen könnte.

Was war nur geschehen? Warum war die Polizei hier? Hatte sich dieses Mädchen aus dem Keller etwa befreien können? Das erschien ihr beinahe unmöglich. Aber vielleicht war sie wieder wach geworden und hatte irgendeinen Krach gemacht, den Madame Rosi gehört hatte. Bedauerlicherweise hielt sie sich ja am Montag in dem Studio auf.

Egal. Sie würde ihren Plan ändern. All die albernen Mädchen waren ihr auf einmal nicht mehr wichtig. Sie würde sich den Prinzen holen.

Hatte der Intendant in Berlin nicht darauf bestanden, dass der Prinz und seine Odette zum Schluss starben? Es gab unterschiedliche Auslegungen des Endes von »Schwanensee«, mal starb er, mal starb sie, mal starben sie beide und manchmal gab es auch ein Happy End. Letzteres schien in ihrem Fall ausgeschlossen. Also würde sie sich darum kümmern, dass der Prinz und sie das ursprünglich vorgesehene Ende nahmen. Der Schwan würde nicht allein sterben – er würde den Prinzen bei sich haben und dann für immer mit ihm vereint sein.

Die Frage war jetzt nur, wie sie an eine Waffe kommen sollte. Eigentlich hatte sie vorgehabt, ihrer Konkurrentin eine Giftspritze zu verpassen, nachdem sie sie an der Bühnentür abgefangen hatte. Dieser Tod war für den Prinzen nicht geeignet, denn sie würde kaum so nahe an ihn herankommen. Und sie erinnerte sich auch immer noch an seine Kraft. Er hatte sie mühelos anheben können, damals, als sie noch seine Odette war.

Odile hingegen musste sich etwas einfallen lassen. Warum war sie eigentlich nicht schon früher darauf gekommen? Hätte sie den Prinzen gleich getötet, wäre sie mit ihm gestorben, hätte sie sich nicht die ganze Arbeit mit den Mädchen machen müssen. Diese waren eine immer nachwachsende Plage, Odiles Kampf gegen sie war aussichtslos, denn auf jede, die sie tötete, folgte eine neue.

Aber besser, sie erkannte es spät als nie.

Eine Weile noch verharrte sie in dem dunklen Gang hinter der Bühne.

Dann sah sie ihn. Der Polizist hielt seine Taschenlampe vor sich, während er den Gang hinaufkam. Polizisten hatten doch eine Waffe bei sich, oder?

Odile drückte sich in den Schatten. Vielleicht konnte sie nicht mehr tanzen, aber sie war immer noch beweglich. Wenn die Leute genauer hingeschaut hätten, hätten sie das bemerkt. Auch Madame Rosi hatte es nicht gesehen. Sie hatte ihr einen

Job gegeben und ihr auch den zweiten hier am Theater besorgt, aber sie hatte nicht bemerkt, dass sie eigentlich wieder hätte tanzen können. Ein paar Jahre Übung vielleicht und sie hätte wieder auf einer Bühne stehen können. Die Schmerzen in ihrem zerschmetterten Bein hätte sie in Kauf genommen.

Aber das war jetzt nicht mehr von Bedeutung. Der Polizist war ganz dicht neben ihr. Sie konnte sein Aftershave riechen. Er hingegen schien sie nicht zu sehen. Offenbar wirkte der Zauber noch immer. Sie war unsichtbar. Kurz hielt sie den Atem an, und als der Polizist in Reichweite war, schoss ihre Hand vor und versenkte die Spritze in seinem Nacken.

44

Vor der Tür des Theaters erwarteten uns zwei bullige in schwarze Bomberjacken gekleidete Sicherheitsleute. Wer stellte denn solche Typen zum Bewachen eines Theaters ein?

Die Antwort lag auf der Hand: ein Intendant, der Angst hatte, dass es nach der Mord- und Unglücksserie so weitergehen und jemand ein Massaker im Theater anrichten würde. Ganz so falsch lag er damit nicht, aber ich bezweifelte, dass die Sicherheitsleute hinter einer mageren Putzfrau eine Mörderin vermuteten. Zumal sie so tun konnte, als würde sie am Theater arbeiten.

Dräger zeigte den beiden Männern seinen Dienstausweis, worauf sie ihm Platz machten.

»Und das Mädchen?«, fragte einer von ihnen begriffsstutzig. Als ob ich Dräger aus Spaß nachlaufen würde.

Ich wusste, wie schwer es ihm fiel, mich mitzunehmen und eventuell in Gefahr zu bringen, doch er sagte: »Sie gehört zu mir«, und zog mich dann ins Theater.

Im Foyer wurden wir von einem Streifenpolizisten erwartet.

»Haben Sie die Ausgänge gesichert?«, fragte der Kriminalhauptkommissar, worauf der Uniformierte nickte.

»Ja, alles sicher. Wir haben uns auch schon auf die Suche nach der Zielperson gemacht. Allerdings haben wir sie noch nicht gefunden.«

Dräger blickte zu mir.

»Ich bin sicher, dass sie hier ist. Vielleicht sollten Sie noch mal in den Kellerräumen schauen. Und hinter der Bühne. So ein Theater hat viele Winkel.«

»In Ordnung, ich gebe den anderen Bescheid«, entgegnete der Polizist und zückte sein Funkgerät.

Wir liefen weiter. Im Foyer des Theaters stand ein riesiger Aufsteller, auf dem die Teilnehmer der Audition gebeten wurden, sich in einen bestimmten Raum neben der Bühne zu begeben.

Klaviermusik tönte aus dem Zuschauerraum. Offenbar tanzten bereits die ersten Kandidatinnen.

Als wir den Vorraum zur Audition betraten, stolperten wir fast über die Mädchen, die alle auf ihren großen Auftritt warteten und es sich auf dem Boden gemütlich gemacht hatten.

»Dräger, Polizei!«, rief mein Begleiter und hob seinen Ausweis in die Höhe. Das ließ ihn ein bisschen nach Fernsehkommissar aussehen, denn ich bezweifelte, dass die Mädchen, die noch einen Augenblick zuvor nur ihre Tanzschritte im Kopf gehabt hatten, aus der Entfernung lesen konnten, was darauf stand. »Meine Damen, ich muss Sie bitten, hierzubleiben und Ruhe zu bewahren. Wir sind leider gezwungen, Mordermittlungen durchzuführen, aus diesem Grund werden Sie diesen Raum nur mit meiner persönlichen Erlaubnis verlassen.«

Ich blickte in die Runde. Zwischen den erwachsenen Tänzerinnen fand ich auch die Mädchen des Ballettstudios. Olga und ihre Mutter waren ebenfalls da, wie auch Madame Rosi.

Während Dräger seine Ansprache fortsetzte, beschloss ich, zu ihnen zu gehen.

»Clara, um Himmels willen, wie siehst du denn aus?«, fragte Olga besorgt, als sie mich sah.

»Tja, so sieht man aus, wenn man für seine Neugier eins übergezogen kriegt.« Ich versuchte mich an einem Lächeln, spürte aber, dass mir das nicht gelang. »Ich wollte mich entschuldigen, dass ich deine Mutter verdächtigt habe. Inzwischen wissen wir, wer der Mörder ist.«

Ich blickte zu Madame Rosi. Sie kniff die Lippen zusammen, ihre Augen nahmen einen traurigen Zug an. Hatte Dräger ihr bereits erzählt, was passiert war?

»Es war sehr nett von Ihnen, dass Sie Katja Maranoff eine Chance gegeben haben«, wandte ich mich an sie. »Wir kriegen das hin, versprochen.«

»Was meint sie?«, fragte Marika Tschernow ihre Tochter, doch diese schüttelte den Kopf.

»Bleibt bitte hier drin, ja? Geht nicht raus auf die Gänge, solange sie nicht gefunden ist.«

»Okay«, sagte Olga, dann wandte ich mich um und kehrte zu Dräger zurück.

»Darf ich mitkommen?«, fragte ich, denn ich sah, dass er den Raum verlassen wollte.

»Eigentlich nicht. Und bestimmt würdest du nur wieder irgendwelchen Unsinn anstellen!«

Ich hätte jetzt einwenden können, dass er ohne meinen

»Unsinn« nicht mit Gewissheit hätte sagen können, dass Katja Maranoff in die Sache involviert war.

»Ich verspreche Ihnen, ich bin ganz brav. Außerdem brauche ich Ihr Handy. Ich muss dem Ratgeber schreiben. Auch wenn Sie ihn schnappen wollen, wir müssen erst einmal Alex lebend wiederbekommen, und das geht nur, indem ich ihm schreibe.«

Dräger zog sein Handy aus der Tasche.

Das konnte doch nicht wahr sein!

»Sie haben kein Smartphone?«, platzte ich heraus.

»Wozu brauche ich eins?«, entgegnete er schulterzuckend, dann blickte er auf seine Uhr. »Aber ich bin sicher, dass die Herren vom Theater so was dahaben, und notfalls gehen wir ins Büro des Intendanten.«

Damit zog er mich mit sich nach draußen. Vor der Tür postierte er zwei Polizisten, dann nahm er mich mit in den Zuschauerraum.

Die Sitzreihen vor der hell erleuchteten Bühne waren bis auf wenige Plätze leer. Dort saß die Jury. Vier Männer, die alle ziemlich dunkel gekleidet waren. Auf der Bühne stand ein Piano. Daneben bewegte sich eine junge Frau in einem brombeerfarbenen Body zu einer Melodie.

Diese erstarb, als Dräger auf die Bühne trat.

»Es tut mir leid, aber Sie müssen die Audition abbrechen«, rief er. Die Ballerina schaute ihn verwirrt an. Wenn sie der Meinung war, gerade ihre beste Performance abgeliefert zu haben, würde sie uns wohl auf ewig verfluchen.

»Wir haben den Hinweis bekommen, dass sich die Mörderin, nach der wir suchen, hier im Theater aufhält.«

Die Männer sprangen von ihren Sitzen auf. Sie waren sichtlich nicht erfreut, dass wir hier waren.

Dräger kletterte von der Bühne und beorderte mich zu sich.

»Mich kennen Sie bereits, die junge Dame ist Clara Hansen«, stellte er mich vor. »Sie ist eine Zeugin, aufgrund deren Aussage wir zu der Annahme gekommen sind, dass noch heute Abend ein Angriff auf die hier anwesenden Teilnehmerinnen der Audition stattfinden wird. In diesem Augenblick durchsuchen meine Leute das Theater.«

»Aber das dürfen Sie ohne Durchsuchungsbefehl nicht«, sagte einer der Männer. Seine grau melierten Locken standen ihm etwas wirr vom Kopf ab, auf seiner Nase saß eine schwarz gerahmte Brille, dazu trug er einen schwarzen Rollkragenpullover und schwarze Stoffhosen. Ich nahm an, dass es sich bei ihm um den Intendanten handelte.

»Wir haben das doch besprochen«, entgegnete Dräger und zog einen Zettel aus der Tasche. »Hier ist die Durchsuchungsanordnung der Staatsanwaltschaft. Außerdem möchten Sie doch am Ende des Abends noch Mädchen haben, die vortanzen können, oder?«

Dräger sah den Männern nacheinander ins Gesicht. Bei einem von ihnen hielt er inne und sah ihn prüfend an.

»Ihnen wurde ich noch nicht vorgestellt«, sagte Dräger und überging die Bemerkung des Theatermannes.

»Das ist Serge Morano, der den Prinzen spielen wird«, stellte der Intendant den drahtigen Mann mit dem schwarzen Bart vor.

Da machte etwas in meinem Kopf Klick.

»Sie haben vor sieben Jahren den Prinzen in ›Schwanensee‹

getanzt, oder?«, platzte es aus mir heraus, denn diesen Namen hatte ich in dem Artikel über Katja gelesen. »In Berlin!«

Morano blickte mich zunächst etwas verwundert, dann geschmeichelt an.

»Ja, das habe ich.«

»Und Ihre Partnerin war Katja Maranoff. Oder sollte es zumindest werden.«

Jetzt verfinsterte sich sein Blick. Der geschmeichelte Ausdruck verschwand auf einmal.

»Ich weiß nicht, worauf Sie hinauswollen«, sagte er.

Ich blickte zu Dräger. Diesen schien seine Reaktion ebenso zu wundern wie mich. Was war denn schon dabei zuzugeben, dass man mit einer Ballerina getanzt hätte, die aber kurz zuvor verunglückt war?

»Katja Maranoff ist kurz vor der Premiere von ›Schwanensee‹ verunglückt, sie hätte die Odette tanzen sollen. Sie waren ihr Prinz.«

»Ja, und?«

»Erlauben Sie mal!«, fuhr mich der Intendant an, doch Dräger bedeutete ihm, dass er schweigen sollte.

»Sie haben doch sicher von den Morden gehört, die hier in Bergen passiert sind. Sicher haben Sie das, denn sonst wären Sie ja nicht hier, um eine neue Odette zu casten.«

Morano starrte mich immer noch an, als hätte ich den Verstand verloren.

»Kann es sein, dass Ihre frühere Partnerin es Ihnen übel nimmt, dass Sie mit einer anderen tanzen wollen? Kann es sein, dass sie nur deshalb ausgetickt ist, weil Sie hier aufgetaucht sind?«

»Sie wollen doch nicht behaupten, dass ...«

Bevor der Tänzer seinen Satz beenden konnte, bemerkte ich eine Bewegung im Augenwinkel. Eine Gestalt im weißen Kleid. Eine der Ballerinen? Alarmiert blickte ich zur Seite. Das Gesicht war unter dem vielen Weiß kaum zu erkennen – ebenso, wie es auf dem Foto der Fall war.

»Da ist sie!«, schrie ich – und im nächsten Augenblick fiel ein Schuss.

Dräger schubste mich zu Boden. Es fühlte sich fast an, als wäre ich von einem frei schwingenden Boxsack getroffen worden. Auch die Männer warfen sich hin. Als ich zur Seite sah, bemerkte ich, dass Serge Morano leichenblass und mit verzerrtem Blick neben mir lag.

Der Schuss – hatte er irgendwen getroffen?

Wenig später fiel ein zweiter. Ich wälzte mich herum. Im gleichen Augenblick sah ich, wie Dräger auf die Bühne stürzte. Es knallte noch einmal, dann wurde alles still. Ich suchte nach Dräger, doch er war aus meinem Sichtfeld verschwunden. Aufzustehen wagte ich jedoch nicht.

Da hörte ich plötzlich seine Stimme. »Dietrichs, bestellen Sie den Notarzt, aber schnell!«

»Können wir wieder hochkommen?«, fragte ich, denn mir wurde klar, dass Dräger den Notarzt nicht für sich bestellt hatte.

»Ja!«, antwortete er, worauf sich auch die Theaterleute wieder aufrappelten.

Als ich auf die Bühne sah, entdeckte ich die Frau in dem weißen Kleid. Dieses war mit roten Blutsprenkeln übersät. An der rechten Seite ihres Kopfes war das blonde Haar blutrot.

Ich hatte die Putzfrau immer nur mit Kopftuch gesehen, doch Katja Maranoff war auf dem verwaschenen Foto blond gewesen. Kein Zweifel, sie war es. Ich musste dem Ratgeber schreiben. Aber wie?

Ich blickte mich um. Der Tänzer hielt sein iPhone in der Hand und tippte etwas.

Mit zwei Schritten war ich bei ihm.

»Entschuldigen Sie, darf ich Ihr Handy benutzen? Ich muss ein Leben retten.«

Irritiert blickte er mich an, doch dann reichte er mir wortlos sein Smartphone.

Innerhalb weniger Minuten war ich in meinem Mail-Account und hatte den Namen an die Trash-Mail-Adresse gemailt. Ich wartete einen Moment lang, bis ich sicher war, dass kein *Mailer Daemon* in mein Postfach stürmte. Dann gab ich dem Tänzer, der mich die ganze Zeit über beäugt hatte, das Handy zurück. »Vielen Dank.«

Nun bekam ich erst mit, dass in der Zwischenzeit Hektik im Zuschauerraum ausgebrochen war. Türen wurden aufgerissen, Polizisten stürmten herein. Die Männer neben mir diskutierten heftig miteinander.

Ich ließ mich auf einen der Sitze fallen und verfolgte das Geschehen wie im Kino.

Auf der Bühne wuselten die Polizisten umher. Dräger schrie ihnen etwas zu, das ich aber nur wie durch Watte hörte.

Katja Maranoff lag reglos auf dem Boden. War sie wirklich noch am Leben? Und wie hatte der Schuss sie treffen können? Hatte Dräger auf sie geschossen? Oder hatte sie sich selbst richten wollen?

Liebend gern hätte ich jetzt einfach die Augen zugemacht und an nichts mehr gedacht.

Schließlich rückte der Notarzt an. Das Martinshorn hallte bis ins Theater, offenbar waren alle Türen offen. Die frische Luft und der Lärm machten mich wieder wach.

Wenig später fuhren der Arzt und seine Gehilfen eine Trage durch den Mittelgang des Zuschauerraumes. Man legte Katja Maranoff einen Tropf und fuhr sie nach einigen Minuten nach draußen. Bevor der Notarzt den Sanitätern folgen konnte, rief ein Polizist aufgeregt nach ihm. Ich verstand nur, dass er einen seiner Kollegen hinter der Bühne gefunden hatte. Dräger folgte ihnen und kam wenig später mit bedrückter Miene zurück. Was war passiert? Hatte es die Putzfrau geschafft, einen Polizisten zu überwältigen?

Das würde dann auch erklären, woher sie die Waffe hatte …

Weitere Minuten später – der Notarzt war bereits verschwunden – kam Dräger zu mir.

»Alles in Ordnung?«, fragte er, worauf ich nickte.

Er blickte auf die Uhr. »Brauchst du etwas?«

Ich schüttelte den Kopf. »Nein. Ich habe mir das Handy von Serge Morano ausgeliehen, der Ratgeber weiß Bescheid.«

»Dann schau mal, ob er schon geantwortet hat«, sagte Dräger und reichte mir mein Handy. »Es steckte an ihrem Kostüm«, erklärte er auf meinen fragenden Blick. »Damit ist wohl alles klar. Allerdings musst du die Tüte noch ein Weilchen darum lassen, wegen der Fingerabdrücke.«

»Da sind meine Fingerabdrücke sowieso schon drauf«, entgegnete ich, denn wie sollte ich durch die Tüte auf das Display tippen?

Aber ich hatte Dräger schon genug geärgert. Ich bedankte mich und fragte dann: »Woher hatte sie eigentlich das Kostüm?«

»Das muss sie aus dem Fundus geholt haben. Sie hat nicht nur für Madame Rosi gearbeitet, sondern auch fürs Theater. Sie hatte alle Schlüssel, und wahrscheinlich hat sie beim Schnüffeln auch herausgefunden, wer als Besetzung für die Odette vorgesehen war und wo sie wohnte.«

Dräger klang müde. Das konnte man ihm nicht verdenken. Ich selbst fühlte mich wie überfahren, aber in diesem Augenblick war ich nur froh, dass ich dem Ratgeber eine Antwort hatte schicken können – und dass Schlimmeres verhindert worden war.

»Was ist mit Ihrem Kollegen?«, fragte ich.

»Er ist tot«, entgegnete Dräger. »Offenbar hat Maranoff ihm Propofol injiziert, ein starkes Narkosemittel. Er ist erstickt.«

»Das tut mir leid.« Fröstelnd schlang ich die Arme um meine Schultern. Nicht auszudenken, wenn ich ebenfalls erstickt wäre!

»So hat sie es auch schon bei Sandrine Ravier gemacht.« Dräger schaute auf seine Schuhspitzen. »Eigentlich dürfte ich dir das gar nicht sagen, aber nur so viel: Sie hat das Mädchen betäubt, bevor sie ihm die Füße abgeschnitten hat. Immerhin etwas.«

»Ein schwacher Trost.«

»Ja. Aber wir haben sie. Jetzt können wir uns um Alex kümmern.«

Das war das Stichwort. Ich holte das Handy per Tastendruck aus dem Winterschlaf. Die Batterieanzeige war alarmierend niedrig, doch es würde reichen, um die Antwort des Ratgebers zu empfangen.

Aber noch war nichts eingegangen.

»Gibt es hier irgendwo eine Steckdose?«, fragte ich und zog mein Ladegerät aus der Tasche.

»Ja, da hinten. Sag mir Bescheid, sobald er sich meldet. Ich werde meinen Leuten sagen, was sie tun sollen.«

Ich ging zur hintersten Sitzreihe, wo ich tatsächlich eine Steckdose an der Wand fand. Ich schloss mein Handy an und behielt es in der Hand.

Am liebsten hätte ich Alex eine Nachricht geschickt, aber wahrscheinlich hatte der Ratgeber das Handy immer noch bei sich. Und wer weiß, wo er ihn aussetzte …

Wie auf heißen Kohlen saß ich auf dem Sitz. Eigentlich hatte ich jetzt alles geschafft. Katja Maranoff war auf dem Weg ins Krankenhaus und würde ins Gefängnis kommen, wenn sie ihre Kopfverletzung überlebte. Die Mädchen waren sicher, es gab kein weiteres Opfer zu beklagen. Fehlte nur noch die Nachricht des Ratgebers. Er würde nicht erfreut sein, wenn er mitbekam, dass ich mit der Polizei über ihn geredet hatte. Aber wovor fürchtete ich mich? Dräger hatte versprochen, mich zu beschützen.

Plötzlich summte mein Handy. Ich zuckte zusammen und zog es aus der Tasche. Eine E-Mail war eingegangen – von einem Trash-Account. Ich erkannte sofort, dass die Adresse eine andere war als die, an die ich die Mail geschickt hatte. Ohne lange zu überlegen, griff ich in die Tüte und rief die Mail auf.

»Glückwunsch, kluges Mädchen, die Antwort ist richtig, und damit hast du es verdient, deinen Prinzen wiederzusehen. Allerdings bekommst du dadurch, dass ich dir helfen musste, ein paar Punkte abgezogen. Das heißt, ich kann leider nicht darauf verzichten, dich nach deinem Freund suchen zu lassen. Aber so viel: Er befindet sich auf dem Dorffriedhof von Rotensand. Du hast jetzt noch knapp zwanzig Minuten – ich möchte ja nicht unfair sein –, dann wird das Grab, in dem er liegt, sein wirkliches Grab werden. Also, beeil dich!«

Ich schrie auf. Dräger hörte meinen Schrei und kam sofort zu mir gelaufen.

»Was ist passiert?«

»Er hat Alex auf den Friedhof gebracht!« Meine Stimme überschlug sich hysterisch. »Die Abmachung war gewesen, dass er ihn freilässt, aber jetzt hat er ihn auf dem Friedhof von Rotensand vergraben.«

Dräger sah mich an, als hätte ich den Verstand verloren. Ich reichte ihm das Handy. Er überflog die Nachricht kurz, dann sagte er nur: »Komm.«

Dann rannte er mit mir nach draußen.

45

Wir stiegen in den erstbesten Streifenwagen und preschten los. Unterwegs funkte Dräger seine Kollegen und den Notarzt an. Ich lehnte mich in den Sitz und starrte auf mein Handy. Das war doch jetzt nicht möglich! Warum machte sich dieser Mistkerl die Mühe, Alex auf dem Friedhof zu vergraben? Oder …

Der Gedanke, der mir jetzt kam, drückte mir die Luft weg.

Hatte Alex vielleicht schon in dem Grab gelegen, als ich auf dem Friedhof war? Der Ratgeber musste dort gewesen sein, um die Nachricht an den Stein zu heften.

Ich spürte Panik in mir aufsteigen und schnappte nach Luft.

»Geht es, Clara?«, fragte Dräger von vorn.

»Hmhm«, machte ich, obwohl mein Magen rebellierte, ich fühlte mich ausgetrocknet und in meiner Brust brannte es ganz furchtbar.

Dräger öffnete das Handschuhfach und reichte mir wenig später eine Wasserflasche. »Hier, trink was. Und nachher fährst du besser mit dem Notarztwagen mit. Es wäre gut, wenn dich die Ärzte mal durchchecken.«

Ich nickte, obwohl die Worte eigentlich nur so an mir vorbeiflogen. Ich trank ein paar Schlucke, in der Hoffnung, dass sie nicht gleich wieder rauskamen, dann blickte ich aus dem Fenster.

Ein fetter gelber Mond hing wie ein vergessener Lampion in den kalten Ästen der Alleebäume.

Meine Hände waren eiskalt, mein Herz raste, und durch meinen Kopf liefen furchtbare Schmerzwellen. Das alles wurde nur noch von meiner Angst getoppt, dass Alex in dem Grab umgekommen sein könnte. Wie viel Luft hatte man in einem Sarg? Wie viel Luft brauchte jemand, der bewusstlos war?

Warum zum Teufel wusste ich das nicht?

Ich schluchzte auf. Nicht mehr lange und ich verlor ganz die Fassung.

Verdammt, waren wir denn noch nicht da?

»Wie lange dauert es noch?«, fragte ich unruhig.

»Wir sind gleich da!«, rief der Polizist, der fuhr. »Ich fahre schon so schnell wie möglich.«

»Legen Sie trotzdem noch einen Zahn zu.« Dräger nickte mir dann zu.

»Ich sollte es mir wirklich sparen zu erwähnen, dass du großes Glück hattest, Clara. Aber einmal muss ich es doch sagen. Du hattest verdammtes Glück.«

Ich zuckte mit den Schultern. Was nützte mir mein Glück, wenn Alex irgendwo auf dem Friedhof krepierte?

»Was meinen Sie, wie lange wird der Notarzt hierher brauchen?«, fragte ich nur.

»Ich glaube, der wartet schon!«, sagte der Fahrer und zog den Wagen nach rechts. Der Friedhof! Wir waren da!

Und im Lichtkegel des Polizeiwagens stand ein orange-weißer Geländewagen mit der Aufschrift »Notarzt«.

Ich schnallte mich ab und stürmte nach draußen. Nur wenige Augenblicke später rannte Kommissar Dräger neben mir.

Er instruierte den Notarzt kurz, ließ sich von seinem Kollegen eine riesige Taschenlampe reichen, dann stürmten wir voran.

In welchem Grab mochte sich der Sarg befinden? Vor lauter Angst spürte ich meine Hände schon nicht mehr, während meine Augen fieberhaft versuchten, die Dunkelheit zu durchdringen.

Kein Grab sah verändert aus. Vielleicht war es auch kein richtiges Grab. Oder eines, das frisch ausgehoben war?

»Hier drüben!«, rief jemand. Dräger leuchtete zu seinem Kollegen, der uns gefahren hatte. Ich folgte dem Lichtkegel und sah den Polizisten inmitten der Grabreihen.

Wir rannten zu ihm. Dabei stolperte ich über eine der Grabeinfassungen und knallte der Länge nach auf den Boden. Meine Wange schrammte über einen Stein und die Luft blieb mir weg. Tränen stiegen mir in die Augen.

Doch nach einigen Momenten kehrte der Atem wieder in meine Lungen zurück.

»Schaufeln! Schnell!!«, rief Dräger.

Ich rappelte mich auf und sah, wie einer der Polizisten mit einem Spaten ankam. Wenig später erschien ein zweiter mit zwei großen Schaufeln. Dann machten sich die Männer an die Arbeit.

Ich hätte am liebsten geholfen, aber in diesem Augenblick konnte ich meine Arme nicht mehr bewegen. Schlaff hingen sie mir an den Seiten herunter, während ich am Rand des Grabes hockte.

Bitte, flehte ich still. Bitte sei am Leben, Alex.

Fieberhaft schaufelten die Männer den Sand aus der Grube. Zwischendurch riss sich Dräger die Jacke vom Leib und machte dann weiter.

Schließlich ertönte ein dumpfes Geräusch, so als würden die Schaufeln auf einen Hohlkörper treffen.

Automatisch sprang ich in die Höhe.

»Wir haben ihn!«, rief Dräger plötzlich, worauf die Männer noch schneller gruben.

Innerhalb weniger Augenblicke legten sie den Deckel einer großen Holzkiste frei. Es war nicht wirklich ein Sarg, aber mehr Luft war darin sicher auch nicht.

Mein Herz klopfte bis zum Hals.

»Doktor, kommen Sie!«, rief Dräger dem Notarzt zu. Dieser hatte nur ein Stück weit von uns gewartet und kam jetzt angelaufen.

Ich beobachtete, wie die Polizisten den Deckel der Kiste abhoben und ins Innere leuchteten.

Da war er!

»Alex!«, rief ich verzweifelt, als könnte er mich hören. Doch er saß zusammengesunken in der Kiste.

»Schnell, holt ihn raus«, kommandierte Dräger seine Kollegen, die Alex daraufhin vorsichtig aus der Kiste hoben.

Sofort stürmte ich zu ihm.

»Mädchen, bleib besser etwas zurück!«, warnte mich der Notarzt, während er seinen Koffer öffnete und sich dann Alex zuwandte.

Was war mit ihm? Atmete er noch?

Ich war nicht in der Lage, all diese Fragen zu stellen.

Dann hörte ich den Notarzt im nächsten Moment rufen: »Herzstillstand! Defibrillation klarmachen!«

Herzstillstand? Mein schlimmster Albtraum schien sich zu bewahrheiten. Das war zu viel für mich. Meine Knie gaben nach und ich sank zu Boden. Das Toben meines Pulses verzerrte alle Geräusche. Ich fühlte mich, als stünde ich vor einer riesigen Welle, die mich jeden Augenblick wegreißen würde.

Meine Augen sahen, dass die Sanitäter Alex' Pullover zerschnitten und dann den Defibrillator anschlossen. Der Notarzt nahm die beiden Pads in die Hand und drückte sie auf seine Brust. Alex' Oberkörper machte einen kleinen Satz, fiel dann wieder zu Boden. Der Notarzt legte die Pads beiseite, prüfte seinen Puls, nahm sie wieder auf und gab ihm erneut einen Stromschock.

»Wir haben ihn!«, rief er, nachdem er noch einmal seinen Puls überprüft hatte.

Ich nahm die Worte zwar auf, konnte sie aber noch nicht gleich verarbeiten. Erst, als sie Alex eine Atemmaske anlegten, wurde mir klar, dass er wieder am Leben war. Da endlich brach ich in Tränen aus.

46

Die Fahrt im Krankenwagen nahm ich wie aus weiter Ferne wahr. So als wäre ich nicht mehr in meinem Körper. Ich sah mich selbst zusammengesunken neben der Trage sitzen, auf der Alex beatmet wurde. Alex war an verschiedene Geräte angeschlossen. Nachdem man ihn ins Leben zurückgeholt hatte, hatte man ihm ein Beruhigungsmittel gegeben, durch das er wieder eingeschlafen war. Der Notarzt überwachte seinen Zustand mit ernster Miene.

Einer der Sanitäter hatte mir notdürftig ein Pflaster über die Wange geklebt, um alles andere würde man sich in der Klinik kümmern. Doch daran dachte ich nicht. Als ich meine kleine Tour außerhalb meines Körpers beendet hatte, stand mir wieder vor Augen, wie Alex in der Kiste gelegen hatte. Dieser Ratgeber war wirklich ein perverses Schwein. Wir mussten ihm das Handwerk legen!

Im Krankenhaus angekommen, wurde Alex, wie ich noch mitbekam, sofort auf die Intensivstation geschoben, während mich der Notarzt mit in die Notaufnahme nahm.

Ein anderer Arzt untersuchte mich daraufhin. Ich ließ es

willenlos über mich ergehen und zeigte ihm alles, wo ich etwas abbekommen hatte.

Daraufhin wurde mir Blut abgenommen und ich musste warten. Ich lag auf der Untersuchungsliege und schaute in die grellen Neonröhren über mir.

Wieder in einem Krankenhaus zu sein, weckte in mir unangenehme Erinnerungen. In einem Krankenhaus hatte ich erfahren, dass meine Eltern bei dem Unfall ums Leben gekommen waren. Ich hatte hier selbst schwer verletzt gelegen und an manchen Tagen keine Lust gehabt weiterzuleben.

Und jetzt war ich wieder hier. Und mit mir ein Mensch, den ich lieb hatte. Als der Arzt zurückkehrte, schob ich meine Erinnerungen beiseite.

»Wir werden Sie noch eine Nacht zur Beobachtung hier behalten. Wenn sich nichts Besonderes einstellt, werden Sie morgen wieder entlassen«, verkündete er.

Okay, ich war im Gegensatz zu damals noch glimpflich davongekommen. Aber was war mit Alex?

»Und Alex?«, fragte ich. »Was ist mit dem Jungen, mit dem ich eingeliefert wurde? Geht es ihm gut?«

Der Arzt sah mich an, als müsste er überlegen, welche Antwort er mir geben sollte.

Ich hoffte, dass mein Blick ihm klarmachte, dass ich nichts anderes als die Wahrheit hören wollte.

»Er ist stabil und wird wieder gesund. Das ist alles, was ich dir sagen darf.«

»Danke, Herr Doktor«, entgegnete ich und fühlte in diesem Augenblick ein wenig Erleichterung, denn er hatte geklungen, als würde er wirklich die Wahrheit sagen.

47

Am nächsten Morgen, zusammen mit dem Bescheid, dass ich nach dem Frühstück das Krankenhaus verlassen dürfte, reichte mir die Krankenschwester eine Tasche.

»Das hat jemand für dich abgegeben. Er sagt, er wäre ein Freund deines Vaters.«

Dräger. Ich lächelte und bedankte mich.

»Er wartet unten auf dich und will dich nach Hause bringen.«

Damit ließ sie das Frühstückstablett stehen und wandte sich den beiden anderen Mädchen zu, die mit mir im Zimmer lagen.

Ich öffnete die Tasche. Darin steckten mein Jogginganzug, mein MP3-Player, ein Buch und meine Stoffturnschuhe. Hatte er die Sachen von Susanne bekommen?

Oh Gott, da konnte ich mich ja auf was gefasst machen, wenn ich wieder ins Internat kam! Und dann Alex' Eltern! Wahrscheinlich würden sie mir den Umgang mit ihrem Sohn verbieten. Nur durch mich war er ja in diese Situation geraten!

Aber erst mal wollte ich zu Alex.

»Frühstück wird aber aufgegessen!«, mahnte mich die Schwester, als könne sie meine Absicht von meinen Augen ablesen.

Ich seufzte und griff dann nach dem Marmeladenbrötchen.

Eine halbe Stunde später, nachdem ich gegessen und man mir meine Entlassungspapiere für den Hausarzt ausgehändigt hatte, fuhr ich mit dem Fahrstuhl nach unten.

Dräger saß auf einem der Stühle im Foyer und las Zeitung.

Ich ging zu ihm.

»Hallo.«

Dräger legte die Zeitung weg und sah mich an. Sein Gesichtsausdruck wirkte ernst. Das beunruhigte mich ein wenig. In der vergangenen Nacht war ich so müde gewesen, dass ich nicht über die Konsequenzen meines Handelns nachgedacht hatte. Ich würde wohl ordentlich eins drüberkriegen.

»Hallo, Clara!«, sagte er endlich und reichte mir die Hand. »Geht es dir besser?«

Ich nickte. »Ja, denke schon. Der Kopfschmerz ist weg und sie meinten, meine Blutwerte wären gut. Und der Kratzer hier …« Ich tippte auf meine Wange. »Das wird schon wieder.«

Dräger lächelte. Jetzt erkannte ich, dass seine ernste Miene auch von Erschöpfung herrührte. Wahrscheinlich hatte er gestern Nacht noch einen Haufen zu erledigen gehabt.

»Danke für die Tasche«, fügte ich hinzu und sah ihn abwartend an. Irgendwas musste doch jetzt kommen. Meine Standpauke hatte ich bereits abbekommen und sie war ziemlich milde ausgefallen.

»Was … wird jetzt?«, fragte ich nach, als Dräger immer noch nichts sagte. Ja, ich hatte es verdient, dass ich litt, aber konnte er die Folter beenden und mir sagen, was ich für meinen Ungehorsam aufgebrummt bekommen würde?

»Na ja. Du bist ins Tanzstudio eingebrochen«, sagte er und erriet damit genau, worauf ich hinauswollte. »Davon abgesehen hast du ja eigentlich keine Straftat begangen. Außer vielleicht, dass du mir Informationen vorenthalten hast.«

»Und das heißt?«

»Ich habe mit Madame Rosi gesprochen und sie sieht von einer Anzeige ab. Und mir hast du letztlich ja doch noch erzählt, was der Hintergrund für den ganzen Schlamassel war. Und ich hoffe, dass du es ab sofort weiter so halten wirst.«

»Versprochen«, entgegnete ich. »Und was wird jetzt mit Katja Maranoff?«

»Nun, sie wird ihre Strafe bekommen, sollte sie jemals wieder aus dem Koma aufwachen. Drei Morde, ein versuchter Mord und eine gefährliche Körperverletzung sind kein Pappenstiel. Kein Wunder, dass sie versucht hat, sich selbst das Leben zu nehmen. Die Ärzte sind allerdings optimistisch, dass sie es schaffen könnte. Und ich versuche, es auch zu sein. Vielleicht kann sie uns, wenn sie erwacht und sich noch an etwas erinnert, erzählen, wer der Ratgeber ist. Und unter den gegebenen Umständen werde ich mir auch noch mal Marc Feldten vorknöpfen. Vielleicht hat er mir ja doch noch was zu sagen. Aber immer der Reihe nach. Wenn wir hier raus sind, brauche ich erst mal eine große Mütze voll Schlaf.«

»War denn im Theater noch viel los?«

»Du meinst bei den vollkommen aufgelösten Theaterleuten und den verschreckten Ballerinen und ihren Müttern und Trainerinnen?«

»Okay, ich hab ja nur gefragt.«

Drägers Lächeln wurde etwas breiter. »Wollen wir zusammen zu Alex gehen?«, fragte er dann.

Das war das Letzte, womit ich gerechnet hätte.

»Darf ich denn da rein?«

»Warum nicht? Er ist heute Morgen auf die normale Station gebracht worden. Sie sagen, dass er noch zwei Tage hierbleiben muss. Aber sonst scheint es ihm schon wieder recht gut zu gehen.«

Ich atmete auf. Ob Alex mich überhaupt noch sehen wollte, nach dem ganzen Ärger, den er meinetwegen abgekriegt hatte?

»Okay, dann komm. Ich muss noch mal mit ihm sprechen. Und er wird dich sicher sehen wollen.«

»Ja, um mir die Ohren lang zu ziehen.«

»Das glaube ich nicht. Der Arzt meinte, dass das Erste, wonach er gefragt hätte, ein Mädchen namens Clara Hansen gewesen sei. Die kennst du doch sicher, oder?«

Er hatte nach mir gefragt. Jetzt konnte ich nicht anders, als breit zu grinsen, während ich hinter Dräger zum Fahrstuhl tappte.

48

Rotbart nahm die Zeitung herunter. Der Polizist und das Mädchen hatten ihn nicht gesehen, doch selbst wenn, hatten sie ihn wahrscheinlich für einen alten Mann gehalten, der auf einen Verwandten wartete.

Doch alt war Rotbart keinesfalls. Jetzt, wo die beiden im Fahrstuhl verschwunden waren, erhob er sich und ging zur Anmeldung.

»Entschuldigen Sie bitte, können Sie mir sagen, auf welchem Zimmer Frau Maranoff liegt?«

Die Schwester betrachtete ihn zunächst skeptisch, doch er wusste, dass er mit seinem Lächeln und seiner charmanten Art alles erreichen könnte.

»Ich bin ihr Onkel. Man hat mich gestern benachrichtigt, dass sie hier eingeliefert wurde.«

Die Schwester nickte, tippte dann auf der Tastatur herum.

»Sie liegt noch immer auf der Intensivstation. Sie müssen dort fragen, ob Sie sie sehen dürfen.«

»Haben Sie vielen Dank.« Er ließ sich von der Schwester den Weg zeigen und verschwand hinter der Tür. Allerdings ging er nicht gleich zur Intensivstation. Da er das Krankenhaus sehr gut kannte, strebte er den Umkleideräumen der Ärzte zu. Zu diesem Zeitpunkt waren alle im Krankenhaus unterwegs, entweder zu Visiten oder auf ihren Stationen.

Er zog sich einen Kittel über und verstaute darin das, was zuvor in seiner Manteltasche gelegen hatte. Dann machte er sich auf den Weg zur Intensivstation.

Da er den Türcode kannte, wunderte sich niemand, dass er durch den Gang schritt. In diesem Krankenhaus operierten zuweilen auch andere Ärzte ambulant. Deren Patienten wurden zur Überwachung ebenfalls hierhergeschoben. Er konnte also irgendein Gefäßchirurg sein, der sich nach seinem Patienten erkundigen würde.

Natürlich war ihm bewusst, dass vor der Tür von Katjas Zimmer Polizisten warten würden.

Aber die würde er gewiss täuschen können, denn wer überprüfte schon einen Arzt?

Es war ein Leichtes, im Schwesternzimmer die genaue Zimmernummer herauszufinden. Und das Glück war ihm sogar noch holder. Die beiden Polizisten waren nicht da. Wahrscheinlich rechneten sie nicht damit, dass es jemanden gab, der mit Katja Maranoff noch etwas zu klären hatte.

Als er die Tür öffnete, tönte ihm das Piepsen der Instrumente entgegen. Das Gesicht der Frau war unter den dicken Verbänden kaum zu erkennen. Soweit er es mitbekommen hatte, hatte sie versucht, sich umzubringen, nachdem es ihr nicht gelungen war, ihren Plan in die Tat umzusetzen.

Schon als er gehört hatte, welche Waffe sie benutzt hatte, war Rotbart klar gewesen, dass der Plan aus dem Ruder gelaufen war. Offenbar hatte sie sich kurzerhand und gegen seinen Ratschlag anders entschieden. Das konnte er nicht dulden.

Und noch weniger konnte er dulden, dass sie verriet, wer er war.

Marc Feldten hatte dichtgehalten. Katja Maranoff würde das nicht tun, wenn sie erkannte, in welche Situation sein Ratschlag sie gebracht hatte.

Also musste er beenden, was sie nicht hatte richtig machen können.

Er stellte sich neben das Bett und betrachtete sie mitleidlos. Dann zog er die Spritze aus der Tasche und drückte den Inhalt in den Zugang, den die Ärzte der Komapatientin am Hals gelegt hatten, um sie besser mit Medikamenten versorgen zu können.

Als er fertig war, wandte er sich um. Bis die Überwachungsgeräte bemerkten, was los war, und der Alarm losschrillte, würde er die Station schon längst hinter sich gelassen haben.

49

Mir war wahnsinnig mulmig zumute, als ich vor der Zimmertür stand. Dahinter lag Alex, und auch wenn er nach mir gefragt hatte, hieß das nicht, dass er nicht stinksauer auf mich sein würde. Er hatte allen Grund dazu. Wenn er nicht in Bakkers Büro gegangen wäre, hätte der Ratgeber ihn wohl kaum geschnappt.

Dräger klopfte, und als eine Stimme »Herein« rief, trat er ein.

Es war Alex' Stimme. Mein Herz begann zu pochen und zum ersten Mal seit gefühlten fünf Tagen fluteten positive Gefühle meine Brust und überdeckten die Angst. Alex lebte. Nichts anderes zählte.

»Hallo, Alex«, sagte Dräger und bedeutete mir dann reinzukommen. »Ich habe Ihnen jemanden mitgebracht.«

Schüchtern bog ich um die Ecke.

Alex saß aufrecht in seinem Bett. An seiner Hand hatte er einen Zugang für die Medikamente, an seinem Kopf einen Verband. Seine rechte Wange war zerkratzt und das Krankenhausnachthemd spannte ein wenig an seinen Schultern.

Doch als er mich sah, lächelte er.

»Okay, ich lass euch dann mal allein«, sagte Dräger und zog sich zurück.

»Clara! Geht es dir gut?«, fragte Alex, als der Kommissar die Tür hinter sich zugezogen hatte.

»Das sollte ich besser dich fragen«, entgegnete ich, ging zu ihm und gab ihm einen Kuss. »Wie geht es dir? Darf ich dich eigentlich umarmen?«

»Für jemanden, der an der Bushaltestelle abgefangen und in ein Auto gezerrt wurde, der wer weiß wie lange in einem dunklen Keller gehockt hat und lebendig begraben wurde, wohl ganz gut«, scherzte er, doch ich konnte seinen Augen ansehen, dass die Tage ihre Spuren bei ihm hinterlassen hatten. Wahrscheinlich würde uns Sontheim, wenn wir wieder zurück waren, wie damals Susanne zu Dr. Bakker schicken.

»Und was das Umarmen angeht, darum bitte ich dich sehr.«

Okay! Ich umarmte ihn, so fest ich konnte.

»Ich bin so froh, dass du noch am Leben bist«, flüsterte ich ihm ins Ohr. »Ich hatte eine Scheißangst, dass du sterben könntest.«

»Das ging mir ähnlich«, entgegnete er und schlang die Arme um mich. »Ich wusste zuerst gar nicht, wie mir geschah. Ich konnte immer nur daran denken, dass das alles sicher nur ein doofer Traum war.«

»Hast du gesehen, wer das war?«

»Nein, der Kerl hatte sein Gesicht unter einer Skimaske. Aber ich bin sicher, dass es dieser Bakker war.«

»Das würde zu dem Brief passen«, entgegnete ich, ohne ihn loszulassen.

»Welcher Brief?«, fragte Alex.

»Der, in dem er mir ankündigt, dich umzubringen, wenn ich mich mit meinen Ermittlungen nicht beeile. Ich habe ihn vom Friedhof holen müssen.« Ein Schauder überlief meinen Rücken. »Er schrieb jedenfalls, dass ich dich hätte zurückhalten sollen, ihm nachzuschnüffeln. Irgendwie muss er doch mitbekommen haben, dass du in seinem Büro warst.«

»Vielleicht hatte er eine Überwachungskamera.« Alex kniff das Gesicht zusammen. »Warum habe ich nicht daran gedacht?«

»Weil du mir unbedingt helfen wolltest.« Ich küsste ihn. »Es tut mir leid, dass ich dich in Gefahr gebracht habe. Er hatte recht, ich hätte dich zurückhalten sollen.«

»Aber ich bin doch dein Watson. Denkst du, ich hätte mich zurückhalten lassen? Beim nächsten Mal bin ich vorsichtiger, das verspreche ich dir.«

Ich nickte, doch im Stillen wusste ich, dass ich ihn das nächste Mal nicht um so etwas Gefährliches bitten würde.

»Immerhin hat der Ratgeber einen Fehler gemacht«, sagte Alex schließlich, nachdem er sich sanft aus meiner Umarmung gelöst hatte. »Indem er dir geschrieben hat, dass er weiß, dass ich ihm nachgeschnüffelt habe, hat er praktisch seine Identität verraten. Das ist immerhin ein Anhaltspunkt.«

»Einer, dem die Polizei nachgehen kann, ja.« Mir fiel auf, dass ich Dr. Bakker als Ratgeber noch nicht ins Spiel gebracht hatte. Aber das konnte ich ja noch nachholen.

»Und was war bei dir so los?« Er strich mir eine Haarsträhne aus dem Gesicht und berührte sanft mein Pflaster.

»Oh, in etwa dasselbe wie bei dir. Ich bin, nachdem ich den

Brief gefunden hatte, bei Madame Rosi eingestiegen, hab eins auf den Kopf bekommen, eine Betäubungsspritze in den Arm gejagt gekriegt und bin dann durch die Stadt gerannt, auf der Suche nach einer blöden Telefonzelle.«

Dieser Kurzbeschreibung folgte die Langfassung, während ich mich fragte, wie lange Dräger draußen noch warten wollte. Aber niemand kam ins Zimmer.

»Wow«, machte Alex, als ich fertig war. Dann streckte er die Arme aus und zog mich an sich, sodass ich halb auf seinem Bett landete. »Das klingt ja fast wie das Drehbuch zu einem Actionfilm.«

»Stimmt, und teilweise kam ich mir vor wie Bruce Willis.«

»Bloß gut, dass du mehr Haare auf dem Kopf hast – und ein Mädchen bist.«

Er küsste mich. Und irgendwie war ich froh, dass er mich nicht in meinem gestrigen Zustand gesehen hatte, blutbeschmiert und vollgekotzt. Ich schmiegte mich an ihn. »Darf ich denn auf deinem Bett liegen? Immerhin bin ich gerade entlassen worden.«

»Du trägst doch dazu bei, dass ich wieder gesund werde, oder?«

»So kann man das auch sehen.«

Eine Weile blieben wir so liegen und schauten gemeinsam aus dem Fenster. Die Sonne schien und ließ das taubedeckte Spinnennetz am Fensterrahmen glitzern. Ein paar Spatzen flatterten vorbei. Dahinter zogen ein paar dicke weiße Wolken über den blauen Himmel.

Plötzlich kam mir ein Gedanke.

»Es ist komisch, als ich wach wurde, war der Knebel vor

meinem Mund weg. Offenbar wollte mich die Putzfrau wohl doch nicht umbringen.«

»Vielleicht hatte sie noch was anderes mit dir vor. Oder sie wollte, dass du wach wirst, wenn alles gelaufen ist.«

Möglicherweise war es das.

»Sie hat versucht, sich selbst zu erschießen. Und einen von der Jury. Das war der Mann, mit dem sie bei ›Schwanensee‹ hätte tanzen sollen. Alles aus Eifersucht!«

»Eine ziemlich kranke Art der Eifersucht.«

»Das kannst du laut sagen.«

Mein Handy summte. Erschrocken hielt ich inne und zog es aus der Tasche. Doch es war nur Susanne, die mir schrieb.

»Hi, ist die Tasche angekommen? Herr Dräger hat mich angerufen und erzählt, was passiert ist. Wir haben uns alle große Sorgen gemacht. Na ja, melde dich mal, ich hoffe, es geht dir gut. Liebe Grüße, Susanne.«

Ich lächelte in mich hinein. Susanne war wirklich klasse. Die beste Freundin, die ich je gehabt hatte. Ich würde ihr viel zu erzählen haben. Allerdings würde ich ihr erst später antworten, dann, wenn Dräger mich wieder zum Internat fuhr.

»Wer ist das?«, fragte Alex. »Wieder dieser Mistkerl?«

»Dann würde ich wohl kaum lächeln«, entgegnete ich, griff nach seiner Hand und legte sie mir an die gesunde Wange.

Alles war gut. Auch wenn ich das Gefühl hatte, dass ich wieder vom Ratgeber hören würde. Aber jetzt zählten nur Alex und der sonnige Herbsttag vor dem Fenster.